Sudabeh Mohafez

brennt

Sudabeh Mohafez

brennt

Roman

DUMONT

Die Arbeit der Autorin am vorliegenden Buch
wurde gefördert durch den Deutschen Literaturfonds e.V.,
die Robert Bosch Stiftung, die Stiftung Preußische Seehandlung
und das Künstlerhaus Schloss Wiepersdorf.

Die Handlung und die Figuren des Romans sind frei erfunden.
Jede Ähnlichkeit mit toten oder lebenden Personen oder
wahren Ereignissen ist nicht beabsichtigt und wäre rein zufällig.

Erste Auflage 2010

www.dumont-buchverlag.de

Umschlag: Birgit Haermeyer
Unter Verwendung eines Bildes von Nicole Ahland
Gesetzt aus der Adobe Garamond und der Rotis
Satz: Fagott, Ffm
Gedruckt auf säurefreiem und chlorfrei gebleichtem Papier
Druck und Verarbeitung: CPI – Clausen & Bosse, Leck
Printed in Germany
ISBN 978-3-8321-9573-1

www.dumont-buchverlag.de

Für Martin und die Wiederkehr des Leuchtens

fragile, she doesn't see her beauty
she tries to get away
sometimes it's just that nothing seems worth saving
i can't watch her slip away
i won't let you fall apart

the fragile
nine inch nails

i know the pieces fit
'cause i watched them tumble down

schism
tool

Später werde ich wissen, dass vor dem Feuer eine Verpuffung war, kenne jetzt aber dieses Wort noch nicht, höre nur das Geräusch, das es bezeichnet, das gerade so klingt wie das Wort, nämlich: *Puff!*, eindeutig wie: *Puff!* Davon bin ich aufgewacht.

Und, sagt der Feuerwehrmann, der junge mit den Kratzern im Gesicht, es ist ein Wunder. Das sagt er. Dass mein Überleben ein Wunder sei und das der Katzen, denn die haben auch überlebt. Und dass das Wunder direkt mit der Verpuffung zu tun habe, das sagt er auch: Hätten Sie die nicht gehört, also, wären Sie von der nicht aufgewacht… Und ich höre die drei Pünktchen so deutlich wie in der Nacht das *Puff!*, nämlich: weil er das Wort nicht sagen möchte. Der junge Feuerwehrmann mit den Kratzern im Gesicht möchte nicht *tot* sagen.

Dass ich nämlich tot wäre jetzt, also: vorbei, also ein Leichnam oder der verkohlte Rest eines Leichnams, wenn mich die Verpuffung, die Frau Pietzsch beim absichtlichen Anzünden der mit Benzin getränkten Holzwände unbeabsichtigt verursacht hat, wenn sie mich nicht geweckt hätte. Das alles sagt der junge Feuerwehrmann mit den Kratzern im Gesicht, aber er sagt es erst in vier oder fünf Stunden, kurz bevor ein Vogel den Morgen ruft, wenn aus dem Haus nur noch kalter, schwarzer Rauch quillt und ein Gestank von Holzkohle und Chemikalien, wenn vier der fünf Löschzüge aus der gesperrten Wilskistraße wieder abgezogen sind, wenn die Beamten von der Brandkripo, nämlich: es gibt eine Abteilung bei der Kriminalpolizei, die auf Brände spezialisiert ist, wenn die Beamten von der Brandkripo mit gelben Kunststoffhelmen auf den Köpfen das Gelände nach Spuren abgesucht haben, dann wird der junge Feuerwehrmann mit den Kratzern im Gesicht das mit den Pünktchen sagen, aber jetzt ist es noch samtdunkel in der Wohnung und auch draußen. Da ist nur dieses Rauschen, nein: Fauchen. Etwas faucht rauschend durch meine Wohnung. Vor meiner Wohnung?

Vollkommen konzentriert und vollkommen aufrecht sitze ich im Bett und träume überhaupt nicht, sondern ich bin hellwach, obwohl ich gewöhnlich eher schwer hochkomme, also nur langsam aus dem Schlafen ins Wachen überwechsle, und registriere, wie ein Sensor, wie ein Signalerfassungsgerät, registriere ich, dass die Katzen gebannt auf die Wand starren. Die Beine fest ins Kissen gestemmt, ins Kissen neben meinem, die Ohren aufgestellt, starren sie wie gebannt auf die Wand, die das Kopfende der Matratze vom Hausflur, vom Treppenhaus, vom Draußen trennt. Mit einem Ruck springe ich hoch, laufe auf das Fauchen zu, das mit jedem Schritt lauter wird und lauter. Durch die Flügeltür, alte, weiß gestrichene Flügeltür, dann ins Studio und links in den Flur: das Fauchen kommt aus dem Treppenhaus.

Die Wohnungstür öffnen, sie sofort wieder schließen. Die Wohnungstür brennt von außen, das bedeutet: eine neunzig mal zweihundert Zentimeter große Fläche, die senkrecht zum Boden steht und jetzt, weil ich die Tür geöffnet habe, in einem spitzen Winkel in meine Wohnung hineinsteht, sie lodert. Die Holzwand links daneben brennt und der Boden vor meiner Tür, und es ist eine Tatsache, dass ich in diesem Moment nachdenke. In diesem Moment, in dem ich die Tür aufreiße und sie sofort wieder zuwerfe, denke ich über Wasser nach, über eine Decke zum Ersticken. Ich denke über Schutz nach. Aber kaum dass ich die Tür zugeschlagen habe: ein Lichterkranz. Da, wo sie im Rahmen aufliegt, schlagen plötzlich Flammen durch. Ölfarbe schmilzt, stinkt, schlägt Blasen.

Wenn es brennt, ruft man die Feuerwehr: mich daran erinnern. Die 112 wählen. Mit einem Herrn sprechen, der sich unter dieser Nummer meldet. Ich spreche sehr ruhig: Es brennt, sage ich. Wilskistraße 56, Nähe U-Bahnhof Krumme Lanke. Er fragt nach meinem Namen. Mané, beginne ich, dann tost es hinter mir, und ich lasse den Hörer fallen. Jetzt ist das Rauschen innen, das Fauchen auch. Die Hose überziehen, in Windeseile. Das T-Shirt, in dem ich geschlafen habe, alt, weit, blau-weiß geringelt, es anlassen, die Weste darüberstreifen. Kein einziges Gefühl: nur anziehen, umsehen. Es gibt keine Grenze mehr zwischen außen und innen.

Ich schnappe, ja genau so: schnappe mir den Kater. Er ist sehr still. Er ist viereinhalb Monate alt. Er lernt die Welt kennen, denke ich und drücke ihn an meine Brust, und er drückt seine Krallen durchs T-Shirt in meine Haut. Krällchen ist kein Wort. Wäre es eines, müsste ich sagen, dass er seine Krällchen in meine Haut drückt. Er will auf keinen Fall hinunterfallen. Ich kann ihm nicht erklären, dass, was er tut, ungünstig ist, dass es die Situation noch ein wenig komplizierter macht für mich. Also befehle ich der Haut über meiner Brust, sich nicht so anzustellen, während ich nach der Katze sehe, während ich sie rufe. Endlich höre ich sie.

Sie ist auf der anderen Seite des Fauchens, das bedeutet: wir sind getrennt, und ich denke, dass sie sterben wird, also befehle ich meinem Gehirn, nur noch Hilfreiches zu denken. Der Kater an meiner Brust keucht, dann schreit er und ich huste. Ich rufe noch einmal nach der Katze, die verbrennen wird. In diesem Moment ist das ihre Zukunft: verbrennen. Oder erst ersticken, dann verbrennen. Sie ruft zurück, maunzt, kreischt, schiebt Panik durchs Fauchen.

Ich greife nach dem Wohnungsschlüssel auf dem Flügel, unnütze Bewegung, sinnlos, mechanisch, lasse ihn fallen wie vorher den Hörer, stopfe mit der freien Hand den Geldbeutel in die Hosentasche: Ausweis. Man braucht seinen Personalausweis, wenn man mit der Polizei zu tun hat. Wenn es brennt, kommt nicht nur die Feuerwehr.

Ich kann nicht mehr aufhören zu husten. Mitten im Studio stehe ich mitten im Fauchen und kann keinen Muskel bewegen, nur stehen kann ich und mich umschauen und horchen, lauschen. Um mich das Studio, knistert, rauscht. Ich schließe die Augen. Nicht denken. Nichts denken. Die Augen geschlossen halten, um die Instrumente nicht zu sehen, kein einziges von ihnen, das Mischpult nicht und nicht die Rechner, weder den Apple, noch den alten Atari. Die Augen fest geschlossen halten. Der Kater an meiner Brust schreit. Die Augen öffnen, um ihn anzuschauen. Er streckt den Kopf in Richtung Schlafzimmerbalkon. Dorthin sehen, seinem Blick nachsehen. Kluge Kateridee: da sollten wir hin. Aber immer noch stehe ich und kann keinen Muskel bewegen, und die Dämmkegel an den Wänden schmelzen, schwitzen ätzenden Rauch, und plötzlich höre ich sie wieder: spitze, hohe Katzenrufe von weit her. Meine Beine bewegen sich mit einem Mal wie von selbst: laufen, rennen, aus dem Studio ins Schlafzimmer. Katerkrällchen tief in der Haut über meiner Brust, aber er hat aufgehört zu schreien.

Es ist sehr heiß. Der Ficus neben dem Bett, wie eine Wunderkerze, sprüht Funken. Die Holzwand zwischen dem Bett und dem Draußen, verschwunden. Das Zischen allerletzter Feuchtigkeitsreste in uralten Bodendielen, in den Türrahmen: denkmalgeschütztes altes Haus mit Holzwänden zum Flur, mit Putz aus Lehm und Stroh noch an manchen Stellen. Dann bersten die Scheiben: Als ich die Tür zum Balkon öffne, höre ich die Fensterscheiben in der Küche und im Bad bersten und die Katze schreien auf der anderen Seite des Fauchens.

Meine Wohnung brennt. Ich sage es leise, fast ist es ein Murmeln, spreche dennoch akkurat, überaus exakt: meine Wohnung brennt, stürze auf den Balkon, ziehe die Tür von außen heran, sehe durchs Fenster zurück, und es ist eine Tatsache, dass ich in diesem Moment nachdenke, nämlich: darüber, was dieser Satz bedeutet. Was bedeutet: meine Wohnung brennt? Und was bedeutet: meine Wohnung?

Der Kater ist still jetzt. Er ist steif und fest an mich gedrückt, aber er hat seine Krallen aus meinem Fleisch gezogen, und obwohl man das nicht tun soll, nämlich: wegen der Sauerstoffzufuhr, habe ich die Balkontür angelehnt gelassen. Die Küchenfenster sind ohnehin geborsten, die Holzwände sind verbrannt, es gibt keine Wohnungstür mehr, es ist vollkommen unwichtig, ob die Balkontür angelehnt ist oder nicht. Ich rufe die Katze, kann sie hören. Noch lebt sie, und jetzt kommt die Feuerwehr. Seitdem Frau Pietzschs unbeabsichtigtes *Puff!* mich geweckt hat, sind vierzehn Minuten vergangen, so lese ich es später in den Protokollen und werde denken, dass das schnell war: dass die Feuerwehr schnell aufgetaucht ist. Auch, dass das beruhigend war. Ist.

Die Querflöte, es scheint tatsächlich, ich habe sie mitgenommen. Unter meiner linken Hand atmet der Kater flach an meiner Brust. In meiner rechten halte ich die Flöte. Sie lag neben Geldbeutel und Schlüssel auf dem Flügel. Ich beschließe noch einmal, nicht an die Instrumente zu denken, an kein einziges, und sehe mich um:

Links und rechts vom Balkon lehnen Aluminiumleitern an den Ziegeln, rostrote, denkmalgeschützte Ziegel. Sie holen erst die Leute aus den Dachwohnungen: ihre Oberkörper haben sie weit aus den Fenstern geschoben, sie bekämen sonst keine Luft mehr, wären schon längst erstickt, jämmerlich verreckt, wegen des Rauchs, den man, im Übrigen, sehen kann, von meinem Balkon aus, von der Straße aus, sicher auch von ferne. Über den weit aus den Fenstern geschobenen Oberkörpern der Leute aus den Dachwohnungen wälzt sich ohne Unterlass und aufwärtsfließend ein Rauchstrom, ein dunkelschwarzer, ja, genau so: dunkelschwarz. Aus meinen Fenstern auch: ein Rauchstrom, nur weniger, nur schwächer, dünner, weil das Feuer hier lodert, und ich frage mich, ob Rauch Geräusche macht.

Später werde ich dann noch ein weiteres Fachwort kennen, nein: ich werde wissen, wie sich das Fachwort anfühlt, denn natürlich habe ich es vorher schon gehört, gelesen, gesagt. Ich werde wissen, wie sich das Wort *Brandherd* anfühlt, wenn es meine Wohnungstür bezeichnet und die Holzwand daneben und den Boden davor, nämlich: zehn Liter Benzin auf altem, denkmalgeschütztem Holz, deswegen ist mehr Rauch oben als in meiner Wohnung. Weil meine Tür der Brandherd ist, weil also das Feuer noch bei mir seinen Hunger stillt, weil es oben noch nicht wirklich zugeschlagen hat, sondern nur seinen Rauch dorthin schickt, sein Abfallprodukt. Das, was es nicht verspeist hat, was nicht vollständig verbrannt ist, schickt es nach oben in dicken und dicksten Schwaden, quasi als Vorhut, und deswegen haben die Leute aus den Dachwohnungen, an denen es keine Balkone gibt, die Oberkörper so weit wie möglich aus den Fenstern geschoben, und deswegen auch werden sie zuerst geholt von der Feuerwehr.

Yılmaz, mein Nachbar, ist mit den Kindern, die bei seiner geschiedenen Frau wohnen, die er nur an den Wochenenden und in manchen Ferien sieht, er ist mit ihnen in die Eifel gefahren zum Wandern und befindet sich also nicht in der Wilskistraße 56 in Lebensgefahr. Vroni und ihr Freund, die im Parterre neben der Schusterwerkstatt wohnen, sind mit ihren Kindern einfach aus den Fenstern auf die Grünfläche vor dem Haus gestiegen und also auch nicht in Lebensgefahr. Nur die Leute aus den Wohnungen im Dachgeschoss sind es. Nur sie und die Katze, aber die zählt nicht, obwohl ich sage: meine Katze. Ich rufe es den Feuerwehrmännern unterm Balkon zu, aber das Rauschen und Fauchen und die Kommandos und jetzt die Schläuche, dicke Schläuche und Blaulichter, endlos viele, tanzende Blaulichter, und Motoren. Die Männer hören mich nicht.

Oben steigt Frau Naumann mit ihren Pumps auf die Leiter, und es sieht aus, als umarme der Feuerwehrmann sie. Aber er steht ein paar Sprossen tiefer und hält seine Arme nur wie einen runden, weiten Käfig um sie herum und berührt sie nicht dabei. Er schützt sie. Vorm Herunterfallen schützt er sie, und ich denke zum zweiten Mal in dieser Nacht über Schutz nach und darüber, dass ich diesen Feuerwehrmann gern küssen würde.

Es ist eine Tatsache, dass ich das sehr ernsthaft denke. Ich denke: Ich würde diesen Feuerwehrmann gern küssen, weil er seine Arme wie einen runden Käfig um Frau Naumann hält, die mit ihren Pumps und den hautengen Röhrenstretchjeans und ihrer platinblonden Dauerwelle und dem pflaumenroten Damensteppanorak auf der Leiter steht und nun mit ihm zusammen, in ihrem, in Frau Naumanns Tempo die Leiter hinabsteigt. Deswegen würde ich diesen Feuerwehrmann gern küssen.

Und ich denke, dass ich ganz neu denken lernen muss, dass Liebe etwas ganz anderes ist, als ich bis jetzt dachte, nämlich: ab jetzt weiß ich genau, wie sie sich anfühlt. Sie fühlt sich so an. So, wie ich mich fühle, als ich den Feuerwehrmann mit seinen Armen um Frau Naumann sehe, so, genau so, damit sie nicht hinunterfällt, deshalb, und damit sie so wenig Angst wie möglich hat, nämlich: auch, wenn es ganz schlimm ist, kann jemand versuchen, dass ein bisschen weniger Angst aufgeht, und das ist Liebe.

Denn er hetzt sie nicht, und er zerrt nicht an ihr und schreit sie nicht an und sagt nicht: Schneller! Schneller! Und er sagt auch nicht: Nun machen Sie mal hinne, da oben stehen noch zwei! Er setzt einfach immer einen Fuß auf die nächste Sprosse, wenn Frau Naumann es tut, und es sieht fast aus, als tanzten sie, und ich überlege kurz, ob ich ihn um seinen Namen bitte, wenn er gleich an mir vorbeikommt, sie müssen nämlich, er und Frau Naumann, an meinem Balkon vorbei auf ihrem Weg nach unten, überlege also, ob ich ihn um seinen Namen bitte, damit ich mich nachher zu ihm durchfragen und ihn küssen kann. Aber dann knackt die Scheibe in der Balkontür. Meine Wohnung brennt, flüstere ich, und es ist eine Tatsache, dass ich bereits in diesem Moment nicht mehr darüber nachdenke, was das bedeutet.

Während jetzt auch noch Herr Manteuffel und Frau Menzel auf den Leitern hinuntersteigen, höre ich ein Geräusch hinter mir und schreie und drehe mich um, auf dem Absatz, in einer fließenden Bewegung, und mache dabei einen halben Schritt zurück, mit dem Rücken auf das Fauchen hinter den Scheiben zu. Dort, wo nur Kommandos sein dürften, das Knistern von Walkie-Talkies und das Schaben großer schmutzig weißer Schläuche über Erde und Pflastersteine und Gras, nämlich: auf der Straßenseite, höre ich eine Stimme.

Fast direkt an meinem Ohr höre ich sie, als sänge jemand eine Beschwörung. Und weil hinter mir keine Stimme sein dürfte, sondern nur Kommandos und Knistern und Schläuche und vielleicht noch stille, tanzende Lichter, nämlich: Blaulichter, die sich in den Scheiben der Studiofenster spiegeln, denn die Studiofenster splittern erst in zwei Minuten, weil nichts anderes als das hinter mir sein dürfte, schreie ich und drücke den Kater noch fester an mich und drehe mich mit einer fließenden Bewegung um und sehe zur Straße, wo zwischen den Gebäuden auf der gegenüberliegenden Seite und den Feuerwehrwagen und Krankenwagen und Polizeiwagen inzwischen sicher an die fünfzig Menschen versammelt sind und schauen. Sie schauen aufs Haus, zeigen darauf, halten sich gegenseitig umarmt, machen Fotos, telefonieren, obwohl es mitten in der Nacht ist, nämlich: vier Uhr dreiundzwanzig, und mit einem Mal: der Feuerwehrmann, den ich später küssen möchte.

Er steht zwischen mir und der Balkontür. Ich sehe ihn an und verstehe plötzlich, dass der Mann auf der Leiter ein Kollege von ihm ist. Ich soll über die Brüstung, breite Steinbrüstung, klettern und zu ihm auf die Leiter steigen. Das verstehe ich jetzt, weil der Feuerwehrmann, den ich später küssen möchte, neben mir aufgetaucht ist. Und also sage ich: Nein.

Ich sage es leise, aber überaus deutlich und schüttle, damit die beiden es wirklich verstehen, den Kopf dazu. Ich gehe hier erst weg, sage ich, wenn Sie meine Katze holen, und weil er denkt, ich hätte vergessen, dass ich meine Katze im Arm halte, zeigt der Feuerwehrmann, den ich später küssen möchte, auf den Kater. Ich sehe ihn ärgerlich an. Ich sage: Nein, nein, meine Katze. Das hier ist der Kater! Die beiden wechseln einen Blick, sprechen dann gleichzeitig. Eine Katze, sagen sie, und der, der auf der Leiter steht, nimmt sein Walkie-Talkie und sagt es noch einmal, und der, den ich später küssen möchte, legt den Kopf schräg und lächelt und sagt, dass sie meine Katze suchen, und fragt, ob ich mir jetzt vorstellen könnte, zu seinem Kollegen auf die Leiter zu klettern, und ich überlege, ob ich mir das vorstellen kann. Eigentlich wäre es mir lieber, er selbst stünde dort, weil ich weiß, dass er niemanden hetzt und dass er niemanden anfasst und dass man sicher auf dem Boden ankommt, wenn man mit ihm die Leiter hinuntertanzt, aber dann schlägt ein Kopfbefehl ein:

Sie sollte sich nicht so anstellen. Still und eisern und böse in mir drin, mitten im Kopf, wo Kopfbefehle wohnen: Sie sollte sich wirklich nicht so anstellen! Also setze ich mich auf die Brüstung, breite Steinbrüstung, um die Beine hinüberzuschieben. Aber so lassen sie es nicht zu. Sie wollen, dass ich ihnen die Flöte und den Kater gebe, und jetzt reicht es mir wirklich. Nein!, sage ich, schüttle wieder den Kopf.

Sie sind sehr freundlich und sehr ruhig, und hinter mir wird das Fauchen immer lauter, und später werde ich wissen, dass all das zwei Minuten gedauert hat, nämlich: bis die Scheiben der Studiofenster gesplittert sind. Es scheint, dass dieses Splittern mich schließlich doch überzeugt, denn in dem Moment gebe ich dem Feuerwehrmann, den ich später küssen möchte, das Instrument und erkläre ihm, dass er auf keinen Fall auf die Klappen fassen darf, und zeige ihm, wo er hinfassen soll, nämlich: am Hals, zwischen das Mundstück und die oberste Klappe, da darf er hinfassen, und er nickt und fasst nicht auf die Klappen, sondern genau dahin, wo ich es ihm gezeigt habe, und ich denke, dass er sich gar nicht mal so ungeschickt anstellt. Dann hilft er mir über die Brüstung, und ich darf den Kater im Arm behalten.

Er ist so still, dass ich überlege, ob ich ihn erdrückt habe. Deshalb beuge ich den Kopf, bis meine Lippen die Spitzen seiner winzigen Ohren berühren und flüstere seinen Namen: Sandman, flüstere ich, und halte die Luft an. Leise, aber deutlich hörbar maunzt er zurück, und während wir jetzt nicht mit dem Feuerwehrmann, den ich später küssen will, sondern mit seinem Kollegen die Leiter hinuntersteigen, laufen mir die Tränen übers Gesicht, weil ich weiß, dass ich Sandman nicht erdrückt habe.

Dieser Feuerwehrmann ist kein so guter Tänzer wie der, den ich später küssen möchte. Er hält meinen rechten Oberarm fest in seiner Hand. Kurz sehe ich hoch in den Rauch über uns, und plötzlich weiß ich, dass er tatsächlich ein Geräusch macht: ein dumpfes, weiches, kaum hörbares Raumeinnehmen. Genau so klingt Rauch, und plötzlich weiß ich außerdem, dass der Tod nicht mehr aufhören wird zu fauchen. Eigenartig, denke ich, weil ich immer davon überzeugt war, der Tod wäre etwas Stilles, Lautloses, etwas wie Rauch, nur umgekehrt, nämlich: ich dachte, der Tod sei ein dumpfes, weiches, kaum hörbares Raumauflösen und Zeitauflösen. Aber ich habe mich geirrt. Der Tod rauscht und faucht. Er wird nicht mehr damit aufhören, denke ich noch einmal. Und das geschieht dir recht, sagt eine Frauenstimme.

Ich zucke zusammen, sehe mich um. Der Feuerwehrmann packt mich noch fester am Arm, und als er das tut, denke ich zum ersten Mal wieder an Hjartan. Aber ich schüttle den Kopf, und er verschwindet aus meinen Gedanken. Mit der einen Hand halte ich mich an der Leiter fest, weil ich mit der anderen meinen lebenden Kater an mich drücke und darauf achte, nicht zu stark zu drücken, damit er auch später noch lebt, und jemand sagt: Es gibt unterschiedliche Tode, sie fauchen nicht alle.

Was?, frage ich und sehe mich zu dem Feuerwehrmann um, denn es war eine tiefe, eine angenehme und tiefe Stimme, die da gesprochen hat. Gleich haben Sie's geschafft, sagt er, sieht zu mir hoch und lächelt. Nur noch zwei Sprossen, dann haben Sie es geschafft, sagt er, und es ist eine Tatsache, dass ich selbst jetzt noch keinen Verdacht schöpfe. Beim nächsten Schritt stehe ich, genau wie er es gesagt hat, auf Erde, auf Matschboden, zertretenem Gras. Er schiebt mich auf einen Mannschaftswagen zu, lässt endlich meinen Arm los, und ich stehe und schaue.

Links von mir das Haus: duckt sich. Wie ein speiendes, würgendes Ding, nämlich: rauchwürgend, das man totgeschlagen hat, jemand, irgendwer: fast totgeschlagen, denn es hustet noch, röchelt, und ich lasse den Blick über die Menschen im Wagen fahren und sehe noch einmal zum Dach hoch und wende mich um und frage, ob sie in allen Wohnungen gewesen sind. Der Feuerwehrmann nickt: Natürlich, sagt er, warum denn? Frau Pietzsch, antworte ich, huste, zeige aufs Dach, huste wieder. Sie fehlt, sage ich, nämlich: sie steht hier nirgends, sie sitzt auch nicht im Mannschaftswagen. Welche Wohnung?, seine Stimme klingt gepresst. Oben links, sagt Vroni hinter mir im Wagen, weil ich schon wieder huste. Oben, unterm Dach der linke Eingang, sage ich, aber da wirft er schon die Tür zu und rennt los, und ich schaue durchs Mannschaftswagenfenster. Er ruft etwas, das ich nicht verstehe, verschwindet mit sechs oder sieben anderen Männern hinterm Haus, dorthin, wo es ins Treppenhaus geht. Ich drücke meinen Kater fester an mich, vorsichtig drücke ich ihn. Und eine Katze im ersten Stock links, flüstere ich, und weil das Fenster von meinem Atem beschlägt, wende ich mich um.

Das Wageninnere ist ein Mischdunstraum aus Schweiß und Alkohol und Lenor und Schlaf und Talg und Angst, und ich schließe den Reißverschluss der Weste und schiebe meine Hand unter Sandman, damit er ein Nest hat, ein Versteck, und gehe durch den schmalen Mittelgang zwischen Nachbarknien entlang und setze mich auf den einzigen Platz, der noch frei ist: hinten, neben Herrn Manteuffel, und halte auch im Sitzen die Hand unter das Katzennest. Leichtes, warmes Lebendgewicht in meiner linken Handfläche.

Frau Pietzsch ist nicht im Haus, sagt der Feuerwehrmann, der eine halbe Stunde später die Mannschaftswagentür öffnet, der blutige Kratzer im Gesicht hat, der etwas im Arm hält, etwas Dunkles, Löschschaumverklebtes. Gehört jemandem von Ihnen diese Katze?, will er wissen. Und ich will Ja sagen und die Hand heben. Das ist meine, will ich sagen, deshalb mache ich den Mund auf, aber: nichts. In meiner Kehle steht die Luft wie eine

Säule aus festem, grau meliertem Granit, und ich höre Herrn Manteuffel sprechen. Ist das nicht Ihre Katze?, fragt er und sieht mich an. Aber ich bin eingekeilt zwischen Innen und Außen und denke, dass ich gleich an einer Granitsäule ersticken werde und dass das vollkommen unmöglich ist und gar nicht sein kann, und dann kommt ein lautes, pfeifendes Quietschen aus meinem Hals, und der Feuerwehrmann mit den Kratzern im Gesicht will in den Mannschaftswagen hochsteigen, um mir meine Katze zu bringen, aber die faucht laut und springt einfach quer durch den Mischdunst und landet halb auf meinem Schoß und halb auf ihrem verborgenen Bruder, der keinen Mucks von sich gibt.

Klebriges, nasses Katzenfell unter meiner Hand. Wie heißt sie?, fragt der Feuerwehrmann, der jetzt neben mir steht, und obwohl meine Katze eigentlich Joplin heißt, sage ich: Death, und wundere mich überhaupt nicht, weder darüber, dass Joplin einen neuen Namen hat, noch darüber, dass ich plötzlich wieder atmen und also sprechen kann, sondern ich sehe den Feuerwehrmann an und nicke und sage noch einmal: Meine Katze heißt Death.

Aber sie ist ohnehin schon längst verschwunden, nämlich: sie ist sofort zu Sandman unter meine Weste gekrochen. Die beiden rumpeln ein wenig hin und her, dann sind sie still, und meine Hand liegt unter ihnen, und meine Weste verbirgt sie. Death, sagt der Feuerwehrmann und legt lächelnd den Kopf schräg, und Herr Manteuffel seufzt, und Jessica, die fünf Jahre alt ist, Jessica sagt: Wie süß!, und zeigt auf die Spitze von Sandmans Schwanz, die unter meiner ausgebeulten Weste herauslugt, und Mike, der drei Jahre alt ist und Jessicas Bruder, schläft an seine Mutter gelehnt und hält den Daumen im Mund dabei, und der Feuerwehrmann mit den Kratzern im Gesicht geht fort und lässt die Tür offen stehen, und als ich ihn nicht mehr sehe, denke ich, dass ich gleich wieder keine Luft mehr bekomme oder platze oder einfach in mich zusammenfalle, und stehe auf, beide Hände unter der Weste, und gehe aus dem Wagen und atme Rauchluft, atme aufrecht, das bedeutet: mit gestrecktem Rückgrat und das Kinn ein wenig gegen den Himmel erhoben.

Das Rot weiß ich nur, sehe es nicht, denn es ist noch Nacht, aber ich weiß, dass die dunklen Streifen rot sind auf den Bändern. Weißrotschräggestreifte Absperrbänder, dahinter: Menschen. Die Frau vom Reformhaus: Morgenmantel, Turnschuhe, neben ihr der Mann vom Reformhaus: Morgenmantel, Pantoffeln. Er hat den Dackel an der Leine dabei. Sie wohnen überm Laden und stehen zwischen noch viel mehr Menschen. Achtzig? Hundert inzwischen? Wie viel sind hundert Menschen?

Das Haus qualmt nur noch, aber immer mehr Menschen und Blaulichtstreifen in Bewegung, dazwischen Dunkelfelder, angefüllt mit kaum hörbarem Lindenrauschen, nämlich: schlagartig hängt schwerer, süßer Lindenblütenduft in der Nacht. Einatmen, denke ich, ausatmen, einatmen, und schließe die Augen und huste. Es ist Anfang Oktober, denke ich. Es gibt keine Lindenblüten, denke ich, und später werde ich wissen, dass es eine, dass es gleich mehrere Rauchvergiftungen gibt, nämlich: Jessica hat eine, Mike hat eine, Vroni und Harald, wir alle haben eine. Nur Frau Pietzsch hat der Rauch nicht vergiftet. Und Yılmaz, ihm hat er auch nichts anhaben können, weil er mit den Kindern in der Eifel ist zum Wandern. Im Oktober blühen die Linden nicht, denke ich, also duften sie auch nicht im Oktober. Mich an die Wirklichkeit erinnern, weißrotschräggerahmte Wirklichkeit, aber eindeutig: dieser schwere, süße Lindenblütenduft, und ohne Vorwarnung plötzlich die Hand.

Sie drückt mich in Richtung Mannschaftswagen. Ich schüttle den Kopf. Da riecht es nach Lenorschlaf, flüstere ich der Hand auf meiner Schulter zu und bin etwas, das man umdrehen und schieben kann. Sie meinen das nicht böse, erkläre ich dem Mann an der Hand. Wer meint was nicht böse?, will er wissen und sein Griff lockert sich. Sie, sage ich, nicke in seine Richtung. Ich? Er nimmt die Hand fort. Genau, sage ich. Seine Stimme jetzt, hart, kantig: Ich meine überhaupt nichts böse! Ich weiß, sage ich und nicke noch einmal.

Die Hand wieder, sie schiebt. Ich halte dagegen, schüttle noch einmal den Kopf, aber: Sie sollten wirklich in den Mannschaftswagen zurück, wir müssen Sie ohnehin noch befragen. Ich ziehe meine Schulter unter der Hand fort. Wo ist der Feuerwehrmann?, frage ich. Ich bin der Feuerwehrmann, erklärt er mir. Nein, sage ich und sehe mich um. Doch, sagt er und legt seine Hand auf meine andere Schulter und drückt wieder, und ich halte wieder dagegen und ducke mich wieder von seiner Hand weg und suche den Feuerwehrmann, den ich später küssen will, und kann ihn nicht finden zwischen den vielen Männern in schwerem Sicherheitsorange und hätte nach seinem Namen fragen sollen.

Wie heißen Sie?, frage ich. Bitte gehen Sie jetzt in den Wagen zurück, sagt er. Aber, wie heißen Sie?, frage ich. Was tut es zur Sache, wie ich heiße? Er klingt ungeduldig, und ich sehe ihn an, nämlich: erstaunt über seine kluge Frage. Es tut tatsächlich überhaupt nichts zur Sache, sage ich und nicke, ich will Sie ja gar nicht küssen.

Wie bitte? Die Hand verschwindet, seine Augen weiten sich, und ich: gehe. Wo wollen Sie hin? Er folgt mir. Atmen, sage ich. Sie wollen atmen. Ich nicke. Ich atme, gehe auf und ab. Sandman maunzt. Ich fasse mit der freien Hand in die Tragetasche, in die meine Weste sich verwandelt hat, streichle. Sofort ist wieder Stille. Sie können auch im Wagen atmen, sagt der Mann. Ich betrachte sein Gesicht. Er ist sehr dumm.

Erstaunlich, denke ich, wie früh man die Stimmen von Katzen schon unterscheiden kann, nämlich: es ist weniger die Stimmlage, es ist der Ton. Sandman hat einen Forderton, Death einen Sington. Das Maunzen eben, denke ich, war ganz eindeutig ein Fordermaunzen, und gehe auf und ab, und jetzt ist die Hand fort, und der Mann, dem sie gehört, ist fort, und ich gehe auf und ab und trage meine Katzen in einer Tasche vor meinem Bauch und verlasse den weißrotschräggestreiften Rahmen nicht und suche den Feuerwehrmann, den ich später küssen will. Mit den Augen suche ich ihn und finde ihn nicht, sondern ich sehe nur Feuerwehrmänner und Feuerwehrmänner. Sie wogen hin und her, denke ich. Sie sind wie Wellen, wie ein Meer, diese vielen, orange gekleideten Sicherheitsmänner. Ein Rettermeer, das ruft und läuft und schwitzt und trägt, ein Meer aus Feuerwehrmännern, das Schläuche einrollt und umlegt, das große, horizontal an den Wagen angebrachte Hähne dreht und leuchtende Knöpfe drückt, das Geräte hin- und herträgt und Funksprüche durchgibt und mit Polizisten redet und mit den Männern vom Technischen Hilfswerk und auf Stellen am Haus zeigt mit hochgereckten Armen und ausgestreckten Fingern, das Helme trägt, weißlich schimmernde Helme und gelblich schimmernde, von Zeit zu Zeit von blauem Licht gestreift, sonst im Dunkeln schwimmend, und jenseits des weißrotschräggestreiften Rahmens, jetzt neunzig Menschen, hundertzwanzig, hinter denen vereinzelt Lichter in Fenstern leuchten, nein: hinter Fensterscheiben, intakte Lichter hinter intakten Scheiben.

Über dem Reformhaus streckt ein kleiner Junge den Kopf aus dem Fenster und ruft verschlafen und überhaupt nicht erschrocken nach seiner Mutter, und die Reformhausfrau ruft etwas zurück und geht mit ihrem Mann und ihrem Dackel ins Haus, und ich suche den Feuerwehrmann, den ich später küssen will, und halte leichtes, doppeltes Lebendgewicht in der linken Hand und setze mich auf einen Poller am Rand der Grünfläche vorm Haus, einen Randpoller, der sich innerhalb des weißrotschräggestreiften Rahmens befindet, setze mich, weil mir schwindelig ist und heiß. Auf eine kratzige, unangenehme Weise ist mir heiß, als glühte in mir etwas vor sich hin, nämlich: vielleicht wie ein Brandherd, glüht etwas in meiner Kehle, und ich denke, dass ich mich nicht daran erinnern kann, wie lange es her ist, dass ich einen so schneidenden, reißenden Durst hatte, und jemand sagt:

Ich erinnere mich an zuckersüßen Eistee im Sommer, literweise aus dem Kühlschrank in der Bjarnarstigur, und, obwohl ich zusammenzucke, als ich den Straßennamen höre, klingt die Stimme, als lehnte sie sich genüsslich in einen Sessel zurück, während sie ihn ausspricht, und obwohl ich mich umschaue, ist niemand zu sehen, genau wie vorhin auf der Leiter niemand zu sehen war, und plötzlich geht mir ein Licht auf, plötzlich denke ich, dass es dieselbe Stimme ist, dieselbe harte, kalte Stimme wie vorhin, körperlos, gesichtslos, und dass sie von derselben Zeit spricht, von der sie vorhin schon gesprochen hat, und jetzt erst, als ich all das denke und mein Blick über die blind starrenden Fensterlöcher streift, in denen sich nichts mehr spiegelt, kein Blaulicht, kein Mond, kein Lindenblatt, jetzt endlich merke ich, dass irgendetwas mit dieser Stimme ganz und gar nicht in Ordnung ist.

Aber bevor ich mir ernsthaft Gedanken darüber machen kann, sehe ich ihn endlich und springe auf und spüre winzige Katzenkrallen am Bauch und gehe, nein: laufe hinüber, und als ich in das Meer aus geschäftigen Rettern tauche, ist der Feuerwehrmann, den ich küssen möchte: er ist schon wieder verschwunden.

Also stehe ich. Ich stehe im Meer aus Feuerwehrmännern und bin ein Fels, um den es brandet, sich öffnet, sich wieder schließt, und ich tauche blicktief, das bedeutet: nur mit den

Augen tauche ich herum, und finde ihn nicht, und niemand berührt mich, sondern sie machen Bögen um mich, rechts herum, links herum, je nachdem, woher sie kommen und wohin sie gehen, zielstrebig, alle. Immer noch tragen sie Schläuche und Hacken und Seile und ziehen eine der Leitern ein und lassen die anderen stehen und streifen Sicherheitshandschuhe ab und wischen sich mit dem Ärmel über die Stirn und sehen zum Dach hoch. Es beunruhigt sie. Alles ist nur noch Qualm und Rauch und Ruß, aber das Dach scheint sie ernsthaft zu beunruhigen, und ich stehe und atme und tauche, nämlich: blicktief vergeblich durchs Meer, um den Feuerwehrmann zu finden, den ich später küssen will, und die Linden duften quer durch den Oktober und quer über den weißrotschräggestreiften Rahmen, duften wie Honig und also wie Sommerfrühstücke auf der Terrasse, und jemand sagt:

Am liebsten das Eigelb noch fast flüssig, aber das Eiweiß schön fest und auf jeden Eierlöffel Ei einen kleinen Klecks Butter und ein Stück braun gebrannten Toast hinterher, und ich weiß genau, wer sein Ei am liebsten auf diese Weise isst, und ignoriere, was ich höre, konzentriere mich auf andere Geräusche, auf Rufe, nähere, fernere, die leichte Brise, die aufgekommen ist, das Brummen der Motoren, tauche und sehe mich, während ich tauche, noch einmal nach dem Körper zur Stimme um, sehe aber nur Feuerwehrmänner mit Funkgeräten und Schläuchen, und langsam, scheint mir, ist die Nacht nicht mehr so dunkel, nämlich: hinter dem grau verkohlten Haus verfärbt sich der schwarze Himmel anthrazit.

Ich gehe ein Stück mit Ihnen, sagt jemand. Wenn Sie wollen, gehe ich ein Stück mit Ihnen, und diesmal ist es wieder eine tiefere Stimme, aber ich achte nicht auf sie, weil mich diese Stimmen irritieren, und weil ich hoffe, dass sie vielleicht aufhören, über die Bjarnarstigur zu sprechen und über Sommerfrühstücke, an die ich nie wieder denken wollte. Wenn ich sie ignoriere, wenn ich einfach nicht auf sie achte, denke ich, dann hören sie vielleicht auf.

Aber sie scheren sich nicht darum, sondern jemand sagt noch einmal: Ich gehe ein Stück mit Ihnen. Vielleicht da hinüber?, und zeigt mit einem orangefarbenen Ärmel aus Sicherheitskunststoff nicht in Richtung Mannschaftswagen und nicht in Richtung Haus, sondern in die Richtung, aus der ich vorhin gekommen bin, in die Richtung, in der der Poller steht, auf dem ich gesessen habe, um zu atmen und zu schauen, und zeigt nur und schiebt nicht und dreht mich auch nicht und hat einen Körper.

Neben mir steht der Feuerwehrmann. Es ist der vierte, nein: der dritte, also nicht der, den ich später küssen möchte, auch nicht der, mit dem ich die Leiter vom Balkon hinuntergestiegen bin, oder der, der aus mir ein Ding gemacht hat, das man umdrehen und schieben kann. Es ist der Feuerwehrmann mit den Kratzern im Gesicht, der meine Katze zurückgebracht hat. Frau Pietzsch ist nicht im Haus, hat er gesagt und meine Katze im Arm gehalten dabei.

Frau Pietzsch ist weder verbrannt, noch erstickt, sondern aller Wahrscheinlichkeit nach gesund und mit Sicherheit am Leben, sage ich und sehe ihn an. Er nickt: Sie war heute Nacht nicht hier, antwortet er. Sie hat auch keine Rauchvergiftung, sage ich. Wieder nickt er, lächelt: Davon ist auszugehen. Dann zeigt der dritte Feuerwehrmann mit ausgestrecktem Arm zu dem Poller, von dem ich vorhin aufgesprungen bin. Ich gehe ein Stück mit Ihnen, sagt er. Wenn Sie wollen, sagt er, und meine Hand: wie ein aufwärts schwebendes, wie ein gewichtslos in einer Brise schwebendes, bleiches Herbstblatt, das nicht zu mir gehört. Meine Hand, die freie, die keine Katzen unter der Weste hält, meine rechte Hand, legt sich auf den Arm des dritten Feuerwehrmanns.

Ich sehe ihn an. Ich lege meinen Kopf an seine Brust. Ich reiche ihm gerade bis an die Schultern und lege meinen Kopf an seine Brust und lasse meine Hand auf seinem Arm, und er lässt meine Hand auf seinem Arm und meinen Kopf lässt er auch, und er sagt: gar nichts, sondern er legt seinen anderen Arm um meine Schultern, und wir sind ein Fels, um den das Meer brandet, und das Meer teilt sich um uns, rechtsherum und linksherum, und niemand berührt uns, und ich spüre seinen Atem auf meinem Gesicht, und mein Gesicht ist nass, und wir sind ein Fels, um den das Meer brandet, und wir sind ein Fels, der sich durchs Meer bewegt und der genau weiß, wo er hin will, nämlich: nicht zum Mannschaftswagen und nicht zum Haus, sondern zum Poller am äußersten Rand des weißrotschräggestreiften Rahmens, und ich verstehe überhaupt nicht, wie man gehen kann, wenn man auf diese verschlungene Art ein Fels ist, aber wir können: Wir sind ein Fels, der das kann, und kommen am Poller an und setzen uns aufs zertretene Gras. Ich lehne mich an den Poller, und der dritte Feuerwehrmann sitzt mit geradem Rücken neben mir, und meine Hand ist jetzt wieder bei mir, und sein Arm ist wieder bei ihm, und: wir schweigen.

Wie heißen Sie?, frage ich nach dem Schweigen. Rieger, sagt er, Bartek Rieger, und ich lache. Bartek Rieger, wussten Sie, dass Sie ein Fels sind? Er lächelt, dann schaut er aufs Gras zwischen seinen ausgestreckten Beinen und lächelt nicht mehr, sondern jetzt schaut er ernst, und sagt: Manchmal bin ich ein Fels, und manchmal bin ich kein Fels, und schaut weiter aufs Gras dabei.

Es gab eine Verpuffung, nicht wahr?, fragt er, und ich sehe ihn an, schräg von der Seite her sehe ich ihn an. Eine Verpuffung, sagt er wieder und nickt. Gas, sagt er. Dämpfe, verstehen

Sie? Wir haben Benzinkanister gefunden, sagt er, hinterm Haus. Wer immer das getan hat, hat es mit Benzin getan. Getan?, meine Stimme, wie raschelnder Papyrus. Jemand hat Benzin über die Tür geschüttet, sagt er leise. Sie meinen, fange ich an, und er nickt. Sind Sie bedroht worden?, fragt er, und ich, mit hochgezogenen Brauen: Soll das heißen, dass dieses Feuer kein Unfall war? Nein, sagt er leise, tut mir leid, das ist ausgeschlossen, und ich denke, dass ich noch nicht wusste, wie langsam man denken kann, aber jetzt weiß ich es, nämlich: man kann so langsam denken, dass es sich anfühlt, als bliebe die Zeit stehen.

Was ist eine Verpuffung?, frage ich. Entzündbare Flüssigkeiten, erklärt er, setzen Dämpfe frei, Gasgemische. Bartek Rieger spricht wie ein freundlicher Lehrer. Wenn Sie, zum Beispiel, Benzin auf eine Holztür schütten und dann ein Streichholz dranhalten, gibt es einen dumpfen Knall, eine schwache Explosion. Es sind die Gase, die entflammen, die brennen. Kein lautes Geräusch bei so wenig Benzin.

Es macht *Puff!*, nicht wahr?, flüstere ich. Er lächelt, nickt. Es ist ein Wunder, sagt er, dass Sie und die Katzen, bricht ab, schweigt eine Weile. Es muss eine Verpuffung gegeben haben, sagt er schließlich, und ich nicke, als er das sagt, denn: ich erinnere mich an das Geräusch. Davon sind Sie aufgewacht, sagt er. Es klingt wie eine Frage, obwohl es keine ist. Sie haben doch geschlafen? Ich nicke: Es klang wie *Puff!* Davon bin ich aufgewacht.

Es ist ein Wunder, sagt er noch einmal, und ich schaue zu ihm hin. Dass Sie überlebt haben, sagt er und sieht wieder aufs Gras zwischen seinen Beinen, Sie und die Katzen, das grenzt an ein Wunder, sagt er. Die Wand zwischen dem Bett und dem Hausflur, das war nur eine alte, übertapezierte Tür, stellt er fest, und ich nicke schon wieder. Sie muss sofort durchgebrannt sein, und bei der Rauchentwicklung... Ohne die Verpuffung, sagt er, also hätten Sie die nicht gehört, wären Sie davon nicht aufgewacht...

Und ich höre die drei Pünktchen so deutlich, wie vor ein paar Stunden das *Puff!*, nämlich: weil er das Wort nicht sagen möchte. Der junge Feuerwehrmann mit den Kratzern im Gesicht möchte nicht *tot* sagen.

Aber ich möchte es sagen, und ich sage es. Wäre ich von der nicht aufgewacht, sage ich, dann wäre ich jetzt tot, also vorbei, also ein Leichnam oder der verkohlte Rest eines Leichnams, und er nickt und drückt mich fest an sich mit seiner Hand, die auf meiner Schulter liegt, und mit seinem Arm, der um meinen Nacken liegt. Ich sollte Ihnen eigentlich nur ein paar Fragen stellen. Ich hätte das nicht...

Sie mögen Pünktchen, Bartek Rieger, sage ich, und er lächelt unsicher, und ich stoße drei kleine, nebeneinanderliegende Pünktchen in die Luft vor unseren Gesichtern, mit dem Zeigefinger stoße ich sie in die Luft, und jetzt versteht er und sagt, dass manche Sachen nicht so leicht zu sagen seien.

Aber man muss sie sagen, erkläre ich, das ist wichtig. Wichtig?, fragt er. Ich nicke: Damit die Wirklichkeit nicht verloren geht, und er drückt mich noch einmal an sich, und ich schließe die Augen, aber ich öffne sie gleich wieder, weil das Fauchen unerträglich laut wird, wenn ich sie schließe, und sage mit geöffneten Augen und sehr langsam, nämlich: so langsam, dass die Zeit fast stehen bleibt, sage ich: Jemand hat absichtlich Benzin auf meine Wohnungstür geschüttet und es angezündet.

Scheint so, sagt er leise, und ich schüttle verwirrt den Kopf und schaue ihn an: Sie bluten immer noch, Bartek Rieger. Er wischt mit der Hand über die Kratzer in seinem Gesicht.

Wie heißt die andere?, will er wissen, zeigt auf meinen Bauch. Sandman, antworte ich, und wegen der Kratzer in seinem Gesicht, nämlich: ein bisschen als Entschuldigung, sage ich: Ein

Kater, er ist erst vier Monate alt, und schließe die Augen und höre ins Fauchen und lehne den Kopf an Bartek Riegers Arm. Sandman?, fragt er. Sandman und Death? Es ist eher ein Murmeln, ein amüsiertes, fragendes Murmeln: Wie Death und Sandman bei Gaiman?, und das Regal mit den Comics hinterm Lesesessel schmaucht, glüht, zerfällt zu Asche, aber ich denke, dass ich jetzt schlafen werde, dass ich mich in Bartek Riegers lächelndem Murmeln entspannen und tief und fest und traumlos schlafen werde, und genau in dem Moment ruft jemand quer über den kleinen Platz vorm Haus und quer durch das Nachtendeanthrazit und quer durch den Lindenduft laut und deutlich seinen Namen. Rieger!, ruft jemand, und ich schrecke hoch: der dritte Feuerwehrmann ist hier, um zu arbeiten.

Er steht auf und winkt in Richtung eines der Löschwagen. Wo ist das Mädchen?, will der andere wissen. Ich bin in zwei Minuten wieder hier, sagt Bartek Rieger leise, und ich denke, dass er manchmal ein Fels ist und dass er manchmal kein Fels ist, und lausche in meine Weste hinunter, aber von dort: kein einziger Ton, nur der leichte, regelmäßig sich wiederholende Druck auf meine Oberschenkel: zwei kleine Lungen, die sich füllen und leeren und füllen und leeren.

Als sei sie nie fort gewesen, spricht plötzlich die Frauenstimme wieder. Solche Dinge, sagt sie, geschehen nicht zufällig. Sie geschehen immer aus einem Grund. Solche Dinge zieht man an, sagt sie, und obwohl ich sie nicht sehen kann, weiß ich, dass sie irgendwo in der Nähe steht und auf mich herabsieht. Sie lebt ihr Leben in Angst, die Stimme spricht schneidend, klingt gnadenlos. In Angst, sagt sie, was auch ganz logisch ist. Es hat die Falschen getroffen, das weiß sie ganz genau, sagt sie, und jetzt keuche ich leise, und mein Hals ist eng. Sie ist es, die hätte sterben sollen, fasst die Frauenstimme zusammen, solchen Unfrieden zieht man an mit der Angst, die man im Herzen trägt, und als sie das sagt, weiß ich noch nicht, dass ich sie ab jetzt oft hören werde, fast ständig, weiß nicht einmal, dass sie einen Namen hat, sondern ich ziehe nur die Schultern hoch und den Kopf ein vor ihrem Urteil und warte. Darauf, dass sie aufhört, warte ich. Aber sie hört nicht auf, sondern sie macht ungerührt weiter mit ihrer Schneidestimme: Es gibt keine Zufälle, sagt sie, ganz besonders nicht solche. Und ich weiß auf der Stelle, dass sie gleich von Hjartan sprechen wird.

Sie ist schuldig, stellt sie ruhig fest, und ich weiß, dass sie mich meint, und mir fällt nichts ein, womit ich mich verteidigen könnte, sondern ich denke, dass sie recht hat, und obwohl ich versuche, es zu verhindern, keuche ich schon wieder. Aber dann sagt jemand: Du machst es dir ganz schön einfach, Pia, und ich glaube, dass es die andere, die tiefe Stimme ist, die, die auf der Leiter zu mir gesagt hat, dass nicht alle Tode fauchen und brüllen. Du machst es dir zu einfach, sagt sie noch einmal. Pia schnaubt nur leise. Glaub mir, Lars, sagt sie, ich mache es mir nicht einfach. Solche Zufälle gibt es nicht. Es gibt überhaupt keine Zufälle, weder solche, noch andere.

Dann beginnt eine kurze Stille. Sie reicht für zwei erschreckende Gedanken: die beiden, denke ich, die dieses Gespräch führen, haben Namen, also sind sie wirklich, und sie sprechen über Island. Das bedeutet: erstens, dass sie wissen, was sonst niemand weiß, und es bedeutet: zweitens, dass ich mich fürchten muss vor ihrem Gespräch.

Ich weiß, dass es keine Zufälle gibt, sagt Lars. Fast klingt es, als lache er leise dabei. Aber, sagt er, ganz so, wie du grad tust, ist es sicher nicht gewesen. Die Dinge sind nicht immer, wie sie auf den ersten Blick scheinen, sagt er, und ich entspanne mich ein wenig und frage mich erstaunt, warum er mich in Schutz nimmt. Du solltest es dir wirklich nicht so einfach machen, Pia, und anderen nicht so schwer, sagt er noch einmal, und endlich atme ich aus. Ich habe die Luft angehalten, ohne es zu merken, und in dem Moment, in dem Lars sagt, was er sagt, atme ich aus, tief und lang, und lasse die Schultern sinken und sehe das Haus vor mir, wie es jetzt ist, und erinnere mich genau daran, wie es vor ein paar Stunden noch ausgesehen hat, und:

'Tschuldigung, sagt Bartek Rieger, hat doch ein bisschen länger gedauert, setzt sich wieder neben mich, streckt die Beine aus, und ich betrachte ihn. Glauben Sie an Zufälle, Bartek Rieger? Sie glauben doch an Wunder, sage ich, glauben Sie also auch an Zufälle? Er scheint zu überlegen, schaut dabei aufs Haus, und weil er das tut, weil er aufs Haus schaut, weiß ich sofort, was er denkt. Ja, sagt er und sieht weiter aufs Haus, ja, ich glaube an Zufälle. Ist das eine Notlüge, Bartek Rieger?, frage ich, und er lacht, und ich staune darüber, wie deutlich das helle Braun seiner Augen zu erkennen ist, obwohl es doch noch dunkel ist. Keine Notlüge, sagt er, und außerdem können wir dieses wirklich interessante Thema im Moment nicht weiter vertiefen, weil Sie jetzt mit den Kollegen von der Polizei sprechen müssen. Schon wieder eine Notlüge?, frage ich, aber er schüttelt den Kopf. Wegen der Begehung, erklärt er, und wegen der Befragung, und zeigt nach vorn: zwei Männer kommen auf uns zu.

i feel nothing
said i don't feel nothing
and i won't feel nothing at all

hurricane
kyuss

Nein, sage ich. Die beiden schauen verständnisvoll, und sie schauen: unnachgiebig. Nein, sage ich noch einmal. Bartek Rieger schaut ausdruckslos, so als wäre er lieber woanders. In einer Hängematte vielleicht, sagt Lars, und Pia lächelt und nickt, und ich staune, weil ich weiß, was sie tun, als könnte ich sie sehen, obwohl ich die beiden nur höre. Zwischen zwei Kirschbäumen, zum Beispiel, sagt Lars, an einem lauen Sommertag. Und ich denke, dass er recht hat, nämlich: genau so schaut Bartek Rieger ausdruckslos. Als läge er gerade viel lieber in dieser Hängematte, die Lars zwischen zwei Kirschbäume gespannt hat.

Ich weiß, dass es unangenehm ist, sagt der Kleinere mit dem Schnauzbart, aber es ist leider unumgänglich. Ich gehe nicht dorthin, sage ich, wechsle die linke mit der rechten Hand unter der Weste ab, fixiere ihn mit dem Blick. Wir müssen prüfen, erklärt er, ob etwas fehlt. Falls es ein Raubüberfall war, verstehen Sie? Nein, sage ich. Ich sage: Es war kein Raubüberfall. Ich sage: Ich war in der Wohnung, bis Sie gekommen sind. Überall war das Fauchen, sage ich, da konnte niemand rein. Das Fauchen, wiederholt er. Ja, ich nicke, das Fauchen und der Rauch, und Bartek Rieger sagt: Das Feuer, sie meint das Feuer.

Da war überall Feuer, meinen Sie?, fragt der Mann. Genau, sage ich. Er kratzt sich an der Schläfe, fährt mit den Fingern unter den gelben Helm. Jetzt bemerke ich, dass er keinen Sicherheitsanzug trägt und keine Sicherheitsschuhe, sondern er trägt nur diesen Helm und sonst: Zivil. Wie heißen Sie?, frage ich. Schulze, sagt er, das sagte ich doch bereits, Hauptkommissar Schulze, Brandkripo.

Es war kein Raubüberfall, Herr Schulze, sage ich, und es gibt keinen Grund. Er spießt mich auf mit seinem Blick: Wofür gibt es keinen Grund? Bartek Rieger verdreht die Augen, und ich lächle, weil er mich versteht. Noch einmal in die Wohnung zu gehen, erklärt er, dafür gibt es keinen Grund, und sieht den Polizisten an und sagt: Findet sie. Das sagt er, weil er aufpassen muss. Er versteht mich, weil er mich mag und weil er manchmal ein Fels ist und manchmal nicht. Aber er muss aufpassen, weil er auch ein Feuerwehrmann ist, ein junger Feuerwehrmann mit Kratzern im Gesicht, der seine Miete bezahlen muss, und weil der Mann von der Brandkripo ein wichtiger Mann ist, und ich verstehe das.

Schulze sieht mich an: Ich bin ein störrisches, anstrengendes Ding, das er geduldig ansieht, mit einem Hauch von Anstrengung im geduldigen Blick. Ich mache das nicht zum ersten Mal, sagt sein Blick, und: Es ist immer schwer für die Opfer, sagt sein Mund, besonders für Brandopfer, aber es muss nun einmal sein. Ich bin ein Opfer, ein störrisches, anstrengendes Ding von einem Brandopfer, das nicht will, was Schulze will.

Ich komme mit, wenn Sie wollen, sagt Bartek Rieger wie vorhin und schaut mich an. Mit diesem Hängemattenblick schaut er mich an, und ich denke, dass das jetzt eine schöne Sache wäre: ein lauer Sommernachmittag, eine Hängematte zwischen Kirschbäumen und Bartek Rieger, der in ihr liegt und döst, und ich auf dem Treppchen, das zum Haus hinaufführt, wie ich ihn gedankenverloren betrachte. Seltsam, sagt Pia, dass niemand daran gedacht hat, die Hängematte abzunehmen. Welche? Als Lars das fragt, denke ich zum ersten Mal, dass er noch nicht lang dabei ist, sonst wüsste er sofort, wie ich sofort weiß, von welcher Hängematte Pia spricht. Die im Garten der Egilssons, sagt sie, und ich nicke unmerklich. Fast einen halben Meter hoch lag der Schnee auf ihr. Steif wie ein Brett, so durchgefroren war sie, schiebt Pia nach einer kleinen Pause hinterher, und ich lausche, was Lars dazu sagen wird, nämlich: in der kurzen Zeit habe ich mich schon an das Gespräch in meinem Kopf gewöhnt, an dieses Gespräch, zu dem keine Körper gehören. Aber Lars reagiert nicht, das tut an seiner Stelle Bartek Rieger. War das ein Ja?, will er wissen. Ich sehe ihn erstaunt an. Sie haben genickt, erklärt er. Wenn Sie wollen, sagt er noch einmal, komme ich mit.

Ich wende mich zum Haus, sehe auf die hustenden Fensterlöcher, denke, dass ich diesen Ort nicht kenne, dass ich nichts mit ihm zu schaffen habe, dass es keinen Grund gibt, ihn kennenzulernen. Dann überlege ich, wo ich die Katzen lassen sollte, wenn ich tatsächlich, und nur weil Bartek Rieger mitzugehen bereit wäre, dorthin ginge, in diese Fremde, in diese Rauch spuckende, löschschaumdurchnässte Höhle von einer Brandherdumgebung, in die Hauptkommissar Schulze mich verschleppen will, und lächle und sage: Es geht ohnehin nicht, und Hauptkommissar Schulze fragt ruhig und freundlich und angestrengt geduldig: Warum? Ich sehe auf die Beule in meiner Weste hinunter, und Bartek Rieger übersetzt: Wegen der Katzen, sagt er. Katzen? Das fragt der Mann, der neben Hauptkommissar Schulze steht.

Und wie heißen Sie?, frage ich ihn. Heining, antwortet er, zeigt auf Schulze, ich bin sein Kollege. Wie wir Ihnen bereits vor fünf Minuten erklärt haben, sagt Schulze, und ich bin ein störrisches, anstrengendes, unaufmerksames Ding von einem Brandopfer, das man dazu kriegen muss, zu tun, was seine Aufgabe ist, nämlich: Tatortbegehung.

Sie hat zwei kleine Katzen bei sich, sagt Bartek Rieger, deutet auf meinen Bauch, und ich wechsle die rechte mit der linken Hand aus. Dann sehe ich Hauptkommissar Schulze an: triumphierend. Es geht nicht, sage ich und nicke vor mich hin und bin sehr zufrieden mit mir und denke, dass Bartek Rieger ein guter Übersetzer ist, und frage mich, wie es kommt, dass ich neuerdings einen Übersetzer brauche, wenn ich mit Leuten rede, die meine Sprache sprechen. Aber es scheint, dass manchmal die besten Übersetzer nichts ausrichten können, nämlich: Gehen wir jetzt, sagt Schulze, und es ist keine Frage, sondern ein Kommando.

Die beiden bleiben einfach in der Weste, schlägt Bartek Rieger mir leise vor, und ich nicke, weil die Art, wie er es sagt, etwas bedeutet, nämlich: Da wirst du nicht drum herumkommen, das bedeutet sie. Ich werde nicht drum herumkommen, in die Fremde zu gehen. Obwohl es vollkommen unmöglich ist, denn ich trage zwei Katzen vor meinem Bauch, und obwohl es vollkommen unfassbar ist, denn das Haus, in dem die Fremde sich niedergelassen hat, ist so gut wie totgeschlagen, und obwohl also alles dagegenspricht, muss ich in die Fremde gehen. Immerhin werden Death und Sandman nichts von ihr sehen müssen, denke ich. Und ich muss sie nicht allein betreten, sondern Bartek Rieger wird sie mit mir zusammen betreten. Deshalb greife ich nach seinem Arm. Aber ich lasse ihn gleich wieder los, weil ich nicht weiß, wie man ein Fels wird, der gehen kann, wenn man in die Fremde gehen muss und zwei kleine Katzen bei sich hat, die nichts davon mitbekommen sollen.

Bartek Rieger greift nach meiner Hand. Er lächelt nicht, sieht mich nur an, und ich glaube, dass er mich auf eine Art ansieht, die bedeutet, dass es ihm leid tut, dass er viel lieber in dieser Hängematte liegen würde und dösen, als mit mir in die Fremde zu gehen. Aber manchmal muss man in die Fremde gehen, sagt sein Blick, oder jedenfalls denke ich, dass sein Blick das sagt, und werde später wissen, dass ich das Richtige gedacht habe, obwohl ein Blick zwar manchmal das sagt, was man denkt, dass er sagt, aber manchmal sagt er auch ganz etwas anderes, nämlich: manchmal irrt man sich beim Blickeübersetzen. Aber diesmal habe ich mich nicht geirrt: es tut ihm tatsächlich leid.

Also gehen Kollege Heining, Hauptkommissar Schulze, Bartek Rieger und ich auf das fast totgeschlagene Haus zu. Inzwischen lehnt nur noch eine der drei Leitern an der Mauer. Bartek Riegers Hand ist kalt, aber meine ist noch kälter, weswegen seine kalte Hand sich warm anfühlt um meine. Am Ende der Hauswand biegen wir links ab zur Rückfront, wo die Haustür ist. War.

Dann bleibe ich stehen. Der Falsche Jasmin, der bis ans Badezimmerfenster reichte, ist zur Hälfte abgebrannt, das bedeutet: Ich habe die Grenze zur Fremde überschritten, ohne es zu bemerken. Ich drehe mich um, gehe zurück, halte Bartek Riegers Hand, weswegen er mit mir geht, und Schulze ruft: Was ist denn jetzt schon wieder?

Ich habe die Grenze nicht bemerkt, rufe ich ihm zu und gehe noch einmal um die Hausecke und wieder zurück und gehe Schritt für Schritt, bis ich vorm Falschen Jasmin stehe. Ich habe sie wieder nicht bemerkt, haben Sie sie bemerkt?, frage ich Bartek Rieger. Er legt den Kopf schräg. Er überlegt, dann sagt er: Nein. Er sagt es, obwohl er nicht weiß, welche Grenze es ist, von der ich spreche, das sehe ich in seinem Blick. Nein, ich habe sie auch nicht bemerkt, sagt er und schaut mich an.

Ist es schlimm?, frage ich. Kurz überlegt er. Dass wir sie nicht bemerkt haben?, vergewissert er sich. Ich nicke. Vermutlich nicht, antwortet er einen Moment später, und ich sehe auf den Boden und auf die kohlschwarzen Äste neben meinen Schultern und auf Bartek Riegers Hand. Dann gehen wir weiter am Falschen Jasmin vorbei, zurück zur Haustür, die nur noch ein Loch ist in einer rußüberzogenen Ziegelwand, und die Katzen liegen warm vor meinem Bauch und schwer auf meiner rechten Hand und sind mucksmäuschenstill.

Ich möchte, sagt Schulze, dass Sie sich aufmerksam umsehen, dass Sie mir alles sagen, was Ihnen auffällt. Wenn etwas fehlt oder wenn Sie etwas sehen, das Ihnen nicht gehört, das vorher nicht in Ihrer Wohnung war, verstehen Sie mich? Und ich würde Schulze gern fragen, was das bedeutet. Hauptkommissar Schulze, würde ich ihn gern fragen, was bedeutet: meine Wohnung? Aber ich bin sicher, dass er die Frage nicht verstehen würde, deshalb sage ich: nichts, sondern ich nicke stattdessen, weil ich denke, dass ich schneller wieder aus der Fremde herauskomme, wenn ich das tue: schweigen, nicken.

Schulze nickt auch. Ich glaube, er nickt zufrieden. Also dann, sagt er und verschwindet in dem dunklen Loch vor uns. Es scheint, dass er dort etwas mit seinen Füßen tut, nämlich: Kratzgeräusche vom Boden weiter vorn. Wie Wintergranulat auf matschigen Gehwegen, das von großen, schweren Schuhen hin und her geschoben wird, und ich lausche, und Bartek Rieger steht. Er wartet auf mich, weil ich den Kopf ein wenig vorschiebe und lausche und dorthin schaue, wo Schulze gerade verschwunden ist. Ich komme mit, sagt er leise. Nicken, atmen.

Ich stehe. Ich muss mein rechts Bein heben und einen Schritt nach vorn machen. Mein rechtes Bein steht fest auf dem Boden. Ich blicke an mir hinab, schaue über die ausgebeulte Weste auf den Boden, sehe meine Stiefelspitzen: rund, braun. Ich sage meinem Bein, dass es sich heben und einen Schritt nach vorne machen soll. Du musst, sage ich meinem Bein. Du wirst nicht drum herumkommen, sage ich ihm, und mein Knie tut etwas, und meine Hüfte tut etwas, und mein Bein macht einen Schritt nach vorn, und Bartek Rieger ist bei mir, und Sandman atmet, und Death atmet. Mein anderes Bein macht einen Schritt hinter dem ersten her: Langsam gehen wir ins Dunkel.

Zwei gelbe Kegel wandern durch die Landschaft, die dem Rauch gehört und dem Qualm. Sie werden von Hauptkommissar Schulzes Händen bewegt, und von Kollege Heinings Händen. In der Fremde gibt es Treppengeländer aus Holzkohle, die keinen Griff zum Fassen haben. In der Fremde stechen Geländerstreben wie kurze, kranke Kiefernstümpfe schwarzbraun in die Luft. Sie sind unterschiedlich hoch und werden von den gelben, wandernden Lichtkegeln wie von Suchscheinwerfern kurz beleuchtet. Dann versinken sie wieder im Dunkel. In der Fremde steht Hauptkommissar Schulze auf der dritten oder vierten Stufe von etwas, das aussieht, als wäre es einmal eine Treppe gewesen.

Können wir jetzt gehen?, flüstere ich Bartek Rieger ins Ohr. Erst müssen wir hoch, antwortet er, und einmal in jedes Zimmer. Dann können wir gehen, in Ordnung? Schulze sagt: Warten Sie hier mit dem Mädchen, Rieger. Dann ruft er Kommandos nach oben, und über uns poltern Fremde durch die Fremde. Es sind mindestens drei, da bin ich mir sicher. Eine der Katzen gibt einen Ton von sich wie ein Keuchen, das man verschluckt, während man es noch keucht.

Etwas Langes, Leichtes wird im ersten Stock der Fremde über den Boden gezogen. Etwas Schweres wird abgestellt und hochgehievt und irgendwo über uns wieder abgestellt. Dann gibt es ein lautes *Klick*, und das Dunkel um uns verwandelt sich plötzlich in ein grell erleuchtetes, nahezu vollständig verkohltes Treppenhaus in einer Ruine aus irgendeinem Krieg in der Tagesschau.

Stahlschienen mit grob gestanzten Löchern liegen über dem, was früher einmal Stufen waren. Die Schienen hinauf sollen wir in den ersten Stock gehen. Vorsichtig balanciere ich die eiserne Schräge hoch. Bartek Rieger geht nah hinter mir. Nach vorn sehen, ruft er, Sie müssen zum Treppenabsatz sehen! Also sehe ich nach vorn und schreie leise, weil plötzlich Schulzes Gürtel vor meinem Gesicht hängt und seine Stimme über mich hinwegdonnert. Einen Helm!, donnert Schulzes Stimme, und sein Bauch hüpft dabei unter der offenen Jacke und über dem Gürtel zweimal nach oben und zweimal nach unten. Einen Helm für das Mädchen! Bartek Rieger stößt mich schräg nach oben und nach vorn und an Schulze vorbei, und zwei Meter vor mir steht ein Bett.

Zwischen dem Bett und mir ist Keinewand, und es ist eigentlich Keinbett, nämlich: in Wirklichkeit ist es ein Kadaver, ein Bett, das vorbei ist. Vor mir liegt eine ganze Ansammlung solcher Kadaver. Ein Buchkadaver, ein Weckerkadaver, eine Pflanzenleiche. Sieht aus wie ein Ficus, sage ich zu Bartek Rieger, und er sagt: Ja, wie ein Ficus, und jemand drückt mir einen Helm auf den Kopf. Ich fasse nach ihm. Kalter, fester Kunststoff. Ist er gelb, frage ich, oder weiß? Orange, sagt Bartek Rieger und lächelt, und dann sagt er: Steht Ihnen, und ich sage: Danke, und Schulze sagt: Hier entlang!

Aus den Tiefen der Ruine taucht er links von uns auf. Das Licht ist grell. Es scheint vom Boden, wo es abgestellt wurde, schräg hoch in Richtung der Decken und Wände, schneidet die Fremde in Stücke aus Dumpfgrau und Grellgrau, sinnlos ineinander verkantete, eckige Lichtsplitteransammlungen. Hier war die Wohnungstür, sage ich, und wir folgen Schulze und machen, wie er, einen größeren Schritt über das rechteckige Loch im Boden, das früher eine Türschwelle beherbergt hat. An seinem Grund schimmert Klebriges, Flüssiges. Links von uns ein Raum. Ein schmaler, länglicher, in dem eine kleinere Leuchte auf dem Boden steht. Sie sieht aus wie die anderen beiden, das bedeutet: kreisrund, aufgehängt in einem niedrigen Ständer mit stabilem Fuß, vor der Glühbirne ein Gitter. Links ein Herd, rechts eine Spüle, schwarz, verstaubt, beide. Putz, sage ich, da ist Putz heruntergebröselt. Ein versengter Küchenschrank gleich neben uns, ein altmodischer mit zersplitterten Scheiben im Aufsatz. Am hinteren Ende der Küche ein kleiner Holztisch quer vor dem glotzäugigen Fenster. Auf dem Boden die Reste von zwei Stühlen über Löchern in den Dielen. Dann sehe ich das Teesieb, und eine Hand legt sich auf meine Schulter, das bedeutet: Bartek Rieger hat gemerkt, dass ich das Teesieb am Haken über der Spüle betrachte, wie es vom Hängeschränkchen baumelt.

Als hätte jemand eben gerade einen Frühstückstee aufgesetzt, sagt Lars mit seiner tiefen, ruhigen Stimme, als habe er das Teesieb mit den frisch aufgebrühten Blättern vor weniger als einer Minute an den Haken gehängt und sei nur kurz die Treppen hinuntergesprungen, um die Morgenzeitung zu holen. Genau so baumelt das Teesieb an seinem Haken, sagt er, und ich greife nach Bartek Riegers Hand auf meiner Schulter und wende mich zu ihm und lege mir seine Hand auf die Augen, seine Hand, die nach Rauch riecht, nach Ruß und Schweiß.

Fehlt etwas? Schulze tut seine Arbeit. Fehlt etwas, murmele ich, nehme Bartek Riegers Hand von meinem Gesicht, suche in seinen Augen die richtige Antwort. Ja, sagt Schulze, fehlt etwas?, und ich sage: Nein.

Er kritzelt Notizen auf einen Zettel. Gut, er nickt, geht an uns vorbei in den Flur, nein: in das, was einmal ein Flur war. Wir gehen hinterher, und Schulze ist verschwunden, und ich atme auf. Aber Sekunden später streckt er den Kopf aus dem nächsten Türrahmen, schaut, ob wir ihm folgen. Es sieht aus wie ein Clownsauftritt, nur hat der Clown seine rote Nase vergessen, denke ich, als ich neben ihn in den Raum trete. Und überhaupt, die ganze Schminke im Gesicht hat er vergessen, sagt Pia und kichert dabei, und während ich mich noch wundere, weil es das erste Mal ist, dass ich sie lachen höre, drehe ich mich um, heftig, ruckartig, und gehe zurück in das, was einmal ein Flur war, und bleibe erst stehen, als Bartek Rieger seinen Arm unter meinen schiebt.

Schulze, sagt er ärgerlich, es reicht! Sie packt das nicht. Er sagt es leise, bestimmt. Er sagt es wie ein König. Er sagt es auch wie ein kleiner Junge, der seinem Meerschweinchen beim Sterben zusieht. Aber ich sage: Ein Tropfen, und Bartek Rieger nickt und sagt: Ja, und jetzt ist seine Stimme wieder seine ganz normale Bartek-Rieger-Stimme. Er ist ein Tropfen geworden, sage ich, und Bartek Rieger sagt wieder: Ja. Dann hustet er. Dann sagt er: Das passiert gelegentlich, wenn die Temperaturen sehr hoch sind. Was er sagt, klingt logisch, klingt nach Wirklichkeit, deshalb sage ich: In Ordnung. Die beiden Männer sehen mich an. Ich gehe noch einmal mit, erkläre ich. Bartek Rieger schaut besorgt. Sicher, fragt er? Sicher, sage ich, und Schulze sagt: Na bitte, und: Nach Ihnen!, und lässt uns den Vortritt, und ich sehe überhaupt nicht an die linke Wand, sondern ich sehe nur auf die Badewanne, die schwarz ist, und ich sehe nur auf den Boden, der schwarz ist und auf dem Kadaver liegen: Handtuch, Haarbürste, Badematte, und ich sehe überhaupt kein bisschen auf den gigantischen Tropfen links von mir über der Toilette.

Fehlt etwas?, fragt Schulze. Nein, sage ich und gehe wieder hinaus, und in den nächsten Raum müssen wir nicht, weil es ihn nicht mehr gibt. Es gibt nur vier Wände und Keinenboden und Keinedecke, sondern wenn man hochschaut, sieht man die Dachsparren über der Wohnung von Frau Pietzsch. Nein, sage ich. Schulze sieht mich fragend an: Nein? Ja, sage ich, nein. Wie jetzt?, fragt er, und ich sage: Nein, es fehlt nichts, und zeige auf den Raum, den es nicht gibt. Bartek Rieger lacht leise. Schulze macht ein zischendes Geräusch mit der Zunge oder mit den Zähnen, aber ich hebe den Kopf. Horchen Sie mal, Bartek Rieger, es wird Morgen, flüstere ich und schaue zum Fenster, nämlich: draußen singt ein Vogel, und er horcht und lächelt und dirigiert mich zu einem Raum, den es noch gibt, und ich: bleibe stehen.

Er schaut hinein. Ich schaue auf den Boden. Dann pfeift er leise durch die Zähne. Sie sind— Ich wechsle die Hand unter den Katzen. Sie sind Musikerin, sagt er. Ich huste, drehe mich weg, schiebe einen Fuß in Richtung Treppenhaus, bleibe stehen, nämlich: Bartek Rieger ist nicht mitgekommen. Er hat den Raum betreten, den es gibt. Ich schaue mich nach ihm um. Er steht zwischen dem Flügelkadaver und dem zersplitterten Fenster zur Regie. Ich lasse ihn nicht aus den Augen. Er steht vor einem Tisch aus Holzkohle, fährt mit dem Zeigefinger über geschmolzenen Kunststoff, verschiebt alles Mögliche um Millimeter nach links, nach rechts, sieht sich um, betrachtet Mikroständer, Becken, Trommeln, Mischpult, Rechner, Boxen: alles flach wie Flundern oder blasig geschmolzen, Hunderte von Kabeln, verschmorte Dämmkegel hinter verkohlten Resten von Holzplatten und ein Sofa, von dem er nicht weiß, dass es vor ein paar Stunden noch quietschrosa war und übersät mit Brandflecken von unendlich vielen Zigaretten. Brandflecken, Brandflecken, Pia singt eine fröhliche, kleine Melodie auf das Wort, immer wieder: Brandflecken, Brandflecken.

Das war ein Aufnahmestudio, flüstert er schließlich, schaut mich an. Sie hatten ein Aufnahmestudio in Ihrer Wohnung. Ich hatte, sage ich, meine Wohnung im Studio, und reiße den Rest eines Plakats von der Wand. Er nimmt es mir aus der Hand. Keenan?, murmelt er, legt den Kopf schräg. Der hat hier was eingespielt? Mit einem Mal klingt er unsicher, beeindruckt, erstaunt. Ich schüttle den Kopf. Hat er nicht, sage ich, und Bartek Rieger lässt den Fetzen fallen. Sehen Sie mal!, sagt er plötzlich, bückt sich, hebt eine Postkarte auf. In meinem verbrannten Pre-Production-Studio in der Wilskistraße 56 liegt eine Postkarte auf dem Boden, die Bartek Rieger findet, nach der er sich bückt, die er aufhebt, die er mir hinhält.

Ich ziehe die Schultern hoch, lasse sie wieder fallen. Die können Sie haben, sage ich und schaue an ihm und der Karte vorbei auf das, was einmal ein Flügel war. Er zieht den Reißverschluss seiner Sicherheitsjacke auf, schiebt die Karte ins Dunkel vor seiner Brust.

Fehlt etwas?, fragt der Clown, und ich sage: Nein. Sicher?, fragt er, und ich sage: Sicher, und soll durchs Studio zum Schlafzimmer dahinter gehen, aber ich gehe zum Treppenhaus, und es ist mir egal, was die Brandkripo mir hinterherruft, und es ist mir egal, ob Bartek Rieger mitkommt oder ob er weiter in einem Studio herumschnüffelt, das vorbei ist.

Am Treppenabsatz bleibe ich stehen, nämlich: vor mir nur Stahlschienen über Löchern, und mir wird schwindlig. Am Treppenabsatz holt er mich ein. Dann tanzen wir. Ihre freie Hand, sagt er, und: Sehen Sie nicht auf den Boden, sondern nur mir in die Augen, in Ordnung? Ich nicke. Ich gebe ihm meine rechte Hand, halte die Katzen mit der linken, sehe ihm in die Augen, wie er es verlangt. Er geht rückwärts die Schiene hinunter, hat meine Finger auf sein Handgelenk gelegt, fasst von unten um meines.

Waren Sie früher Artist, Bartek Rieger?, frage ich. Waren Sie Zirkusartist? Einer, der hoch oben in der Kuppel an einem Seil seine Kunst vorführte, gemeinsam mit einer Partnerin, die langes Haar hatte oder kurzes, und die fest zugriff, wenn sie ihre Hände um Ihre Handgelenke legte? Bevor Sie Feuerwehrmann wurden, waren Sie da ein Artist mit einer Partnerin, die sich nach hinten fallen ließ, zehn Meter über dem Boden oder fünfzehn, vielleicht sogar zwanzig, während es einen Tusch gab von einem Dreimannorchester über dem Eingang zum Zelt, und die dann auf eine andere Stange zuflog und auf dem Weg einen Salto oder eine Pirouette oder jedenfalls etwas sehr Graziöses vollführte, das in der wirklichen Wirklichkeit überhaupt nicht graziös war, sondern das Ergebnis einer perfekten muskulären Tätigkeit und einer präzisen Abstimmung von Nervenarbeit, Blutkreislauf und chemischen Vorgängen in einem trainierten Gehirn und einem bestens koordinierten, kräftigen Körper? Das glaube ich nämlich, sage ich und sehe Bartek Rieger immer weiter in die Augen, und er sieht mal zurück und mal zu Boden und mal hinter sich. Ich glaube, Sie waren damals ein Zirkusartist, und während Ihre Partnerin all diese Wunderdinge zustande brachte, taten Sie das Gleiche auf Ihrer Seite, und nach wenigen, ewigkeitslangen Sekunden flogen Sie wieder aufeinander zu, und diesmal hingen Sie an ihren Handgelenken, und immer so weiter, und Sie waren wie Vögel oder Affen oder Zauberwesen, die auf einer wogenden Brandung aus Ohs und Ahs und Bravos dahinsegelten. So war es doch, Bartek Rieger, habe ich recht? So einer sind sie gewesen, bevor Sie Feuerwehrmann wurden. Und obwohl ich ihm in die Augen sehen soll und sonst nirgendshin, schaue ich mich jetzt kurz um, denn wir stehen wieder, nämlich: wir stehen auf dem mittleren Treppenabsatz.

Als wären wir Vögel oder Affen oder Zauberwesen, sind Bartek Rieger und ich die Stahlschräge vom ersten Stock zum Treppenabsatz hinabgetanzt, und ich habe es gar nicht bemerkt. Nein, sagt er und lockert den Griff um mein Handgelenk und geht rückwärts über das, was einmal die oberste Stufe war, und dann weiter rückwärts und Schritt für Schritt auf der nächsten Stahlschiene hinab und packt wieder fester zu, und ich sehe ihm wieder in die Augen und sage: Wirklich nicht? Wirklich nicht, sagt er, aber ich wäre sehr gern genau so einer gewesen. Und dann steht er auf dem Boden, das bedeutet: er steht zwischen drei unterschiedlich großen, unterschiedlich tiefen, an den Rändern unterschiedlich eingebrochenen Löchern in der Fremde und legt seinen Arm um meine Schultern. Draußen singt der Vogel von vorhin oder ein anderer, und dann sind wir wieder im Freien und biegen um die Hausecke, und ich denke, dass ich die Grenze wieder nicht gespürt habe.

Schräg über den zertretenen Rasen vorm Haus gehen wir, und ich setze mich auf den Poller, und Bartek Rieger setzt sich auf den Rasen und lehnt sich an, und ich wechsle die eine mit der anderen Hand unter den Katzen in der Weste aus, und weil ich das Schweigen jetzt nicht mehr so gut aushalte wie vorhin noch, sage ich: Der Himmel ist jetzt dunkelkönigsblau.

Und er trägt einen purpurnen Saum, sagt Bartek Rieger und macht ein glucksendes Geräusch, so ähnlich, wie Wasser gluckst, wenn ein kleiner, aber ein wirklich kleiner Frosch in einen flachen Teich springt, nämlich: er lacht leise in sich hinein. Und bald, rufe ich, kommt ein edler Prinz, und lache laut. Und der wird, sagt Bartek Rieger mit einer Stimme, die glücklich klingt, weit und zufrieden und amüsiert, der wird Sie mitnehmen auf sein Schloss, und gemeinsam werden Sie den Ball eröffnen, und er wird um Ihre Hand anhalten, und Sie werden Ja sagen und ihn heiraten, und er wird König sein und Sie Königin, und Sie werden viele kleine und sehr edle Prinzen und Prinzessinnen bekommen, und ganz vor allen Dingen werden Sie alle zusammen unfassbar glücklich sein: Ihr ganzes, langes Leben lang. Das sagt Bartek Rieger und lächelt dabei und macht ausladende Bewegungen mit seinen Armen und lehnt die ganze Zeit mit dem Rücken am Poller, und dann springt der wirklich kleine Frosch noch einmal in den flachen Teich und dann noch einmal, und dann dreht sich Bartek Rieger zu mir um und sieht erwartungsvoll zu mir hoch, aber ich enttäusche ihn.

Ich lächle nicht. Ich lege auch den Kopf nicht schräg und nicke, nämlich: ich denke vollkommen andere Dinge als er. Außer, sage ich und zeige aufs Haus, wir irren uns und sind gar nicht in einem Märchen. Natürlich sind wir in einem Märchen!, deklamiert er. Daran erkennt man doch Märchen: Erst wird es sehr schlimm, aber dann wird es immer besser, und am Ende sind alle glücklich. Außer die Bösen, erinnere ich ihn, die sind am Ende alle tot. Ja, sagt er und lächelt immer noch, am Ende sind die Bösen alle tot, und während er es sagt, lässt er den Blick über den Rasen und die Feuerwehrwagen und das Haus gleiten und nickt zustimmend und versteht nicht, was ich ihm zu sagen versuche, und der wirklich kleine Frosch springt ein viertes Mal in den flachen Teich. Wie ich, sage ich.

Wie Sie? Bartek Rieger schaut mich an, mit Verwunderung im Blick, und stellt seine Frage in die plötzliche Stille zwischen uns. Wie ich es gewesen wäre, sage ich, wenn nicht das Verpuffungswunder, Sie wissen schon, Bartek Rieger, wenn es keine Verpuffung gegeben hätte, nicht wahr? Dann wäre ich jetzt nämlich tot in unserem Märchen, und tot bedeutet: böse. Im Märchen sterben am Schluss nur die Bösen, sage ich. Hätte es das Verpuffungswunder nicht gegeben, wäre ich böse in unserem Märchen, und es ist davon auszugehen, dass das Ende des Märchens eigentlich so gedacht war.

Genau, sagt Pia, und ich hatte sie ganz vergessen in der Zwischenzeit, aber jetzt sagt sie laut und deutlich: Ganz genau, tot, mausetot, und das zu Recht, und während ich mich unter ihren Worten ducke, bemerke ich den Ärger in Bartek Riegers Blick und denke, dass es vielleicht besser gewesen wäre, mit Pünktchen zu arbeiten, statt die Dinge einfach so auszusprechen, wie ich sie denke, fürchte.

Bartek Riegers Blick verrät ihn. Er ist ärgerlich, weil er nicht will, dass ich unser schönes Märchenintermezzo verderbe. Seine kleine Geschichte, die uns so weit weggetragen hat, fast so weit, dass wir vielleicht hätten denken können, er läge an einem lauen Sommerabend in einer Hängematte zwischen zwei Kirschbäumen, und ich säße auf dem kleinen Treppchen dahinter und betrachtete ihn. Bartek Rieger will nicht, dass ich das alles zunichte mache und mit Füßen trete und verderbe. Er will nicht, dass ich denke, ich hätte den Unfrieden angezogen oder eine Schuld auf mich geladen oder es verdient, dass das Haus, in dem ich lebe und arbeite, ausbrennt, obwohl Pia genau das denkt, und obwohl ich es auch denke. Er will nicht, dass ich denke, ich hätte das alles verdient und sei in Wirklichkeit böse. Bartek Rieger will, dass es jetzt ganz schlimm ist und dann alles besser wird. Aber ich weiß, dass das Schlimmste schon längst vorbei ist, dass es schon seit vier Jahren vorbei ist und dass nichts besser geworden ist danach, und Pia weiß es auch. Sie scheint alles darüber zu wissen, was geschehen ist, als es am schlimmsten war. Auf eine kaum greifbare Art hat sich danach alles verändert: mein Leben, die Welt. Aber besser ist nichts geworden, so viel steht fest.

Das ist kein hilfreicher Gedanke, sagt Bartek Rieger und ruft mich also zurück vors Haus und zurück in den Rauch und zurück in den kalten Morgen. Seine Stimme klingt gepresst, sie klingt auch ein wenig enttäuscht. Das ist großer Unfug, sagt er noch, und ich will, dass er aufhört, mich so anzusehen. Deswegen spreche ich schnell von etwas anderem. Der Tropfen, sage ich, war früher ein Durchlauferhitzer.

Bartek Rieger hält die Luft an, dann lässt er sie in einem langen, langen Zug wieder frei und nickt und lächelt schief und sagt, mit einer ruhigen, plötzlich wieder fast fließenden, weichen Stimme, als wäre er gerade aufgewacht, als hätte er geschlafen, geträumt vielleicht, und sei gerade wieder in die wache Welt gewechselt, mit so einer Stimme sagt er: Ja, ein Durchlauferhitzer, und nickt. Ich weiß, sagt er dann und öffnet den Reißverschluss seiner Jacke, zieht die Postkarte aus der Ruine hervor, betrachtet die Sonnenblume darauf. Manchmal, sagt er leise, findet man in der größten Verwüstung etwas, das unberührt geblieben ist. Unversehrt, sagt er und hält die Karte vor mich hin, aber ich schaue sie überhaupt nicht an, sondern ich schaue nur ihn an: Bartek Rieger, wie er mir die Karte hinhält.

Vielleicht, sage ich, ist sie gar nicht unversehrt. Er hält erstaunt die Karte hoch. Kein Stäubchen drauf, sagt er. Sonnenblumen sind gelb, erinnere ich ihn, diese hier hat all ihre Farbe verloren. Bartek Rieger lacht. Es ist ein Schwarz-Weiß-Bild, sagt er. Aber vielleicht war es nicht immer ein Schwarz-Weiß-Bild, flüstere ich. Er betrachtet das Bild, dann schaut er mich an, zieht eine Braue hoch dabei, räuspert sich, schiebt die Karte zurück in die Jacke. Kommen Sie, sagt er, steht auf, hält mir die Hand hin.

Am besten, Sie warten drinnen, schlägt er am Mannschaftswagen vor. Ich setze mich in die Mitte der Bank auf der rechten Seite, dorthin, wo vorhin Frau Naumann neben Herrn Manteuffel gesessen hat. Bartek Rieger lässt die Tür offen stehen, damit ich besser atmen kann. Bin gleich wieder da, verspricht er, verschwindet, taucht aber sofort wieder auf. Eins noch, sagt er, Sie sind nicht tot. Merken Sie sich das. Ob die Dinge nun schwarzweiß sind oder nicht, ob Sie an Märchen glauben oder nicht: Sie leben. Und, sagt er langsam und ein wenig lauter als vorher, Sie sind nicht böse. Böse ist eine Weltanschauung, die niemandem hilft. Sie haben das Unglück weder verdient noch angezogen. Dann dreht er sich auf dem Absatz um und geht.

Ich schließe die Augen, reiße sie aber gleich wieder auf, keuche dabei, weil es hinter meinen Augen brennt, weil in meinem Kopf Scherben bersten und letzte Flüssigkeitsreste in alten Bodendielen zischen, weil das kaum hörbare, unheimliche Fauchen, das das Schmelzen von Durchlauferhitzern erzeugt, in meinem Kopf nicht zu überhören ist, wenn ich die Augen geschlossen halte. Deshalb reiße ich sie gleich wieder auf. Das Flügelknistern, das leise, metallene Schaben, mit dem die externe Festplatte ihren Geist aufgibt, all die Ruinenklänge hören schlagartig auf, wenn ich die Augen öffne, setzen schlagartig wieder ein, wenn ich sie schließe, und also keuche ich und achte darauf, die Augen offen zu halten und einzuatmen und auszuatmen, und Sandman macht einen Summton, aber dann schweigt er schon wieder, und ich horche, ob Death auch etwas sagt, aber: nichts. Vielleicht schläft sie, denke ich, vielleicht hat sie die Augen geschlossen und schläft.

Schulze schaut in den Wagen. Sie werden gleich abgeholt, sagt er. Abgeholt, meine Stimme klingt wie ausgedörrt. Er nickt. Wo sind die anderen? Schon fortgebracht, antwortet er. Abgeholt. Fortgebracht: alte Worte, beängstigend. Bartek Rieger?, frage ich. Keine Ahnung, wo der schon wieder steckt, sagt Schulze. Wieso werde ich abgeholt und fortgebracht? Na, hier werden Sie ja wohl nicht bleiben wollen, junge Frau! Nein, sage ich und schaue auf den Boden, weil ich nachdenken muss. Wo bringen Sie mich hin?, frage ich, und jetzt schiebt sich Bartek Rieger an Schulze vorbei durch die halbgeöffnete Tür. Er kommt die zwei kleinen Stufen am Mannschaftswagen hoch, setzt sich neben mich, ohne etwas zu sagen, und Schulze: verschwindet.

Ich werde abgeholt, sage ich nach einer Weile. Bartek Rieger nickt. Wohin bringen die mich? Er sieht mich erstaunt an. Hat man Sie noch nicht gefragt? sagt er. Was gefragt? Zum Kotzen, sagt er, die sind einfach zum Kotzen heute Nacht!, und schüttelt den Kopf. Sie müssen jetzt irgendwo unterkommen. Es gibt immer nur zwei Möglichkeiten: Entweder, Sie nennen der Polizei eine Adresse, dann schweigt er und zuppelt an einem losen Faden herum, der aus dem Saum seiner Sicherheitsjacke baumelt, und ich warte auf die andere Möglichkeit, aber er schweigt immer weiter. Oder?, frage ich schließlich, weil ich ungeduldig bin und weil Bartek Rieger so tut, als hätte er gar nichts von einer zweiten Möglichkeit gesagt, und auch, weil er plötzlich so eigenartig schaut.

Ja, sagt er, also…, und räuspert sich. Wenn Sie keine Adresse nennen können, sagt er, nachdem er sich geräuspert hat und nachdem er mich überhaupt nicht ansieht, sondern jetzt auf den metallenen Boden des Mannschaftswagens sieht, dann fährt die Polizei Sie ins nächstgelegene Obdachlosenheim.

Einen Platz finden für dieses Wort in meinem Kopf, in meiner Welt. Da möchte ich lieber nicht hin, sage ich nach einer Weile, und meine Stimme klingt verwundert. Das wollen die wenigsten, sagt er, und ich höre genau, wie ein sehr kleiner Frosch in einen flachen Teich springt, nur diesmal tut er es bei mir und nicht bei Bartek Rieger, nämlich: weil er so seltsam auf den Boden sieht, muss ich lachen, und jetzt hebt er den Kopf und sieht nicht mehr den Boden, sondern mich an: erstaunt sieht er mich an.

Klara, sage ich, ich würde gern zu Klara gefahren werden, das ist meine Cousine. Sie wohnt nicht weit von hier, sage ich. Bartek Rieger lächelt, entspannt sich. Die Kollegen von der Polizei werden Sie hinfahren, sagt er, und Lars sagt auch etwas, aber ich verstehe ihn kaum. Pia scheint zu antworten. Auch ihre Stimme, plötzlich seltsam dumpf und fern. Die beiden klingen, als wäre ein Schleier zwischen uns gezogen worden, ein Vorhang, ein schwerer Brokatvorhang, der jeden Hall verschluckt. Ich überlege, worüber sie sprechen und ob es wichtig ist, dass ich sie verstehe, aber Bartek Rieger sagt: Ich muss dann mal los. Wohin denn?, frage ich. Sie waren doch grad erst weg. Feierabend, sagt er. Der Einsatz ist vorbei, sagt er. Sie sind im Einsatz, sage ich. Ich bin Feuerwehrmann, er zuckt mit den Achseln, ich bin hier, weil ich im Einsatz bin.

Und jetzt ist der Einsatz vorbei, murmele ich. Er nickt, und ich überlege, was das bedeutet: Ich gehöre zu Bartek Riegers Einsatz, deshalb bin ich das, was der Einsatz ist, nämlich: vorbei. Den Kopf schräg legen, weil ich überhaupt nicht weiß, wie man sich trennt, wenn man ein Fels war, der wandern kann, und jetzt ein Feuerwehrmann und ein Brandopfer ist, nämlich: ein Feuerwehrmann, der Feierabend hat, und ein Brandopfer, das in ein paar Minuten fortgefahren wird.

Also dann, sagt Bartek Rieger und räuspert sich schon wieder und zeigt auf den Polizisten vorm Wagen und sieht schon wieder zu Boden, während er mir die Hand hinhält. Und ich sehe seine Hand an und nehme sie und drücke sie vorsichtig, und er drückt meine Hand genauso vorsichtig und steht auf. Alles Gute, sagt er, springt hinaus, dreht sich überhaupt nicht noch einmal um, sondern verschwindet. Und ich: sitze und atme und betrachte meine Hand.

Sind wir dann so weit? Der Polizist vorm Wagen will das wissen. Wie spät ist es?, frage ich. Viertel neun, sagt er nach einem Blick auf seine Uhr. Das Katzenklo, sage ich und wundere mich über mich, darüber, dass ich Praktisches denke, Technisches, Sinnvolles. Was ist damit? Ich sehe zum Haus. Wissen Sie, ob es… Er runzelt die Stirn. Wozu brauchen Sie ein Katzenklo?

Vorsichtig den Reißverschluss der Weste aufziehen. Death maunzt, der Polizist stöhnt, zeigt auf einen grün-weißen Wagen. Ich schließe den Reißverschluss, steige aus. Jemand hält den weißrotschräggestreiften Rahmen hoch, damit ich mich unter ihn beugen und auf die andere Seite wechseln kann, nämlich: damit ich auf die Rahmenaußenseite der Fremde wechseln kann.

Im Wagen knistert leise der Funk, draußen irgendwo, der Vogel von vorhin, lautstark inzwischen. Das Haus röchelt kaum noch. Auf der Straße, Menschen. Sie schauen, gehen vorüber.

Mitten unten ihnen steht Hjartan, überragt sie alle, wie er immer alle überragt hat, betrachtet das Haus, nämlich: in aller Ruhe betrachtet Hjartan das Haus, und der Fahrer wendet schon mal den Wagen, und als er damit fertig ist, ist Hjartan nirgends mehr zu sehen. Ich nicke beruhigt. Es ist nicht gut, wenn er hier auftaucht. Mir ist kalt. Ich bin müde. Ich taste nach den Katzen. Sie sind ruhig, atmen regelmäßig. Die Augen schließen. Sie sofort wieder öffnen. Mich daran gewöhnen, sie so oft und so lange wie möglich offenzuhalten.

Glück gehabt, ruft der Polizist von vorhin, geht am Wagen vorbei, hält ein leeres Katzenklo und einen grau verfärbten Papiersack mit Streu in die Luft. War alles noch da, sagt er, sozusagen jedenfalls, und grinst und öffnet die Heckklappe und rumpelt hinter uns herum. Dann setzt er sich auf den Beifahrersitz. Danke, sage ich, aber er hört es nicht: Sie sprechen über ihren Dienstplan. Sie fahren. Ich halte die Augen offen.

Klara ist bleich und verschlafen und fragt erst alles gleichzeitig, und dann fragt sie gar nichts mehr, sondern kocht Kaffee, und die Polizisten tragen ein Katzenklo und eine grau verfärbte Papiertüte hoch, notieren sich Klaras Telefonnummer und sagen ihr, dass sich morgen jemand melden wird, weil ich zu einer Zeugenbefragung in die Keithstraße muss, nämlich: in der Keithstraße sitzt die Brandkripo. Es wird wegen schwerer Brandstiftung ermittelt werden, erklärt einer von ihnen. Gegen Unbekannt, sagt er noch. Schwere Brandstiftung, sage ich. Er nickt. Ja, sagt der andere, Brandstiftung ist ein Offizialdelikt. Der Geschädigte, also Sie, sagt der Polizist, der die Tüte getragen hat, und zeigt mit dem Finger auf mich, der Geschädigte kann nur als Nebenkläger auftreten. Als Hauptkläger tritt der Staat auf, der Staat, sage ich. Die Bundesrepublik Deutschland, genau, antwortet er, weil es ein Offizialdelikt ist, und Klara bringt die beiden zur

Tür und ich höre, wie sie fragt, ob ich zum Arzt müsste. Unbedingt, sagt einer von ihnen, erstens wegen der Rauchvergiftung und zweitens, weil es nicht unwahrscheinlich ist, dass sie eine posttraumatische Depression entwickelt. Posttraumatische Depression, sage ich zu Death und Sandman und setze mich. Das ist ganz normal nach einem solchen Erlebnis, sagt der Mann noch, und auf seiner Stimme liegt ein leichter Hall, weil er schon im Treppenhaus steht, aber ich schüttle den Kopf.

Morgen hab ich Aufnahmen, sage ich, als Klara in die Küche zurückkommt. Du spinnst wohl, Aufnahmen! Du gehst morgen zum Arzt, sagt sie, und: Schau dich mal an, sagt sie, du siehst ja aus wie der Tod auf Latschen. Wo willst du überhaupt etwas aufnehmen, wenn… Sie runzelt die Stirn, schaut erst auf ihre Hände, dann wieder zu mir herüber. Ist wirklich die ganze Wohnung abgebrannt?

Ich denke, dass Klaras Augen im Licht der Küchenlampe honigfarben sind, und ich denke, dass mir das noch nie aufgefallen ist und dass Klara wirklich schöne Augen hat. Samt Studio und allem?, fragt sie, und noch einmal: Alles?

Ich bin durch eine Ruine gelaufen, antworte ich. Klara zündet sich eine Zigarette an, schaut mich an. Du gehst morgen zum Arzt, sagt sie leise, und wenn ich dich persönlich hinschleife. Dann summt Death kaum hörbar vor sich hin. Ich öffne den Reißverschluss der Weste. Zwei winzige Katzenköpfe tauchen auf. Klara hält sich die Hand vor den Mund. Die hatte ich ja ganz vergessen!, flüstert sie. Sandman springt zuerst, Sekunden später Death. Blitzschnell verziehen sie sich in die Schatten unterm Küchensofa. Wie sehen die denn aus?, sagt Klara leise. Das kommt vom Löschschaum, erklärt Lars, aber Klara hört ihn nicht, sie seufzt nur leise, steht auf, schüttet Streu ins Katzenklo, geht zum Kühlschrank, holt Hackfleisch hervor, formt Bällchen daraus, als machte sie Buletten, klitzekleine Katzenbuletten, legt sie auf den Boden neben ihre Füße. Wie zwei getigerte Sternschnuppen flitzen die beiden unterm Sofa hervor, fressen, bis nichts mehr übrig ist, schlecken noch den Boden ab, dann springt Death auf meinen Schoß zurück und Sandman verzieht sich wieder unter das Sofa.

Ich lass dir mal eine Wanne ein, sagt Klara. Du verpestest mir die ganze Wohnung mit diesem Rußgestank, Benzin, Chemie, was auch immer das ist, sagt sie.

Lenorschlaf, erkläre ich. Sie schaut mich mit großen Augen an. Und ein wirklich kleiner Frosch, sage ich und nicke, weil sie jetzt die Stirn in Falten legt. Und Lindenblüten. Ja, sagt Klara, Lindenblüten, logisch, was sonst? Schließlich ist Oktober, und verschwindet im Bad.

Dann läutet es an der Tür. Was ist denn jetzt schon wieder?, brummt sie, geht vom Bad, wo Wasser plätschert, an der Küche vorbei zur Wohnungstür. Ist sie noch wach? Eine Männerstimme. Erst schaue ich in den Flur, dann auf meinen Schoß, der plötzlich wieder verwaist ist. Death ist nicht mehr zu sehen. Klara kommt zurück, hinter ihr: leuchtendes Orange.

Da sind Sie ja, sage ich und denke, dass manche Dinge sich ganz von selbst und ohne mein Zutun und vollkommen anders lösen, als ich vermutet hätte. Er lächelt, bleibt neben Klara in der Küchenmitte stehen. Sie sieht von mir zu ihm, von ihm zu mir, schweigt.

Ich habe sie eingepackt, sagt er schließlich. Ich dachte, sagt er, wegen der Klappen und dem Ruß... Ich habe sie auseinandergenommen und darauf geachtet, nicht auf die Klappen zu fassen. Keine Sorge, sagt er, nämlich: er hat meinen kritischen Blick entdeckt. Ich habe sie in Tücher gewickelt. Er legt eine Pappkiste auf den Küchentisch, und ich denke, dass er sich wirklich gar nicht mal so ungeschickt anstellt, dieser Feuerwehrmann, wenn es um Querflöten geht.

Sie waren in einer Welle, sage ich. In einer Welle? Ich nicke: Deshalb habe ich Sie nicht gefunden. Sie waren in einer Feuerwehrmannwelle, erkläre ich, und er legt den Kopf schräg und lächelt wieder. Wir sehen alle gleich aus bei so einem Einsatz, murmelt er, schwer zu unterscheiden. Genau, sage ich, aber Klara rollt die Augen zur Decke. Wegen der Flöte, nicht wahr?, fragt er, und ich sage: Nein. Sie haben mich nicht wegen der Flöte gesucht? Nein, sage ich. Warum dann?

Weil ich Sie küssen wollte, sage ich und sehe ihn an, und er sieht mich an, und Klara macht ein Geräusch, das ein bisschen wie Husten klingt, ein bisschen wie Lachen, und ein bisschen wie Ersticken klingt es auch. Ich wollte Sie küssen, sage ich wieder. Wegen der Flöte, sagt er. Nein, sage ich und schüttle den Kopf: Wegen Frau Naumann und wegen der Liebe.

Jetzt glättet sich seine Stirn. Wegen Frau Naumann und wegen der Liebe, wiederholt er. Ja, sage ich, und Klara: geht aus der Küche.

Er ist einen Kopf größer als ich, schaut mir zu, wie ich den Blumentopf mit den Usambaraveilchen vom niedrigen Holzschemel neben dem Küchenbuffet herunternehme und auf den Boden stelle, wie ich den Schemel vor ihn hinziehe, daraufsteige. Jetzt sind wir fast auf Augenhöhe.

Ich lege meine Hand auf sein Gesicht. Er bewegt sich nicht, steht nur da, sieht mich an. Mit dem Daumen streiche ich über seinen Wangenknochen, atme seinen Atem ein, schaue mir seine Augen an: müde, und die Falten neben seinen Augen: viele, kleine, und den Ruß rechts auf seiner Stirn: grau und schwarz und verwischt, und seine schweißverklebten Haare: kastanienbraun, lockig. Dann küsse ich ihn.

Ich küsse ihn erst langsam und vorsichtig und kurz und warte, ob er zurückküsst. Er küsst zurück, nämlich: genau wie ich, langsam und vorsichtig und kurz, und ich glaube, dass er auch etwas verwirrt küsst, aber er tut nichts dagegen, er lässt es geschehen. Dann küsse ich ihn ein wenig fester und länger und kaum noch vorsichtig, nämlich: ich denke weniger nach beim Küssen und schließe meine Augen und lege meine andere Hand auf seine Schulter, und er legt seine Arme um mich, beide Arme, und jetzt küssen wir uns einfach.

Ich weiß nicht, wie lange das Küssen dauert. Ich glaube, dass er es auch nicht weiß. Irgendwann ist es vorbei, und ich lege meinen Kopf an seine Schulter, und er legt eine Hand auf meine Haare, und jemand flucht laut und rennt durch den Flur und schreit immer nur: Scheiße! Scheiße!

Es ist Klara, die schreit. Sie klingt vollkommen entnervt. Dann hört das Wasser auf zu plätschern, und sie hört auf zu schreien. Ich fahre heute jedenfalls nicht zur Arbeit, sagt sie, da könnt ihr drauf wetten, und außerdem könnt ihr mir jetzt mal helfen, diese Überschwemmung zu beseitigen. Die Feuerwehr muss ich ja wohl nicht rufen, sagt sie, die ist ja schon da, und jetzt lacht sie wieder, und der Feuerwehrmann, den ich geküsst habe, lacht, und ich lache auch, aber leise und eher nach innen als in die Küche hinaus.

Sandman sitzt an der Schwelle zum Flur und betrachtet das Geschehen im Badezimmer. Von Death ist nichts zu hören, kein Mucks, kein Pieps, und später werde ich wissen, dass sich das nicht mehr ändern wird, dass Death so bleiben wird, nämlich: ängstlich, obwohl sie bis gestern ein abenteuerlustiges, kleines Fellwesen war. Aber Gestern ist vorbei.

Nach der Überschwemmungsbekämpfung bringe ich den Feuerwehrmann, den ich geküsst habe, zur Tür. Er steht im Hausflur. Ich stehe im Türrahmen, sehe an ihm vorbei zum intakten Treppenhausfenster. Er wartet, bis ich ihn anschaue, dann sagt er: Wegen der Liebe also, und ich sage: Ja, und wegen Frau Naumann. Wirst du mir das irgendwann erklären?, fragt er. Nein, ich schüttle den Kopf. Warum nicht? Er klingt erstaunt. Weil der Einsatz vorbei ist, sage ich leise und schließe die Tür. Ich schließe sie langsam, sehe ihm dabei in die Augen, bis die Tür es nicht mehr zulässt. Bis die Tür es nicht mehr zulässt, sieht er mir in die Augen, schaut ruhig dabei und so, als hätte er alle Zeit der Welt, und so, als dächte er, dass ich mich irre, aber er sagt nichts. Dann ist ein leises Klick zu hören, nämlich: als der Riegel ins Schloss rutscht, und ich ziehe noch einmal vorsichtig an der Tür, um sicher zu sein, dass sie auch wirklich geschlossen ist.

Klara steht neben mir, sieht mich an. Ihr Blick ist besorgt, abweisend und angestrengt zugleich. Sollen wir der Wanne noch eine zweite Chance geben?, fragt sie.

Ich höre, dass sie das sagt, aber ich höre auch, dass der Feuerwehrmann, den ich geküsst habe, nicht fortgegangen ist, nämlich: keine Schritte, keine Haustür, die unten ins Schloss fällt. Deshalb lege ich den Zeigefinger über die Lippen. Klara verdreht die Augen. So stehen wir minutenlang. Dann geht der Feuerwehrmann, den ich geküsst habe, die Treppe hinunter. Ich höre, wie die Haustür aufgezogen wird, wie sie zufällt.

Jetzt ist der Einsatz wirklich vorbei, denke ich und nicke und sage: Ja, der Wanne. Was?, fragt Klara. Der Wanne noch eine zweite Chance geben, sage ich, gehe ins Bad, ziehe mich aus und denke, dass mich nie wieder etwas wärmen wird, kein Bad und keine Heizung und keine Kleidung, obwohl der Einsatz vorbei ist und obwohl das Haus nicht mehr hustet und nicht mehr röchelt, und obwohl Death noch lebt, nämlich: weil Hjartan aufgetaucht ist und weil er eine Stimme in meinen Kopf gepflanzt hat, die mich ständig an ihn erinnert. Ab jetzt kommt die Kälte von innen.

Ich steige ins Wasser. Es ist klar. Es ist heiß. Mir ist kalt. Untertauchen, irgendwann wieder auftauchen. Klara wirft alles, was ich am Leib getragen habe, in die Waschmaschine, startet sie. Stell sie aus, sage ich, bitte. Sie dreht den Knopf zurück, geht aus dem Bad, zieht die Tür heran, lässt sie einen Spaltbreit offen.

Ich schließe die Augen und tauche. Alles ist Fauchen und Rauschen, und hinter meinen Augen ist: nichts. Hinter meinen Augen ist: überhaupt nichts. Er hat braune Augen, denke ich, hellbraune. Der Feuerwehrmann, den ich geküsst habe, hat hellbraune Augen. Bartek Rieger hatte grüne, denke ich, und später wird mir auffallen, dass ich in diesem Augenblick zum ersten Mal in der Vergangenheit von ihm gedacht habe.

Hjartan hatte graue, sagt Pia. Ich nicke. Er hatte Augen wie das Meer im Winter, wenn es winzige Kristalle regnet und die Sonne noch scheint, obwohl sie schon untergegangen ist: eisgraue Augen mit einem Lächeln an den Rändern.

Ich lausche ins Rauschen und Fauchen in meinem Kopf und denke, dass Hjartan lächelt, dass er irgendwo in der Nähe der Ruine steht, sie betrachtet und zufrieden lächelt. Ich wünschte, Pia oder Lars würden etwas sagen. Sie schweigen. Tief atme ich ein, lasse den Kopf unter die Wasseroberfläche gleiten, aber dort wird alles noch lauter: das Rauschen, das Fauchen, das Knistern, immer nur noch lauter und lauter, und dann, ganz plötzlich, gebe ich auf und denke überhaupt nichts mehr.

somewhere
between the sacred silence and sleep
disorder disorder disorder

tocixity
system of a down

Das Feuer ist Hjartans Rache. Und es ist meine Strafe. Ich weiß es. Ich kann ihn förmlich sehen, wie er da oben sitzt und Strippen zieht, damit hier unten alles nach Plan läuft, nämlich: damit jemand meine Wohnung abfackelt.

Er rächt sich, und ich kann nichts zu meiner Verteidigung sagen. Irgendjemand da oben war besoffen, als er die Strippen für die Geschichte auf Island zog. Aber jetzt sitzt Hjartan an seiner Stelle. Jetzt wird es keine Fehler mehr geben, nur noch nüchterne, gerechte Rache. Und ich glaube nicht, dass es schon vorbei ist. Das Feuer war nur der Anfang. Vier Jahre lang hat Hjartan sich vorbereitet, jetzt ist er so weit. Ich werde mich nicht wehren. Es gibt nichts, womit ich mich rechtfertigen könnte.

Dass es draußen immer kälter wird, erfahre ich von Klara, die den Winter hasst. In Wirklichkeit ändert sich nichts an den Temperaturen: innen bleibt alles konstant eisig. Drei Bettdecken und sieben Tropfen Baldrian, manchmal acht, um einzuschlafen. Sporadischer werdende Termine bei Lothringer. Der mit seinen sanften Methoden, sagt Klara, hebt das braune Fläschchen gegen das Licht. Von seinem dringenden Rat, Psychopharmaka zu nehmen, habe ich ihr nichts erzählt.

Nach dem Einschlafen bin ich häufig im Feuer, seltener: nirgends, ein einziges Mal laufe ich die Bjarnarstigur entlang, finde aber das Haus nicht. Manchmal ist Bartek Rieger da. Tagsüber liege ich voll bekleidet auf dem Bett in Klaras Gästezimmer, halte die Augen offen. Wenn ich sie schließe, höre ich das Feuer fauchen. Zwischendurch immer wieder Lars und Pia: ankündigungslos, nur wenn ich wach bin, nie im Schlaf. Dann verschwinden sie so plötzlich, wie sie gekommen sind, tauchen unvorhersehbar wieder auf. Ich erkenne keine Auslöser, keine Regeln, nach denen ihr Kommen und Gehen sich richtete. Ständig warte ich darauf, dass Hjartan in die Wohnung kommt, irgendwo herumsteht, etwas tut, etwas sagt. Vergeblich bis jetzt, zum Glück.

Klara geht zur Arbeit, kocht, kauft ein, putzt die Wohnung. Reichelt ist zwei Ecken weiter, sagt sie irgendwann. Wir brauchen Lauch, Salat, Senf, Brot und ein paar Joghurts. Ich nicke. Wär auch gut, wenn das Bad mal geputzt würde, sagt sie. Ich nicke noch einmal, warte, bis sie fort ist, gehe zu Reichelt: Lauch, Salat, Senf, Brot, ein paar Joghurts. Ich putze das Bad, füttere die Katzen, kraule sie zwischen den Ohren, wie sie es mögen, liege auf dem Bett, halte die Augen offen, höre, was Lars hört, nämlich: Pia erfüllt ihre Mission.

Sie erzählt. Sie scheint alles zu wissen. Gnadenlos erzählt sie ihm alles in einer eigenartigen, nicht chronologischen Reihenfolge, und es gelingt mir kein einziges Mal, sie daran zu hindern: weder mit Baldrian, noch mit Alkohol, noch mit sechs DVDs in einer Nacht. Ich hatte recht mit meiner Vermutung: Es ist noch nicht vorbei. Das Feuer war erst der Anfang. Pia ist der zweite Teil der Rache, ihr Bericht. Ich frage mich, ob es noch einen dritten geben wird.

Es beginnt damit, dass Lars irgendwann nach ihm fragt: Wer ist dieser Hjartan?, will er wissen, und ich ziehe die Decke höher ans Kinn, betrachte wandernde Draußenlichter auf der Raufasertapete neben Klaras Gästebett. Das Fauchen ist fort. An seiner Stelle Lars' weiche, tiefe Stimme. Es scheint, er weiß weniger als Pia. Später werde ich mich daran gewöhnen zu denken, dass Lars noch nicht so lange dabei ist. Ich frage mich nicht wobei. Ich stelle keine der Fragen, die Klara stellen wird, die Lothringer stellen wird. Lothringer, zu dem sie mich morgen früh wieder schleppen will. Ich stelle überhaupt keine Fragen. Ich höre zu. Und ich irre mich: Er ist genauso lange da, und er weiß nicht weniger, sagt Pia spöttisch. Er weiß anderes. Aber das verrät sie mir jetzt noch nicht, sondern sie tut es in ein paar Wochen, während meiner ersten Fahrt an die Havel. Für den Moment erzählt sie, und Lars hört zu, und, weil ich nicht anders kann, höre ich auch zu.

In der dritten Nacht bei Klara erzählt Pia zum ersten Mal von Island. Statt Lars zu antworten, fängt sie plötzlich an zu kichern und zu giggeln. Es geschieht ihr recht, sagt sie prustend, sie hat es verdient. Was hat sie verdient?, fragt Lars. Dass ihr die Bude abbrennt, sagt Pia, lacht immer weiter. Wie bitte? Lars' Stimme, angenehm erstaunt, vielleicht sogar entrüstet. Pia setzt noch eins drauf: Und dass ihr das Studio abbrennt. Wie kann man das verdient haben?, fragt Lars. Obwohl sie naiv ist, bin ich ihm dankbar für seine Frage. Pia hat aufgehört zu lachen. Sie scheint nachzudenken. Dann, unvermittelt, im Plauderton, erzählt sie:

Sie ist damals eingesprungen, ursprünglich war es gar nicht ihr Auftrag. Der Produzent von *Vond Trúarbrögð* fiel aus. Ich hab vergessen weswegen. Man hat sie als Ersatz geholt. Wen?, fragt Lars. Unser kleines Brandopfer hier, sagt Pia und giggelt schon wieder. War ein dicker Auftrag. Sie mussten die Aufnahmen um zwei Wochen verschieben, weil sie ausgebucht war. Erst gegen Sommerende kam sie in Reykjavík an.

Reykjavík? Lars, erstaunt, und Pia nickt, sagt: Ja, sagt außerdem: Sie hätte zu Hause bleiben sollen, sie hätte niemals nach Island fahren dürfen, nie. Hjartan, sagt Pia, und ich ducke mich und verschränke beide Arme vor dem Bauch und drücke den Kopf noch fester ins Kissen und ziehe die Knie noch höher unter der Decke, Hjartan war der Schlagzeuger.

Sie legt eine Pause ein, und Hjartan schaut zwischen drei messingfarbenen Becken zu mir herüber. Er beobachtet, wie ich den Raum betrete, mich umsehe, nicht bemerke, dass er da sitzt, hinter seinem Instrument, und mich betrachtet. Für die Aufnahmen haben sie einen alten Leuchtturm gemietet, oben auf den Klippen im äußersten Westen der Insel, fährt Pia fort. Da ist nichts, denke ich, deshalb der Leuchtturm: nichts außer dem Meer, dem Himmel, dem Wind und einer Straße, auf der nie ein Auto fährt, fast nie, und ich gehe zum Fenster und schaue hinaus. Klippen, Sonne, lang gezogene, eischaumfarbene Wolken.

Hi, sagt er, und ich fahre herum, erschrocken, weil ich dachte, ich wäre allein. Alles, was Hjartan in ihr Leben gebracht hat, sagt Pia, hat sie erst einmal zu Tode erschreckt. Es war fast wie ein Prinzip. Sie gehört zur Spitzenriege der Produzenten in Europa, eine der ganz wenigen Frauen weltweit in dem Job, und trotzdem ist sie der größte Feigling, den ich kenne. Wehe, sie hat nicht alles unter Kontrolle! Aber in Hjartans Leben gab es so etwas wie Kontrolle überhaupt nicht, sagt sie und hat recht und lacht schon wieder. Außer, wenn es um sein Instrument ging, das hatte er vollkommen im Griff. Den mochtest du wohl, sagt Lars.

Den mochte ich in der Tat. Pia sagt es leise, nickt dabei, schränkt den Satz durch kein Wort ein, durch keine Geste, keinen Tonfall. Den mochte ich wirklich gern, sagt sie, und während ich erstaunt den Kopf hebe, verstummt sie, nämlich: sie hört es auch, wir hören es alle drei.

In dieser Nacht, mitten in Pias Racheberich hinein: das Klopfen. Pias plötzliches Schweigen, Lars, der angestrengt lauscht, und ich: halte den Atem an. So gesellt sich das Klangkind zu uns.

Dass es nahezu schwarze Augen hat, dass seine Augen, wie meine, dunkler als dunkelbraun sind, erfahre ich erst später. Anfangs ist es nichts als Klang: kurze, regelmäßig sich wiederholende Geräusche, dumpf, knochig. Manchmal singt es ein Lied, immer das gleiche. Die Melodie erkenne ich: *Sur le pont d'Avignon*. Ob es den Text auf Französisch singt, ob es überhaupt einen Text dazu singt, kann ich nicht sagen. Ich höre nur seine Stimme, gedämpft, die stundenlang die Melodie von *Sur le pont d'Avignon* singt, summt.

Wenn es singt, lege ich meine Hände an die Wand. Ich spreize die Finger, lege die Hände flach gegen die Wand und ein Ohr. Ich will es besser hören. Wenn es klopft, bin ich vorsichtiger. Ein heftiges, hartes, rhythmisches Klopfen, das nie lange dauert. Zwei Mal, zum Beispiel, oder sieben oder fünf Mal, danach oft anhaltende Stille. Das Klangkind gibt keine Zeichen. Es klopft nicht, um zu sprechen. Es klopft aus einem Grund, vor dem ich mich fürchte, den ich nicht kennen will.

Wenn es klopft, brauche ich die Hände nicht an die Wand zu legen, das Ohr schon gar nicht. Es ist deutlich zu hören, nah, laut. Wenn es klopft, setze ich mich im Bett auf, oder ich lehne mich an den Türrahmen oder halte mich am Stuhl fest, der neben dem Bett in Klaras Gästezimmer steht. Wenn es klopft, erstarre ich, tue nichts, gar nichts, bis es wieder aufhört. Ich atme konzentriert, und: warte darauf, dass es wieder aufhört. Am Anfang denke ich, dass es glatte Haare hat. Es ist ein Irrtum, aber zu Beginn, als es nur Klang ist, denke ich so, und ich denke auch, dass es strohblond und zehn oder elf Jahre alt ist. Vor allem denke ich am Anfang, es wäre ein Junge. Erst nach fast drei Wochen in Klaras Wohnung erfahre ich, wie das Klangkind wirklich aussieht, wie alt es ist und dass es ein Mädchen ist. Als ich es erfahre, ist es schon zu spät. Hätte ich all das vorher gewusst, ich hätte kein Wort mit ihm gesprochen.

Du bist die Feuerfrau, sagt das Klangkind gegen Ende Oktober und hat nahezu schwarze Augen, und es hat kurzgeschnittene, braune Locken, und ich denke, dass es ein kleiner Junge ist. Du bist die Feuerfrau, sagt es noch einmal, hält den Kopf sehr gerade dabei, steht im Türspalt gegenüber von Klaras Wohnung, in der ich seit bald drei Wochen wohne. Jemand muss dem Kind von mir erzählt haben.

Die Klinke befindet sich nicht weit über seinem Kopf. Ich starre es an, überlege, ob ich es nach seinem Bruder fragen soll, nach dem elf- oder zwölfjährigen blonden Klopfer und Sänger.

Hallo, sage ich und frage mich, woran es liegen kann, dass ein Kind so dunkel gerät, während sein Bruder schlohweiße Haare und blaue Augen hat. Langsam, während ich es anstarre, verschwindet es in Flurschatten, drückt die Wohnungstür so gut wie lautlos ins Schloss, danach: aufgeregtes Getrappel in Strümpfen über Holzdielen, und ich stehe im Hausflur, und das Licht geht aus.

Da ist es schon zu spät. Jetzt kennen wir uns, und es konnte nur geschehen, weil ich dachte, dass das Kind ein Junge ist, das bedeutet: ich kenne es schlecht, aber es bedeutet auch: ich kenne es jetzt, daran ist nichts mehr zu ändern, und erst später, irgendwann in ein paar Wochen, bemerke ich, dass Lars und Pia schweigen, wenn es auftaucht. Sie sind still, sie lauschen, wenn es da ist, beide.

Das nächste Mal sehe ich das Klangkind wieder am selben Ort. Es hält die Wohnungstür einen Spaltbreit offen, lugt hinaus in den Flur, sieht mir zu, wie ich die Treppe hochkomme. Es hat mich erwartet.

Kannst du Französisch?, fragt es. Oberhalb der Augen ein breites, dunkles Band, am Haaransatz ein Medaillon, bräunlich im Schatten. Wie ein kleiner Elf, denke ich, bevor ich das Flurlicht einschalte, drücke auf den rot glimmenden Knopf neben der Klingel. Das Medaillon ist eine Platzwunde, rund, verschorft, das Band eine Beule quer über die ganze Stirn, blau-violett, mit grünlichen Rändern. Ich ziehe die Luft zwischen den Zähnen ein, dass es ein leises Zischen gibt, und schüttle den Kopf.

Nein, sage ich, kein Französisch. Das Kind schaut auf den Boden, dann zu mir hoch. Es ist fünf, es ist fünf oder sechs. Im September ist sie vier geworden, wird Klara später sagen. Sie? Aber du kannst Französisch, sage ich, zeige mit dem Finger auf seine Brust. Das Licht im Treppenhaus schaltet sich ab. Seine Silhouette gegen das Schummerlicht aus dem Wohnungsflur. Die Wand ist auf mich gefallen, sagt das Kind. Die Wand, sage ich. Hm, es nickt wieder. Welche Wand? Die Zimmerwand, sagt es, verschwindet in Flurschatten, drückt die Wohnungstür so gut wie lautlos ins Schloss, und diesmal: kein Getrappel von Füßen, stattdessen: Stille, als ob es noch dastünde. Ich nestle den Schlüssel hervor, schließe Klaras Wohnungstür auf, lege mich aufs Bett, friere.

So ist es jetzt. So sind meine Tage. Ich friere. Ich liege auf dem Bett. Ich bin angefüllt vom Fauchen der fast totgeschlagenen Ruine. Ich betrachte Lichter auf der Wand in Klaras Gästezimmer. Ich höre die Scheiben in der Küche splittern, den Flügel knistern, den Rauch, wie er Raum einnimmt. Ich sehe hellbraune Augen. Ich sehe eisgraue Augen. Ich höre das Klangkind und den Wind vor den Fenstern in der Bjarnarstigur, die Schreie der Vögel, die ich nicht unterscheiden kann, Hjartans Stimme, wie er sie beim Namen nennt. Schneeammer, sagt Hjartan. Eissturmvogel, sagt er, und: Goldregenpfeifer. Er sagt es in seinem fehlerfreien Deutsch mit dem kaum hörbaren Akzent, den schemenhaft dunklen Rändern am Ende der Wörter, und die karge Landschaft, die zu ihm gehört, liegt vor mir. Er zeigt mir sein Land auf ausgedehnten Fahrten, bei stundenlangen Gängen, und jede Nacht mindestens drei Mal stehe ich auf der Straße nach Grindavík, wo Jöður lebt, sein Vater. Ich versuche mich aufs Außen zu konzentrieren, darauf, dass ich friere, dass ich auf Klaras Gästebett liege, ich versuche den Lichtern auf der Wand zu folgen, die Augen offen zu halten. Meistens gebe ich schnell auf, stehe wieder dort. Rundum nur Schnee, Wind, Abenddämmerung, und mir ist kalt.

Keine Ahnung, wie die Kleine heißt, sagt Klara, und: Nein, kein Bruder. Aber es müssen zwei Kinder sein, sage ich noch einmal. Klara sieht mich an wie eine geduldige Gouvernante aus dem letzten Jahrhundert ihren verzogenen, zurückgebliebenen Zögling aus gutem Hause. Die Colberts haben ein einziges Kind, sagt sie. Es ist ein Mädchen, kein Junge, glaub mir, Schätzchen. Die sind vor sieben Jahren hier eingezogen. Ich habe zwar kaum was mit ihnen zu tun und fand sie noch nie besonders sympathisch, aber ich garantiere dir, wenn die Colbert ein zweites Mal schwanger gewesen wäre, das hätte ich mitbekommen.

Ein Mädchen, sage ich, und Klara nickt zufrieden. Das Klangkind ist ein vierjähriges Mädchen, denke ich, bin eiskalt und starr, und: So was kommt von so was, sagt Pia. Sie klingt derart gehässig, dass ich zusammenzucke. Hjartan hat sie gut instruiert. Alles in Ordnung mit dir?, fragt Klara. Mit einem Mal schaut sie besorgt: Bist so blass plötzlich, sie legt den Kopf schräg, noch blasser als ohnehin schon die ganze Zeit.

Ich gehe ins Gästezimmer, lege mich aufs Bett. Geometrische Lichtfiguren auf der Tapete, sie wandern. Mit der Bewegung der Wagen auf der Straße wandern sie über die Tapete neben Klaras Gästebett. Aber Klara kommt mir hinterher, schaltet die Nachttischlampe an, entschlossen, und die Wand ist nur noch eine Wand. Raufasertapete, abgenutzt, angegraut, speckig um den Lichtschalter herum. Die Colberts haben wirklich nur das eine, sagt sie, sieht mich an, scheint abzuwägen. Grégoire, der Mann, sagt sie schließlich, der Vater von der Kleinen, und bricht ab. Was es über Grégoire Colbert zu erzählen gibt, ist einem schonungsbedürftigen Brandopfer nicht zuzumuten.

Sag schon!, fahre ich sie an, und Klara zuckt mit den Schultern. Hat sich umgebracht, der gute alte Grégoire. Ja, sagt sie, so kann's gehen. Hat sich einfach umgebracht mit seinen zweiundvierzig Jahren. Ist wegen ihr nach Deutschland gezogen, wegen seiner Frau, Elke. Sie wollte unbedingt in Deutschland bleiben, in Berlin, also ist er hierhergezogen, obwohl er der Mann war und sie eigentlich in sein Land hätte ziehen müssen, sagt sie. Hört, hört, Lars schmunzelt. War ein Fehler, fährt sie fort. Hat sich einfach erhängt, der Franzose. Auch eine Art, jemanden sitzenzulassen. Die Frau sitzenlassen, samt Kind und Wohnung und Wellensittich. Tschüss dann, ich flieg mal in den Himmel. Sie macht eine Pause, schaut mich an. Und keine fünf Wochen später tauchst du hier morgens in aller Herrgottsfrühe auf, weil deine Wohnung abgebrannt ist. Sie schüttelt den Kopf, stößt sich mit der Schulter vom Türrahmen ab, an dem sie gelehnt hat. Zeiten gibt's, sagt sie, da kommt alles zusammen, da passiert alles gleichzeitig. Klara nickt im Hinausgehen, zieht die Tür hinter sich zu, und ich wundere mich darüber, wie gut sie über Elke Colbert informiert ist, wo sie sie doch gar nicht leiden kann.

So ist es jetzt. Klara ist die, die Bescheid weiß, und an der Wand rechts neben dem Bett im Gästezimmer wandern geometrische Lichtfiguren hin und her, und in der Wohnung nebenan singt eine Kinderstimme die Melodie von *Sur le pont d'Avignon*, und ich bin die, die falsche Sachen denkt: Ich denke, das Klangkind hinter der Wand sei ein zehnjähriger Junge, aber es ist ein vierjähriges Mädchen. Ich bin die, die grundlos stoßweise atmet und in der Nacht auf Klopfgeräusche lauscht und vorm Schlafengehen sieben Tropfen Baldrian nimmt, manchmal acht.

Zwei Tage später passiert es wieder, nur nicht an der Wand diesmal, sondern an der Wohnungstür. Ich weiß sofort, dass es das Mädchen ist, das Klangkind. Niemand sonst klopft in diesem Haus gegen Wände oder Türen. Im Flur starre ich auf die Klinke. Wieder das Klopfen, und wieder. Es klingt vollkommen anders als ihr Klopfen gegen die Wand. Zum ersten Mal, seit ich hier bin, öffne ich jemandem die Tür. Ich tue es nur, weil ich weiß, dass sie es ist. Sie klopft ein viertes Mal. Meine Hand, wie sie sich um die Klinke legt, sie langsam niederdrückt, heranzieht. Tatsächlich ein Mädchen, heute ist es deutlich zu sehen: Rock, Pulli, eine Kette mit bunten Holzperlen um den Hals, keine Schuhe, dafür Strumpfhosen und zwei unterschiedlich geringelte dicke Wollsocken als Hausschuhe darüber.

Sie sieht zu mir hoch, ernst wie jedes Mal bisher. Ich trete zur Seite. Sie zögert keine Sekunde lang. Du musst die Tür wieder aufmachen, sagt sie, als ich sie hinter ihr schließe. Ich tue, was sie verlangt. Sie stellt sich auf die Schwelle, sieht hinaus, denkt nach, sieht in Klaras Flur, schaut dann wieder über den Treppenabsatz in ihre eigene Wohnung gegenüber, was ohne Weiteres geht, weil sie auch dort die Tür geöffnet gelassen hat. Ein langer, dielenbedeckter Flur, von dem rechts und links hohe, weiß gestrichene Altbautüren abgehen, genau spiegelverkehrt zu Klaras angeordnet. Das Mädchen wendet sich nach links, nach rechts. Warte mal, sagt sie, rennt hinüber, verschwindet drüben durch eine Tür, taucht gleich wieder auf, kommt zurückgerannt, zeigt aufs Gästezimmer, geht mit ausgestrecktem Arm dorthin, zeigt in Richtung Bett: Die Wand, sagt sie schließlich.

So, wie ich es nachts oft tue, betrachte ich die Wand neben Klaras Gästebett. Ich betrachte die Stirn des Mädchens. Sie ist braun und blau und grün. Die Beule ist fast verschwunden. Die verschorfte Stelle ist kleiner geworden. Diese Wand ist auf dich gefallen?, frage ich. Sie nickt, dann nimmt sie meine Hand, zieht mich hinaus ins Treppenhaus, hinein in ihre Wohnung, gleich links durch die erste Tür.

Ihr Kinderzimmer liegt neben Klaras Gästezimmer. Vor der Wand eine Matratze, ein gigantisches, buntes Kissenlager, übersät mit Kuscheltieren, Playmobilfiguren, Kinderbüchern, Legosteinen. Das Klangkind zeigt auf eine Stelle an der Wand dahinter. Auf der weißen Tapete, Rosenranken, Feen, Zwerge und ein paar verschmierte, rostbraune Flecken, die niemand entfernt hat. Das Bett, in dem ich schlafe, sage ich, steht genau an der Wand neben deiner Spielwiese. Sie schweigt, zieht mich in den Flur zurück.

Wo ist deine Mutter? Schläft, antwortet sie, schiebt mich zur Wohnungstür, und ich gehe zu Klara hinüber, sehe mich um. Sie hält die Klinke über ihrem Kopf, versichert sich, dass ich ihr zuschaue. Ich stehe, atme flach, betrachte das Mädchen in der Wohnung auf der anderen Seite des Treppenabsatzes, wie sie die Tür schließt, lautlos, danach: Füßegetrappel auf Dielen, und unten geht die Haustür.

Es ist spät geworden, muss schon um sieben herum sein. Am Klang ihrer Absätze erkenne ich, dass es Klara ist, die heimkehrt. Klara, die von dem Gespräch heimkehrt, für das sie heute nach der Arbeit mit Lothringer verabredet war. Ich lasse die Tür offen stehen für sie, und obwohl ich weiß, dass es nichts nutzen wird, verstecke ich mich im Gästezimmer. Klara wird nicht fragen, ob ich etwas über ihre Unterredung hören möchte oder nicht.

Lothringer bei meinem letzten Besuch: Es ist wichtig, dass jemand Bescheid weiß. Hausarztblick, tiefgründig. Jemand aus

Ihrem Bekanntenkreis, schlägt er vor. Lassen Sie mich zum Beispiel mit Ihrer Cousine sprechen, sagt er, und ich: Ja, und: Okay, tun Sie das, und jetzt erzählt Klara, was Lothringer ihr erzählt hat, obwohl er mir das auch schon alles erzählt hat.

Pia und Lars sind nur Stimmen, sagt sie. Stimmen, die du hörst, sagt Klara, aber in Wirklichkeit gibt es sie gar nicht. Ich dachte die ganze Zeit über, sagt sie, sieht mich vorwurfsvoll an dabei, das wären Freunde von dir. Hättest ja mal was sagen können, sagt sie. Woher soll ich wissen, dass du dir die nur einbildest?, und erzählt übergangslos weiter, was Lothringer ihr noch verraten hat. Er meint, das sei alles nicht dramatisch. Die verschwinden nach einer Weile wieder, da ist er sich ganz sicher. Nicht ungewöhnlich, hat er gesagt. Solche Stimmen zu hören nach einem Trauma ist nicht ungewöhnlich, sagt Klara und nickt dabei und sieht mich vielsagend an.

Trauma, sage ich. Klara nickt. Hat er doch mit dir besprochen, sagt sie, schaut erstaunt. Ja, antworte ich. Solange sie dir keine bösartigen Befehle geben, solange sie dich zu nichts verleiten, was du normalerweise nicht auch tun würdest, ist das alles kein Grund zur Aufregung, meint Lothringer. Er schlägt vor, sagt Klara, dass du eine Psychotherapie machst. Er sagt, das hätte er dir schon gesagt.

Aus dem Fenster sehen. Hat er doch, oder? Ja, sage ich, hat er. Die Stimmen hörst du, weil du die Sache mit dem Anschlag noch nicht richtig verarbeiten kannst, sagt Lothringer. Sagt er das, sage ich. Ja, Klara, durch und durch sachlich, du wirst noch ein bisschen Zeit dafür brauchen, das ist ganz normal. Ist ja gut, sage ich, dass ihr gesprochen habt.

Sie will wissen, ob sie mir bei der Suche nach einem Therapeuten helfen soll. Nein, sage ich, und: Danke, und ziehe den Vorhang ein Stück weiter zur Seite. Wird immer kälter draußen, findet Klara. Alles konstant eisig, murmele ich, schließe die Augen, und das Feuerfauchen wird lauter und lauter, und ich lege meinen Kopf aufs Kissen, und dann weckt mich das Geräusch der Verpuffung, und der Ficus sprüht Funken, und ich laufe immer auf das Rauschen zu, das aus dem Treppenhaus kommt, und: Wohnungstür öffnen, sie sofort wieder schließen, die Augen aufreißen, atmen, den Schweiß von der Stirn wischen, in die Wohnung hineinlauschen.

Das Geräusch der Reißverschlüsse von Klaras Winterstiefeln, wie sie hochgezogen werden, energisch. Der Bügel, an dem ihr Daunenmantel hängt, wie er, leer jetzt, an der Garderobenstange baumelt. Das Klimpern des Schlüssels, als Klara ihn von der Kommode unterm Flurspiegel nimmt. Sie bricht auf, übernachtet bei Ben. Das Klappen der Wohnungstür, Klaras Schritte im Treppenhaus. Gedämpft fällt unten die Haustür ins Schloss. Aus dem Wohnzimmer nur noch der samtige Klang des Standuhrpendels, aus der Küche das leise Summen des Kühlschranks, ab und an knackt es in einem der Heizkörper. Sieben Tropfen Baldrian, Straßenlampenlichter von draußen, und Hjartan steht neben seinem Toyota: Sein weites, offenes Lachen. Mit der flachen Hand schlägt er aufs Wagendach. Das Auto, ruft er mir quer über die Straße zu, muss in die Werkstatt. Generalüberholung, sagt er, und es klingt wie Generalübung, weil er das Ende des Wortes verschluckt, aber auch, weil der Wind es mit sich fortträgt.

Death, neben meinen Knöcheln, schläft. Sandman ist nirgends zu sehen. Die Decken zur Seite schieben, langsam durch die Wohnung gehen. Im Flur nur das Draußenlicht, das erst durch die Fenster, dann durch geöffnete Zimmertüren fällt. Der Spiegel, grauschwarz, Kunstkalender, Garderobe, alles grauschwarz. In die Küche fällt das Licht der Hoflampe, deswegen ist es hier heller. Abgezogene Dielen, Geschirrspülmaschine, Kühlschrank, das antike Küchenbuffet in unterschiedlichen Schwarzschattierungen. Das Bett im Schlafzimmer mit Baldachin, Kunstdrucke an den Wänden, van Gogh, Modersohn-Becker, Renoir, ein großer, tischlergefertigter Schrank, zwei hohe Fenster zum Garten, den niemand im Mietshaus nutzt, in dem eine alte Teppichstange seit Jahren vom Wetter zerfressen wird. Blauschwarze Nachtlichtwohnung, eiskalte Nachtwanderung, allnächtlich. Im Bad drei weitere Tropfen Baldrian und noch ein wenig weiterwandern. Hinten in der linken Wohnzimmerecke der schwarze Staubfänger: Großvaters Klavier.

So lautlos wie möglich hebe ich den Deckel an, lehne ihn gegen den Korpus. Keine Außengeräusche verursachen, die Innengeräusche reichen mir. Mein Kopf ist voll mit Fensterbersten und Hjartans Lachen. Das helle Schimmern von Elfenbein, kein Klavierschemel. Wie von selbst legen sich meine Finger auf die Tasten, zwei, drei Finger auf irgendwelche Tasten, bleiben dort liegen, rühren sich nicht, drücken keine von ihnen hinunter. Sie liegen nur auf, sacht, kaum spürbar. Ich lausche, während Baldrian acht, neun und zehn zu wirken beginnen. Die Augen offen halten, die Ohren zu. Das Mischpult schmilzt, schlägt Blasen. Der Flügel knistert. Mein Ohr ans Klavier legen. Die trockene, unversehrte Stille von Großvaters Klavier in Klaras Wohnzimmer. Den Deckel wieder schließen.

Der dritte Einschlafversuch in dieser Nacht, die bald um ist. Death immer noch auf dem Bett, immer noch im Traumland, Sandman, jetzt neben ihr, die Schnauze ins Fell an ihrem Bauch vergraben. Als ich mich unter die Decke schiebe, maunzt er kaum hörbar, beginnt zu schnurren. Meine Augen fallen zu, überall Rauschen. Immer noch kein Lied aus der anderen Wohnung, kein Klopfen. Es ist vier Uhr neunundvierzig. Manchmal schlafe ich ein, wenn es draußen zu dämmern beginnt. Aber noch dämmert es nicht. Ich glaube, sagt Pia, und ich höre sie erst wie von ferne, als stünde sie hinter einem Vorhang oder einer dünnen Wand, und hoffe, dass ihre Stimme gleich gar nicht mehr zu hören sein wird, aber ich hoffe vergeblich: Ich glaube, bei ihr ging es schneller als bei ihm. Lars schmunzelt. Das Hingerissensein?, fragt er, und jetzt höre ich die beiden ganz nah und deutlich. Das Völlig-hin-und-weg-Sein, sagt Pia, nickt und grinst. Hjartan war am Anfang vor allem neugierig. Er hatte viel von ihr gehört, alle hatten sie viel von ihr gehört. Wusstest du, dass sie einen Spitznamen hat? Die Musiker nennen sie Sound. Nicht, wenn sie dabei ist, aber sonst eigentlich immer. Kommt Sound heute noch? Was hat Sound dazu gesagt? So nennen sie sie. Nannten, sagt sie, macht eine Pause, kichert. Nannten? Lars kommt nicht mit, ich schon. Hört ja nichts mehr, die Gute, Pia freut sich, hört ja nur noch uns. Und das Rauschen und Splittern. Das gibt zwar einen guten Sound, aber nicht bei Aufnahmen, witzelt sie. Und? Lars' Stimme klingt verblüfft, entsetzt, angewidert. Gehört das auch zu den Dingen, die sie verdient?

Pia antwortet ihm nicht, seufzt nur zufrieden. Ich glaube, sagt sie, sie war vollkommen überrascht von ihren Gefühlen. Und ich denke, dass das stimmt, dass ich nicht damit gerechnet hatte, dass es mir nicht oft, dass es mir sogar ausgesprochen selten passiert und dass ich nie weiß, was dann. Aber so ratlos wie bei Hjartan, das hatte es vorher noch nicht gegeben. Und er sitzt da zwischen seinen Becken, hinter seinen Toms, aufrecht, die Hände mit den Sticks auf den Oberschenkeln abgelegt, lächelt, sagt: Hi, sagt sonst nichts, sieht mich nur an und wartet, und ich weiß nicht, wohin mit mir.

Sie hat Regeln, sagt Pia. Keine Kollegen, das ist die erste Regel. Unter den Kollegen erst recht keine Musiker, das ist Regel zwei. Und Regel drei: keine Männer, die jünger sind als sie selbst. Hjartan war Schlagzeuger, also Kollege, also Musiker: Regel eins dahin, Regel zwei dahin, und er war sieben Jahre jünger als sie: Regel drei dahin. Hjartan kam ganz und gar nicht infrage, Punktum. Pia sagt es, als zitiere sie Paragraphen. Und ich denke, dass sie es genau richtig darstellt. Haargenau so ist es gewesen: Hjartan, wie er mich ansieht zwischen den Becken hindurch und Hi sagt. Ich, wie ich, als ich ihn endlich bemerke, als Allererstes denke, dass er auf ganz und gar keinen Fall infrage kommt. Als Allererstes, sagt Pia, das muss man sich mal vorstellen. Wer so lebt, hat nichts Gutes verdient – meine Meinung, sagt sie.

Auf dem Weg zum Einkauf erfahre ich am nächsten Mittag ihren Namen. Sie läuft ein paar Schritte vor einer hageren Frau, die ein Kopftuch trägt, beigefarben mit grünem Blättermuster, und eine große, dunkle Sonnenbrille. Das Klangkind streckt eine Hand hoch, öffnet die Pforte im Zaun, drückt sie nach innen, schaut sich dabei zu ihr um. Die Frau sagt etwas, sieht beständig auf den Boden, schiebt das Kind vorwärts, das die Pforte ganz aufstößt. Hallo, sage ich, bleibe stehen. Die Frau nickt, geht weiter, aber die Kleine macht sich los, baut sich vor mir auf. Wo gehst du hin?, will sie wissen. Ihre Mutter kommt zurück. Coraline, sagt sie, und: Entschuldigen Sie bitte, greift nach der Hand des Mädchens, ohne den Kopf zu heben, ohne mich anzusehen. Französischer Vater, denke ich, französischer Tochtername. Und? Pia giftig. Was ist daran so seltsam? Nichts, gar nichts, ich schüttle den Kopf. Kommst du wieder?, fragt das Klangkind. Ich nicke. Wirklich?, fragt sie. Noch einmal nicken. Ich gehe nur einkaufen, sage ich. Coraline!, ruft die Frau, aber ihre Stimme klingt kraftlos. Und geht und lässt das Kind in Ruhe.

So heißt du?, frage ich. Coraline? Ihre Augen weiten sich. Bilde ich mir das nur ein? Aber ihre Augen stehen tatsächlich weit offen mit einem Mal. Sie nickt. Coraline, sagt sie und: Oui, wendet sich, bevor sie im Haus verschwindet, noch einmal um, formt nur mit den Lippen eine Frage. Ich nicke und: Versprochen, murmele ich.

Sie sollte ihre Finger von Kindern lassen! Wieso?, fragt Lars. Weil sie der grobschlächtigste Mensch ist, den man sich vorstellen kann, gefühllos, kalt, eigennützig, sagt Pia, nichts für Kinder. Sie verstehen sich doch ganz gut, findet Lars. Pia lässt seinen Einwand nicht gelten, schüttelt nur den Kopf. Ist ja auch noch nichts geschehen, sagt sie. Lars versteht nicht, wovon sie spricht, runzelt die Stirn. Noch nichts, weswegen das Kind auf sie angewiesen wäre, weswegen sie, und sei es nur für eine halbe Stunde, von sich selbst absehen und für das Kind sorgen müsste. Nichts, weswegen das Kind ihren Schutz bräuchte. Pia spricht im Brustton der Überzeugung. Lars schweigt. Erstaunt? Verwirrt? Ich kann es nicht sagen, nur, dass er leuchtet, das weiß ich mit einem Mal: Von Lars geht ein kaum spürbares Leuchten aus. Ich weiß nicht, was es bedeutet. Trotzdem schmiege ich mich in diese schüchterne Helligkeit, die er verbreitet.

Drei Tage lang höre ich sie nicht. Kein Klopfen, kein Singen, keine Holzdielengeräusche, wenn ich das Treppenhaus hochkomme. Stattdessen endlose Gespräche über Island. Darüber, wie die Wohnung aussieht, wie ich mich erst ziere, sie dann aber doch betrete, wie ich bleibe über Nacht, einmal, zweimal, dann fast täglich. Pia lässt kaum ein Detail aus. Wie die anderen aus der Band, die Leute im Studio, selbst der Grafiker, der eines Tages wegen des Covers vorbeischneit, wie sie Hjartan alle mit einem Funkeln in den Augen betrachten, anerkennend, ein bisschen neidisch auch, das meint zumindest Æringi, der Techniker, und lächelt dabei und zwinkert mir zu. Wie ich morgens in Hjartans Bad in den Spiegel sehe und mir meine Regeln aufsage, leise, damit er mich nicht hört, wie ich sie mir vorhalte. Wie mir alles Vorhalten und Aufsagen nichts hilft, und dann, endlich, der eine rettende Satz. Pia zitiert ihn spöttisch, großspurig, als stünde sie auf einer Bühne und müsste mit ihrer Stimme einen großen, hohen Raum füllen, dabei ist es nur mein Kopf, den sie füllt, und der ist schon zum Bersten voll mit ihren Worten, mit ihrer Gehässigkeit.

Das geht doch ohnehin nur die paar Wochen, die du auf Island bist, zitiert sie Klaras Satz. Klara, die ihn mir, allerdings durch und durch freundlich, fast liebevoll, durchs Telefon schickt, als ich ihr erzähle, dass ich all meine Regeln gebrochen habe, dass keiner meiner Sicherheitsgurte mehr tut, was er tun soll. Klara, die kichert, die sich eine Zigarette anzündet, wie immer, wenn wir telefonieren, genüsslich inhaliert, lange ausatmet. Ist doch nur für die paar Wochen auf der Insel, Schätzchen, sagt sie und erinnert mich daran, dass von den vier geplanten schon zwei Wochen um sind, und dass ich mir ruhig das bisschen Genuss gönnen soll, statt so sauertöpfisch und streng mit mir selbst zu sein, und dass außerdem eine Liebschaft nicht mehr ist als eine Liebschaft, nämlich: dass man nicht immer gleich sein Herz an einen hängen muss, mit dem man mal das Lager teilt. Genau so sagt sie es: das Lager teilt, holde Maid, und quietscht fast vor Lachen dabei.

Pia lässt auch das Quietschen nicht aus. Festgekrallt, sagt sie, sie hat sich festgekrallt an dem läppischen Satz, hat ihn als Ausrede vor sich selbst verwendet, obwohl sie genau wusste, dass das mit ihr und Hjartan schon längst viel mehr als eine Liebschaft war. Aber sie wollte dieser Sache partout keine Chance geben, sie wollte sie nicht leben lassen, wollte auf keinen Fall ihre Unabhängigkeit hergeben, ihre Freiheit. Sogenannte Freiheit!, ruft sie, und ich halte mir die Ohren zu, liege auf dem Bett am helllichten Tag, wälze mich hin und her und presse flach und fest und vollkommen vergeblich die Hände gegen die Ohren, weil ich dieses Wieder- und Wiedererzählen nicht mehr aushalte, weil Pia die Dinge, die ohnehin schon schlimm genug waren, in einem noch viel schlimmeren Licht erscheinen lässt. Aber sie spricht weiter und weiter, und selbst als Lars irgendwann:

Pause! ruft, nämlich: Gönn ihr eine Pause, ruft er laut und deutlich, zuckt sie nur mit den Schultern und erzählt von einem weiteren Telefonat mit Klara. Von dem, in dem es darum geht, dass die Plattenaufnahmen abgeschlossen sind, dass der Rückflug kurz bevorsteht und dass Hjartan dabei ist, mich zu überreden. Den Urlaub, der jetzt ansteht, den kannst du doch hier verbringen. Hjartans klare, einfache Logik. Herzenslogik, sagt Lars, und ich muss weinen.

In diesem Gespräch horcht Klara zum ersten Mal auf: Verlängern? Ihre Stimme, als säße sie hier auf dem ausrangierten Sessel im Gästezimmer neben dem Bett. Wie, hast du gesagt, heißt der Typ?, fragt sie und will wissen, was Hjartan bedeutet, aber ich habe nicht die geringste Ahnung. Und?, fragt sie. Wirst du verlängern? Sie klingt gespannt, ist aufmerksam, will jede meiner Regungen mitbekommen, obwohl sie mich nur hören, nicht sehen kann. Das ist es ja, sage ich, deswegen rufe ich dich doch an, erinnere ich sie. Ich weiß nicht, was ich tun soll. Daraufhin schweigt sie, denkt nach.

Was für ein Sternzeichen ist er?, fragt sie schließlich. Klara!, fahre ich sie an, und dann wieder ihr Giggeln am anderen Ende der Leitung, irgendwo aus tiefstem Zentraleuropa, und das Geräusch, das Rauch damals noch machte: nichts als entspanntes Ausatmen. Irgendwie muss man seine Entscheidungen schließlich treffen, findet sie, im Grunde ist es doch immer willkürlich, da kann man genauso gut nach so was gehen. Wenn du diesen Flug verschiebst, sagt Klara, solltest du in Erfahrung bringen, was für ein Sternzeichen er ist. Vielleicht passt er ohnehin überhaupt kein bisschen zu dir, dann kannst du dich getrost noch ein paar Wochen gedankenlos mit ihm vergnügen. Und sollte er doch zu dir passen, dann musst du auch dort bleiben, es dir aber erheblich genauer überlegen. So in etwa, sagt Klara, und ich könnte schwören, dass sie zufrieden vor sich hin nickt, aber ich, vollkommen am Ende mit den Nerven: Du sollst mir keinen Firlefanz erzählen, du sollst mir sagen, was ich tun soll!

Pia schmückt es aus: Ihre Stimme ließ sie dabei eher resigniert klingen als wütend, sagt sie, um das Cousinchen weichzuklopfen, verstehst du. Sich von Klara sagen zu lassen, was zu tun ist, typisch!, giftet sie und nimmt vorweg, was Klara gleich darauf sagt, nämlich: Was du tun sollst, musst du selbst wissen, Herzchen, und macht eine längere Pause. Aber, da du mich schon fragst, fährt sie fort, und den Teil lässt Pia einfach aus, ich wüsste nicht, was gegen einen spontanen Kurzurlaub bei den Trollen und Feen spräche. Wirst eh nicht so bald wieder da hinkommen, sagt sie, und der Aschenbecher klappert auf dem Glastischchen, weil sie die Kippe ausdrückt, und ohne irgendeinen Übergang fängt Pia wieder von vorne an: Sie war gleich hin und weg von ihm, sagt sie, und Lars, ruhig, geduldig: Ich weiß, das hast du mir schon erzählt, aber Pia spricht einfach weiter, und jemand muss sie zum Schweigen bringen, sonst passiert irgendetwas wirklich Schlimmes. Noch schlimmer?, fragt sie. Ob das überhaupt geht? Ich schaffe es einfach nicht, sie still zu kriegen, und Lars scheint es auch nicht zu können.

Bevor ich doch noch auf Lothringers Angebot mit den Psychopharmaka eingehe, gebe ich mir einen weiteren, einen letzten Versuch. Am Nachmittag des vierten Tages, nämlich: so lange habe ich nichts von Coraline gehört, setze ich mich auf die Stufen zum zweiten Stock neben die Wohnungstür der Colberts: Sur le pont d'Avignon l'on y danse, l'on y danse, leise singe ich vor mich hin.

Es dauert nicht lange. Ich muss es vielleicht drei Mal wiederholen, dann: Füßegetrappel über Holzdielen. L'on y danse tout en rond. Sie drückt die Klinke nieder, ein geschmeidiges, metallisches Geräusch auf Ohrenhöhe, weil ich immer noch sitze. Die

Tür öffnet sich. Feuerfrau, sagt sie laut und sagt es gleich noch einmal und lacht. Coraline, sage ich. Wir schauen uns an.

Ist die Wand wieder auf dich gefallen? Sie nickt. Aber eine andere, sagt sie. Eine andere Wand? Die Küchenwand, sagt sie. Die Beule auf ihrer Stirn ist kleiner diesmal und nahezu farblos. Gestern Nacht?, frage ich. Weiß nicht, sagt Coraline, dann steht die Frau hinter ihr. Guten Tag, sagt sie, klingt apathisch, förmlich, und ich stehe auf. Sie sind die Cousine von Frau Witte, stellt sie fest. Ja, ich reiche ihr die Hand. Sie schüttelt sie erstaunlich kraftlos, schaut ihre Tochter dabei an. Ich würde Coraline gern Klaras Klavier zeigen, sage ich. Sie reagiert nicht. Habe ich sie geweckt? Ja, sagt sie. Das Klavier, sagt sie, aber es klingt, als wüsste sie nicht, was ein Klavier ist. Wenn du magst, zeige ich dir Klaras Klavier, diesmal wende ich mich an Coraline.

Zieh dir Schuhe an, Elke Colbert spricht langsam, gedehnt, als überlegte sie bei jedem Buchstaben, wie Zunge und Gaumen ihn bilden. Es ist doch nur über den Flur, sage ich. Ja, sagt sie wieder, lässt die Klinke fahren, verschwindet. Coraline zieht sich Schuhe an. Die Prozedur dauert eine Weile. Sie hat sich für Gummistiefel entschieden, magentafarbene Gummistiefel mit kleinen gelben Herzen darauf.

Das ist der Schuh für den anderen Fuß, sage ich. Wortlos korrigiert sie den Fehler, strahlt, als sie endlich beide Stiefel trägt, läuft über den Treppenabsatz, steht vor Klaras Tür, sieht den silbrigen Knauf von unten an, wartet. Wie ein kleiner Hund vorm Gassigehen, denke ich. Siehst du, zischt Pia, so denkt sie über Kinder. Coraline läuft sofort ins Gästezimmer, stellt sich vors Bett, betrachtet die Wand.

Das Klavier steht im Wohnzimmer, sage ich. Sie wendet sich zu mir um. Nur ein bisschen, sagt sie. Nur ein bisschen? Sie nickt, zeigt auf die Wand. Mein Blick wandert von der Wand zu ihr zur Wand zurück. Diesmal ist die Wand nur ein bisschen auf dich gefallen? Noch ein ernstes Nicken. Die Küchenwand, erklärt sie. Glück gehabt, sage ich, und Coraline legt die Stirn in Falten, sagt nichts weiter, kommt stattdessen in den Flur, nimmt meine Hand. Wo ist das Wohnzimmer?, will sie wissen.

Dann drückt sie Tasten nieder, sitzt auf einem Stuhl, den ich aus der Küche geholt habe, nämlich: kein Schemel vorm Staubfängerklavier in Klaras Wohnzimmer. Auf zwei Kissen sitzt sie, drückt mit beiden Handflächen Tasten nieder, lauscht, tut es wieder, fest, mehrmals hintereinander, lacht, nimmt ruckartig die Hände vom Klavier, lässt sie in der Luft stehen, dann auf ihren Schoß fallen, sieht mich an, erwartungsvoll. Jetzt ich? Sie nickt. Ich singe leise, spiele die Melodie dazu: *Sur le pont d'Avignon.* Coraline schaut abwechselnd mein Gesicht, meine Finger, die Tastatur an. Dann lässt sie wieder beide Handflächen niederkrachen, zieht sie fort. Ich sehe mich nach den Katzen um. Sie macht solchen Lärm mit dem Instrument, dass sich die beiden verkrochen haben.

Sing noch mal, sagt sie. Ich singe. Nein, sie schüttelt den Kopf. Sing mit den Fingern, sagt sie. Ich spiele. Nein, du sollst mit den Fingern singen und mit dem Mund. Ich singe und spiele, nur den Refrain, dann noch einmal. Beim dritten Mal singt Coraline. Ich höre ihr zu, spiele die Melodie. Du sollst auch singen, sagt sie schließlich. Wir singen, ich spiele, und sie springt vom Stuhl: Les beaux messieurs font comme ci et puis encore comme ça, und verbeugt sich und macht kleine Schritte im Kreis und kennt das Lied ganz genau und klettert wieder auf den Stuhl, und ich helfe ihr, weil sie bei jedem Versuch die Kissen hinunterschmeißt, und drückt vorsichtig eine Taste und noch eine, und ich zeige ihr die richtigen Töne und die richtige Reihenfolge, und jetzt spielt sie *Sur le pont d'Avignon* mit zwei Fingern und spielt es so lange, bis ihre beiden Finger es auswendig können, und singt dazu, und ich schaue sie von der Seite her an. Ein vierjähriges, dunkelhaariges Mädchen mit einer Beule auf der Stirn, und mir ist kalt, und ich sehe aus dem Fenster in den Novembermittag, und Hjartan sagt: Mach dir keine Sorgen. Mach dir einfach mal keine Sorgen. Das wird alles ganz und gar wunderbar, und mir ist noch kälter, falls das überhaupt möglich ist.

Dann geschieht etwas Seltsames: Lars macht einen eigenartigen Vorschlag. Vielleicht, murmelt er, vielleicht ist das alles gar nicht ausschließlich Rache. Ich kenne diesen Hjartan zwar nicht, aber... Jetzt leuchtet er wieder, genau wie kürzlich, denke ich. Vielleicht, sagt er, plant Hjartan ja auch ganz etwas anderes, als sich zu rächen, und obwohl ich weiß, dass ich Lars nicht sehen kann, nicht mit den Augen zumindest, schaue ich mich im Raum um, nämlich: erstaunt hole ich meinen Blick aus dem November zurück in Klaras Wohnzimmer, schaue mich nach Lars um und betrachte schließlich das Kind neben mir noch einmal. Keine Rache?

Ich streiche Coraline übers Haar. Sie lächelt. Was ist mit deiner Mutter?, frage ich, aber sie versteht nicht, was ich von ihr wissen will, zieht die Schultern hoch, schaut zurück auf die Tasten, spielt noch einmal. Siehst du, sie hat keine Ahnung von Kindern!, wütet Pia, sammelt Beweise gegen mich. Glaubst du, sie schläft gerade? versuche ich es noch einmal anders. Coraline nickt. Seit Papa fort ist, schläft sie meistens. Man sollte sie einfach nicht mit Kindern allein lassen, schimpft Pia, aber Lars schweigt, und ich bin entschlossen, mich nicht einschüchtern zu lassen.

Coraline spielt noch eine Weile. Sie singt dazu, lacht viel. Dann trinken wir Kakao. Irgendwann klingele ich an ihrer Wohnungstür. Ich muss es mehrmals tun, und selbst dann dauert es eine Weile, bis Elke Colbert öffnet. Sie nickt nur kurz, verschwindet wieder in einem der Zimmer. Ich warte, bis sie fort ist. Und was soll das jetzt werden? Pia klingt alarmiert. Coraline zieht die Gummistiefel aus. Ich sehe mich im Flur um, während sie in ihr Zimmer läuft, trete ein paar Schritte tiefer in die Wohnung, stupse die Badezimmertür auf. Hineinzugehen brauche ich nicht: auf einem Regal, immerhin außer Reichweite des Kindes, stehen mindestens fünf Fläschchen und Dosen. Die meisten Namen kenne ich. Lothringer hat sie mir auch angeboten, hat jedes einzelne Produkt in seiner hervorragenden Wirkung angepriesen. Und was geht Elke Colberts Medikamentenkonsum irgendwen an? Pias Stimme, jetzt hart, fast böse. Mich geht er etwas an, sage ich leise in die ruhige Wohnung. Und was genau er mich angeht, Pia, das finde ich schon noch heraus. Verlass dich drauf, flüstere ich, und erst mitten in der Nacht, als es ganz still ist im Haus, als ich zu Coraline hinüberlausche und nichts höre von ihr, als Ben schlaftrunken durch den Flur zur Toilette tappt, als außer dem regelmäßig aufeinanderfolgenden Rot und Grün und Gelb der Ampel vorn an der Kreuzung kaum Lichter über die Wand neben Klaras Gästebett wandern, fällt mir auf, was vorhin im Badezimmer der Colberts geschehen ist: Zum ersten Mal, seit ich sie höre, habe ich mit Pia gesprochen. Und sie, sie hat geschwiegen danach.

Darauf brauchst du dir überhaupt nichts einzubilden, flüstert sie. Abwarten, sage ich in die Dunkelheit, und Lars? Leuchtet.

In dieser Nacht schlafe ich ein: Mein Kopf ist voll mit Fauchen und Knistern, Bartek Rieger und Coraline laufen in der Ruine herum, der Feuerwehrmann, den ich geküsst habe, steht hoch oben auf einem Seil und balanciert, und während ich noch denke, dass das verkehrt ist, dass Bartek Rieger der Artist ist, nicht er, und dass er der Leitermann ist, der mit Frau Naumann tanzt, winkt mir Frau Pietzsch aus dem zersplitterten Fenster ihrer Dachwohnung über meinem Studio zu, aber ich: schlafe wirklich ein.

it takes patience
lots of patience

world long gone
scars on broadway

Im Flur vor Klaras Gästezimmer steht ein Mann. Ich brauche einen Moment, um zu verstehen, dass er wirklich da steht, hier steht, sehr nah, an den Türrahmen klopft und mich ansieht, ohne etwas zu sagen, mit einem Lächeln, das nur in den Augen zu sehen ist, nicht auf den Lippen. Pia sagt etwas, aber es dringt nicht deutlich durchs Fauchen. Nur, dass es spöttisch klingt, meine ich herauszuhören. Der Mann kommt mir bekannt vor, gleichzeitig fremd und vor allem fehl am Platz. Wie spät ist es? Bin ich angezogen? Er sollte nicht hier sein. Niemand sollte in Klaras Flur stehen und in ihr Gästezimmer sehen, in dem ich auf dem Bett liege, angezogen, immerhin. Irgendetwas ist falsch. Mich umschauen. Ich bin es, ich bin falsch. Die Augen schließen.

Nein, sagt Lars, und auch ihn höre ich kaum, weil das Rauschen überhandnimmt. Nein, sagt Lars wieder, du bist es nicht, und diesmal habe ich nicht die geringste Schwierigkeit, ihn zu verstehen: der Lärm in meinem Kopf, wie leiser gestellt, sobald ich die Augen aufreiße. Doch, denke ich, ich bin falsch, nämlich: ich sollte nicht vor irgendwelchen Männern herumliegen, bloß, weil sie in Klaras Flur stehen.

Mich aufsetzen, die Füße auf den Boden stellen. Sandman brummt beleidigt. Er hat auf meinem Bauch gelegen, jetzt wartet er, bis ich sitze, rollt sich dann wieder auf meinem Schoß ein, versteckt das Maul unterm Schwanz. Aber seine Augen stehen weit offen, sind auf die Tür gerichtet, seine Ohren ragen spitz in die Luft, parallel zu Deaths Ohren, die vom Bettende her genauso aufmerksam verfolgt, was geschieht.

Ich wollte nicht stören, sagt der Mann. Entschuldigung, sagt er, verschwindet aber keineswegs, sondern bleibt stehen im Türrahmen, und jetzt erkenne ich seine Stimme. Obwohl er keine ausgefallene Stimme hat, ist sie es, an der ich ihn ganz plötzlich erkenne.

Hallo, sage ich erstaunt, blinzle zwischen verklebten Lidern gegen blendendes Nachmittagslicht. Pia stöhnt: Was will der denn hier? Hallo, antwortet er, und das Lächeln schafft es diesmal bis auf seine Lippen. Der Einsatz ist vorbei, sage ich. Genau, er nickt, ernst jetzt wieder. Irgendetwas stimmt nicht. Ich bin privat hier, sagt er, rein freundschaftlich. Er sollte nicht hier sein, der Einsatz ist vorbei. Ich wollte nur..., sagt er, ich dachte... Was für ein Idiot! Pia braucht nicht lange, um sich eine Meinung zu bilden. Er ist nur schüchtern, findet Lars. Wie es scheint, sagt der Mann an der Tür, haben sie den Täter. Ich dachte, das interessiert dich vielleicht.

Den Täter. Hjartan, hoch oben auf seiner Wolke, grinst, winkt mir zufrieden zu, baumelt mit den Beinen. Nein, sage ich, interessiert mich nicht wirklich. Er räuspert sich, sieht zu Boden, nickt. Death gähnt plötzlich mit weit aufgerissenem Maul, springt vom Bett, geht langsam zur Tür. Sie maunzt leise, streicht um seine Beine. Er bückt sich, krault sie zwischen den Ohren, wird mit tiefem Schnurren belohnt. Sandman hebt den Kopf, betrachtet konzentriert das Treiben seiner Schwester, sein Schwanz zuckt hin und her. Ankündigungslos wendet sich Death plötzlich von der Streichelhand ab, verschwindet in Richtung Küche. Gut, dann..., er schaut meiner Katze nach. Kann der keinen Satz zu Ende bringen? Pias Stimme trieft vor Sarkasmus. Dann geh ich wohl am besten wieder, sagt er. Ich nicke, und, vielleicht um Pias Worten die Schärfe zu nehmen, sage ich: Trotzdem danke.

Ach so… Er dreht sich noch einmal zu mir um, kratzt sich im Nacken, sieht anders aus in der abgewetzten Jeans und der hellbraunen Cordjacke, ganz anders als in Sicherheitsorange. Irgendwie altmodisch, sagt Pia abschätzig. Irgendwie sympathisch, sagt Lars. Sebastian, sagt er. Das wollte ich dir noch sagen, sagt er, dass ich Sebastian heiße, und räuspert sich noch einmal und geht diesmal wirklich.

Kurzer Besuch, findet Lars. Manche Leute haben einfach kein Benehmen, findet Pia. Klara taucht im Flur vorm Zimmer auf. Ist er schon fort? Sie sieht erstaunt zur Wohnungstür, sieht dann mich an, legt die Stirn in Falten: Alles okay mit dir? Bescheuerte Frage, sagt Pia. Alles okay, sage ich. Klara zieht die Schultern hoch, geht hinaus, schüttelt den Kopf dabei. Sie tut es nicht mehr so oft wie in den ersten Tagen, aber ganz aufgehört hat sie nicht damit. Ich schiebe den Vorhang zur Seite. Der Feuerwehrmann, wie er in Jeans und Cordjacke auf die andere Straßenseite wechselt. Sebastian, sage ich. Das Fenster beschlägt davon. Ich denke nichts, fühle nichts, ich gewöhne mich nur daran, dass der Feuerwehrmann, den ich geküsst habe, einen Namen hat.

Wozu sich daran gewöhnen?, will Pia wissen und hat recht mit ihrem Einwand: Hjartan ist tot, aber er ist nicht so tot, dass ich mich an einen neuen Namen gewöhnen könnte. Ich habe einfach nur Sebastian gesagt, sage ich zu niemandem im Speziellen und beobachte, wie er in seinen Wagen steigt, losfährt, vorn Richtung Autobahn auf die Potsdamer Chaussee biegt, in den frühen Winterabend verschwindet. Wie es aussieht, haben sie den Täter. Hat er das wirklich gesagt? Wenn der Staat wegen schwerer Brandstiftung gegen Unbekannt ermittelt, wird man dann informiert, angeschrieben, zum Beispiel, wenn der Täter gefasst ist? Wenn es so weit ist, dass der Staat ihn anklagt? Das Fauchen ist kaum zu hören, der gedämpfte Verkehrslärm hinter den Doppelscheiben ist fast lauter als das Feuer. Vielleicht, sagt Lars, wäre es doch ganz gut, einen Anwalt zu nehmen. Wozu? Das kleine Wort scheint zu Pias Lieblingsfrage zu werden.

Den Zettel entdecke ich nicht selbst, es ist Klara, die ihn später am Abend findet. Heißt er so?, fragt sie. Vom Bett her sehe ich zu ihr hoch: Heißt wer wie? Sie hält ein Stück Papier in der Hand. Sebastian? Heißt dein Feuerwehrmann so?, sagt sie und reicht mir die Notiz, die sie neben dem Telefon gefunden hat. Ich nicke. Sebastians Name und Handynummer. Sag mal, kann es sein, dass du ihn rausgeschmissen hast vorhin? Klaras Stimme, angefüllt mit einer freundlichen, sehr weiblichen Empörung: Diesen netten, gut aussehenden Feuerwehrmann, der dir das Leben gerettet hat? Pias lautes, prustendes Lachen. Die Verpuffung hat mir das Leben gerettet, sage ich. Die Verpuffung? Das meint jedenfalls Bartek Rieger, sage ich. Wer, bitte? Klara ernsthaft verwirrt. Habe ich ihr noch nichts von Bartek Rieger erzählt? Du hast niemandem etwas über die Brandnacht erzählt, sagt Lars. Hab ich dir wirklich noch nichts von ihm erzählt?, frage ich sie. Nicht ein Wort, sagt Klara, aber es klingt nicht bitter, eher ein wenig verloren, ratlos. Genauso, wie du mir damals nicht ein Wort von deinem Isländer erzählt hast, nachdem du wiedergekommen bist. Bartek Rieger, erkläre ich, er ist auch Feuerwehrmann. Ein anderer, einer, mit dem ich mich eine Weile unterhalten habe in der Nacht.

Klara sieht mich an. Als könnte sie etwas Verborgenes herausfinden, wenn sie mir nur ausdauernd genug und durchdringend genug in die Augen schaut, sieht sie mich an. Eine Weile unterhalten hast, sagt sie schließlich. Ich nicke. Und dieser…, zeigt auf den Zettel, fixiert mich dabei weiter, eine steile Falte zwischen den Brauen, dieser Sebastian? Der hat mit Frau Naumann getanzt.

Stille. Kein Fauchen, kein Rauschen, keine Kommentare, nicht ein einziger Ton von Klara, nur dieser Blick, den ich nicht zu deuten weiß. Ja, sagt sie schließlich, natürlich, mit Frau Naumann getanzt, und klopft, nämlich: statt sich selbst gegen die Stirn, so gut kenne ich sie dann doch, drei Mal gegen den Türrahmen, geht ohne ein weiteres Wort aus dem Zimmer, und bis in den Dezember hinein sprechen wir nicht mehr über Sebastian, auch nicht über Bartek Rieger, die Ruine oder das Studio. Nur einmal fragt sie mich, wann ich eigentlich wieder arbeiten will, aber ich ziehe die Jacke über, die sie mir geborgt hat, und gehe aus der Wohnung, laufe erst ziellos durch kleine Straßen, dann wieder zurück zum Haus, endlich zum Friedhof.

Zum ersten Mal suche ich an diesem Tag, irgendwann Ende November, auf dem nahe gelegenen Waldfriedhof Grégoire Colberts Grab. Ich finde es nicht.

Stell deine Stiefel in den Flur morgen Nacht, sage ich zu Coraline. Mit dem ausgestreckten Zeigefinger gibt sie dem Turm aus roten Bauklötzen, den sie gerade gebaut hat, einen Stups, betrachtet aufmerksam, wie die Quader, Kuben und Zylinder sich auf dem Boden verteilen. Hörst du?, frage ich. Du musst Stiefel in den Flur stellen, sonst kann der Nikolaus dir nichts hineinlegen. Der Nikolaus kann durch Wände gehen, erklärt sie logisch und schaut die Wand neben ihrer Spielwiese an, vor der wir sitzen. Die Flecken sind fort. Ich habe sie weggewischt. Der Rock einer der Feen ist jetzt ein wenig ausgeblichen und die Mütze eines Zwerges. Ansonsten sieht die Stelle aus, als sei nie etwas Besonderes mit ihr geschehen. Aber es ist viel einfacher für ihn, wenn er nicht durch Wände gehen muss, sage ich. Coralines nächster Turm wird grün.

Ich gehe jetzt, Elke Colberts papierne Stimme. Coraline springt auf, läuft zu ihr in den Flur, umklammert stumm ihre Knie. Es dauert nicht lang, Liebling, ich muss nur kurz zum Arzt. Sie schiebt die Tochter mit einer kraftlosen Handbewegung von sich weg. Frau Wittes Cousine geht mit dir spazieren, okay? Sie kann sich meinen Namen nicht merken. Will nicht, sagt Pia. Coraline nickt zu ihrer Mutter hoch, schweigt, schaut die Tür an, die sich schließt, kommt ins Zimmer zurück, sammelt alle Bauklötze, rote, grüne, blaue, gelbe, in einem Haufen, vor den sie sich setzt. Dann nimmt sie einen nach dem anderen, wirft sie gegen die Wand, gegen die Kommode, den Schrank. Als sie aufs Fenster zielt, halte ich ihre Hand fest. Komm, Coraline, sage ich, komm, wir laufen zum Schlachtensee.

So ist es jetzt. Als wäre noch keine Zeit vergangen, friere ich, liege auf dem Bett, betrachte Draußenlichter, bin angefüllt vom Rauschen der Ruine. Neu immerhin: täglich verbringe ich zwei, manchmal drei Stunden mit Coraline, halte sie davon ab, Fenster zu zerschlagen und ihren Kopf, und sehe mich oft um, immer darauf gefasst, dass Hjartan auftaucht. Inzwischen tut er es regelmäßig. Aber meistens, als wäre nicht die geringste Zeit vergangen, friere ich einfach nur.

Haben sie ihn wirklich?, frage ich. Guten Abend! Seine Stimme durchs Telefon, tiefer, als ich sie in Erinnerung hatte, klingt erstaunt, klingt auch, als würde er sich freuen. Den Täter?, frage ich. Ja, sagt er, und ich lausche, und er wartet. Wenn du willst, sagt er nach einer Weile, kann ich Einzelheiten herausfinden. Mich räuspern, Bestimmtheit in die Stimme legen: Gut, ja, das wäre gut, danke. Das Gespenst im Spiegel überm Telefon anschauen, auflegen. Niemand weiß genau, wie Gespenster aussehen, sagt Lars beschwichtigend. Wie die Vogelscheuche da im Spiegel sehen Gespenster aus, sagt Pia, genau so, und ich schaue mich um, weil ich an ihrem Tonfall höre, was gleich kommen wird, was sie tun wird.

Klara ist nicht hier. Ben ist nicht hier. Ich gehe ins Wohnzimmer, schalte den Fernseher ein, laufe hin und her, von einem Zimmer ins nächste, sortiere die Bücher im Regal nach Autoren. Als ich damit fertig bin, sortiere ich sie neu, diesmal nach Farben. Um mich her im Wohnzimmer großes Geschrei aus dem Fernseher. Ich schalte das Radio in der Küche ein, räume die Spülmaschine aus, ihren Inhalt in die Schränke, hole alle Teller, Tassen, Gläser aus den Schränken auf den Tisch, räume sie zurück, dann ziehe ich den Staubsauger aus der Speisekammer, beginne mit Klaras Schlafzimmer. Dann der Flur, dann das Wohnzimmer, dann läutet es an der Wohnungstür.

Coraline kann es nicht sein, sie schläft längst. Klara kann es nicht sein, die ist bei Ben. Ben kann es nicht sein, der ist nie hier, wenn Klara nicht hier ist. Lars ruft etwas, aber ich höre ihn nicht durchs Saugen, Fauchen, Fernsehschreien, Musizieren. Es läutet wieder. Und wieder. Ich schalte den Staubsauger ab. Serj Tankian röhrt im Wohnzimmer, Kent Nagano dirigiert in der Küche, aber jetzt, wo das Gerät schweigt, übertönt Pia sowohl die beiden als auch Lars. Vielleicht ist es ja Hjartan, ruft sie, lacht gellend dabei. Hjartan ist tot, sagt Lars ruhig, und ich nicke. Hjartan ist tot, flüstere ich, öffne vorsichtig die Wohnungstür.

Frau Becker aus dem Erdgeschoss weiß nicht, wie sie mir sagen soll, dass sie nicht schlafen kann, wenn in der Wohnung über ihr so viele Menschen gleichzeitig musizieren und sterben und Verfolgungsjagden veranstalten und schreien und putzen. Im Bademantel steht sie vor mir, sieht mich an, unglücklich. Wie spät ist es?, frage ich, presse die flache Hand auf den Mund, lasse das Staubsaugerrohr sinken. Halb zwei, sagt Frau Becker und nickt nur und streicht mir mit der Hand über den Arm und nickt und nickt. Ich weiß schon, sagt sie, hab schon alles gehört. Ich kenne das selber. Ich weiß, wie es ist, wenn man nicht schlafen kann, meine Liebe. Sie nickt wieder. Durch ihr Haarnetz schiebt sich eine weiße Locke, fällt ihr in die Stirn. Ein ruhiges Lächeln in ihrem Gesicht.

Wissen Sie, was ich immer gemacht habe? Sie anstarren, trocken schlucken, den Kopf schütteln. Ich hab es aufgeschrieben, sagt sie. Vorn beim Lohmeyer, das war der Krämer hier kurz nach dem Krieg, den gibt's lang schon nicht mehr, da hab ich mir die Hefte geholt. Immer zwei auf einmal, damit ich nie ohne dastand. Wenn es ganz schlimm war, hab ich einfach alles aufgeschrieben. Wild, verstehen Sie? Alles, was mir in den Sinn kam, ohne Struktur oder Ordnung, vollkommen wild. Worte, Gefühle, Farben, Sätze, was auch immer. Das hat geholfen, sagt sie, nickt wieder, lächelt wieder, sieht mich an. Gute Nacht, sagt sie schließlich, streicht mir mit dem Handrücken über die Wange, hält sich beim Hinuntergehen am Geländer fest, sieht sich nicht noch einmal um, verschwindet hinterm Treppenabsatz.

Gut, ruft Pia gegen den Lärm, der immer noch aus allen Zimmern dröhnt, das hätten wir ja dann. Vielleicht darf ich jetzt endlich erzählen, was heute dran ist? Ich schließe die Tür, lasse den Staubsauger im Flur stehen, nutzloses Ding, schalte erst den Fernseher ab, dann das Radio, setze mich aufs Sofa. Ein Bier, noch ein Bier, ein drittes, und Hjartan lacht laut und winkt mir. Hey, ruft er, stell dich nicht so an! Es ist ein Wunder, aber es ist auch die normalste Sache der Welt, ruft er und lacht noch breiter, wenn das überhaupt möglich ist, und Pia ist kaum noch zu bremsen, erzählt von einem späten Septemberabend. Von dem Frotteeturban erzählt sie, den ich um die nassen Haare gewickelt habe, helles Blau, verwaschen, fransige Ränder, und von Hjartan, wie er sich freut, wie er ganz anders reagiert, als ich es erwartet habe. Hjartan, der sofort seine Schwester, Lieblingsschwester, anrufen will, aber ich lasse ihn nicht.

Nein, sage ich, du rufst jetzt nicht gleich Ólina an. Jetzt warte doch erst mal, sage ich, und er lacht und nimmt mich in den Arm, und ich sage: Nein, nein, aber dann Hjartan, wie er mir den Mund zuhält, das bedeutet: mein Kopf auf seinem Schoß, weil er mich zu sich gezogen hat, neben sich aufs Sofa, sein linker Arm unter meinem Nacken, sein rechter zwischen meinen Brüsten und seine Hand, die sich leicht auf meine Lippen legt, als ich: Nein, das geht nicht! sage, und als ich: Ich weiß doch noch gar nicht, sage, seine Lippen zwischen Bartstoppeln, seine Lippen, die leicht aufeinanderliegen, die lächeln, seine Augen, die leuchten, und ich habe überhaupt nicht erwartet, dass er so reagieren würde. Ich war mir sicher, so sicher, er würde auf meiner Seite sein in dieser Sache, ganz und gar auf meiner Seite, und habe mich geirrt, ganz und gar geirrt, und bin sprachlos deswegen.

Und dann Hjartan, wie er sagt, dass sich die Dinge manchmal vollkommen anders klären, als man erwartet, dass sie sich manchmal fast ohne unser Zutun klären. Fast, sagt er, und lächelt anzüglich. Hjartan, wie er erklärt, dass manche Entscheidungen sich von selbst ergeben, sich aus der Situation ergeben, dass manche Entscheidungen logisch sind. Lebenslogisch, sagt er, nicht wahr?, und wartet auf keine Antwort, sondern küsst mich, und ich, wie ich wieder und wieder denke, dass ich eine ganz andere Reaktion erwartet hatte von ihm. Und Pia, die im Ton grenzenloser Verachtung von diesem Nachmittag erzählt, an dem Tausende Schneeflocken vor einem Reykjavíker Fenster herumtanzten, an dem man hätte denken können, dass das Leben ein Märchen ist und Glück eine Sache des Zufalls.

An dem Tag, an dem es in diesem Winter zum ersten Mal schneit, entdecke ich den Laden. Er ist klein, dafür hell und übervoll mit Waren: bunt, für alle Altersgruppen, aus Holz, aus Plastik, aus Wolle, verpackt, unverpackt, eine endlose Auswahl. Ich verstehe erst viel später, was geschieht, was wirklich geschieht, als ich dieses erste Spielzeug für Coraline kaufe. Ich verstehe es eigentlich erst, als Sebastian alle losen Enden zusammengefügt hat, nämlich: noch vor mir wird er zwischen den Jahren alle losen Enden zusammenfügen, aber jetzt ist erst Anfang Dezember, und ich denke mir nichts dabei, ein Spielzeug für Coraline zu kaufen. Noch dazu ist es nicht wirklich ein Spielzeug. Ich lege das Geld auf den Tresen, schüttle den Kopf, als die Verkäuferin mich fragt, ob sie es einpacken soll, gehe.

Das wird böse enden, sagt Pia. Bis jetzt ist es immer böse geendet, sagt sie, sagt es ruhig, kalt, gewiss, als hätte ich jemals in meinem Leben ein Spielzeug für ein Kind gekauft. Lars schweigt. Aber er schweigt auf eine Art, die mich sicher sein lässt, dass er nachdenkt.

Also lausche ich, während Pia noch einmal wiederholt, was sie schon gesagt hat. Schließlich, als ich fast vor Klaras Haus stehe, spricht er: Manche Dinge, die man tut, sagt er, wirken harmloser, als sie sind.

Niemand könnte ihm vorwerfen, er hätte im entscheidenden Moment nichts gesagt, nur, dass er vielleicht hätte deutlicher werden können, sollen. Andererseits, was auch immer er gesagt hätte an diesem Morgen, ich hätte es ohnehin nicht gelten lassen, davon bin ich überzeugt, und als ich am Nikolaustag gleichzeitig auf den Summer drücke und Klaras Tür öffne und der Feuerwehrmann, den ich geküsst habe, schon oben vor der Wohnungstür steht, sind die kleinen Gummistiefel und ihr vorweihnachtlicher Inhalt längst in der Colbert'schen Wohnung verschwunden.

Wie ist er hereingekommen? Feuerwehrmänner kommen in Häuser, das ist ihr Beruf, erklärt Pia gelangweilt. Nur wenn es brennt, sagt Lars. Die Haustür war offen, sagt Sebastian, kommt nicht in die Wohnung. Ich dachte, schlägt er vor, wir könnten ein bisschen spazieren gehen? Solange es noch hell ist, sagt er, legt den Kopf schräg, hier gibt es ein Museumsdorf in der Nähe, in Düppel. Da war ich schon, gebe ich zurück. Vor ungefähr hundert Jahren, zetert Pia leise im Hintergrund. Museumsdörfer kann man ruhig mehrmals besuchen, sagt Lars, und Sebastian lächelt. Dann kannst du es mir ja zeigen, schlägt er vor.

Ich wähle den Weg durch den Friedhof. Sebastian geht neben mir her, still, weit. Suchst du ein bestimmtes Grab?, fragt er. Ja, sage ich. Er fragt nicht, welches. Wenn er an Grabsteinen innehält, leise Namen vorliest, Geburts- und Sterbedaten, bleibe ich auch stehen. Dezembrig feuchte Winterluft, und weiter südlich biegen wir auf den Königsweg. Eichhörnchen, zwei, die sich jagen. Ein Spiel. Wie eine um den Stamm der Birke sich windende Spirale sausen sie an dem Baum hinauf, verschwinden nach links im Weihnachtsgrün einer Tanne, sind schlagartig nicht mehr zu sehen. Geschwindigkeiten, überaus präzise Bewegungen in höchstem Tempo. Sebastian, der keine Fragen stellt, der nichts von sich erzählt, der den Friedhof, das Stadtgrün, die schneidend kalte Luft und meine Gesellschaft kommentarlos in sich aufnimmt. Von Zeit zu Zeit bleibt er stehen, greift nach einem Kienapfel, hält mir ein rotes Buchenblatt hin, sammelt Steinchen vom Weg, weicher, brauner Waldweg, lässt sie in seinen Jackentaschen verschwinden. Streifen kondensierter Luft vor seinem Gesicht, vor meinem, Nebelfahnen, flüchtig. Ich friere. Mit jedem Schritt friere ich ein bisschen mehr.

Sie sitzt in U-Haft, sagt er irgendwann. Sie? Er nickt. Eine Nachbarin von dir. Ich bleibe stehen, lache leise. Quatsch, sage ich. Sie haben sie in einem Obdachlosenheim gefunden, sagt er, die Brandstifterin. Er sagt es leise, und während er es sagt, legt sein Blick ein Netz um mich. Er will nicht, dass ich abstürze, deswegen legt er ein Netz um mich mit seinem Schauen.

Bist du schon mal ein Felsen gewesen, Sebastian?, frage ich, nämlich: sein Blicknetz fühlt sich an wie Bartek Riegers Hände, als wir, er rückwärts, ich vorwärts, über die Stahlschienen vom ersten Stock der Ruine ins Erdgeschoss jonglieren, balancieren, tanzen und als wir ein Fels sind. So fühlt sich Sebastians Blicknetz an, und ich überlege, ob vielleicht alle Feuerwehrmänner auf der ganzen Welt manchmal ein Fels sind und manchmal kein Fels.

Um seine Augen legen sich winzige Falten, seine Mundwinkel heben sich. Ein Felsen?, sagt er, und seine Stirn ist vollkommen glatt, und ich bücke mich und hebe eine Buchecker auf. Sehr langsam tue ich es. Es hat einen Moment gedauert, aber jetzt pocht das Wort, das Sebastian gesagt hat, von innen gegen meine Stirn. Die Buchecker so langsam aufzuheben nutzt nichts, es pocht immer weiter: Brandstifterin, sage ich, und Sebastian nickt und sagt: Ja, und ich bin erleichtert, weil er nicht wissen will, wieso ich das mit dem Felsen gefragt habe, sondern er sagt: Sie heißt Pietzsch, Elsa Pietzsch.

Nein, sage ich, und diesmal muss ich wirklich lachen und schüttle den Kopf. Nicht gerade einfallsreich, mit solchen Dingen Scherze zu machen, sage ich, aber Sebastian legt den Kopf schräg, wie vorhin an der Tür: Das war kein Scherz. Sie sitzt in U-Haft. Tut mir leid, sagt er, und nach einem Blick in mein Gesicht fragt er, ob ich sie kenne, ob ich sie mag, womöglich mit ihr befreundet bin. Diese Frage ist zu kompliziert, als dass ich sie beantworten könnte, deswegen starre ich ihn nur weiter an und überlege, ob ich ihm glauben soll oder nicht. Wenn ich es mir richtig gemerkt habe, sagt er, lebte sie in der Wohnung über deinem Studio. Genau darüber, sagt er. Nicken. Vor Frau Pietzschs Wohnungstür stehen. Ihr Allesbrenner ist dauernd verstopft, sage ich und schaufle mit einer uralten, gusseisernen Schaufel Eierkohlen in Frau Pietzschs Allesbrenner. Sie kann die Kohlen nicht mehr aus dem Keller hochtragen, sage ich, und Frau Pietzsch öffnet mir und lächelt, und ich stelle zwei Kiepen Eierkohlen neben ihren verstopften Ofen. Manchmal bedankt sie sich, sage ich. Manchmal hat sie die Asche schon ausgeleert, sage ich und lege einen Anzünder und Holz auf den Rost von Frau Pietzschs Allesbrenner. Es gibt Tage, sage ich, da kann sie sich nicht bedanken, und Sebastian sieht aus, als würde er nie wieder ein Wort sagen. Verschlossen sieht er aus, wie zugeschlossen. An anderen Tagen bedankt sie sich überschwänglich. Manchmal wartet sie schon mit einer Tasse Kaffee, sage ich.

Du hast der Pietzsch die Kohlen aus dem Keller geholt? Sebastian, entrüstet. Sie kann die Eimer nicht mehr tragen, erkläre ich. Sie ist alt, krank. Manchmal vergisst sie morgens, sich umzuziehen oder zu essen oder sich zu waschen. Es gibt Zeiten, da vergisst sie, dass sie heizen muss, wenn sie nicht erfrieren will, sage ich. Das habe ich gesehen, murmelt Sebastian, dass ihr da noch Kohleöfen hattet in den Wohnungen. Bei Yılmaz und mir sind sie nicht mehr in Betrieb, sage ich. Wir haben Nachtspeicherheizungen und im Bad einen— Er sieht mich an. Ich huste. Pia lacht. Lars summt leise, beruhigend.

Was war das für ein Haus, in dem du gewohnt hast?, fragt Sebastian, als ich nicht weiterspreche. Halb Gewerbe, halb Sozialamt, erkläre ich und muss wieder husten, weil mir der Hals kratzt, als stünde ich neben dem rauchenden Flügelkadaver. Versteh ich nicht, sagt Sebastian. Wie soll er auch?, fragt Pia, bei so einem Satz.

Unten gibt es die Schusterwerkstatt, erkläre ich ihm, im ersten Stock mein Studio und Yılmaz' Büro. Er wohnt in seinem

Büro, genau wie ich in meinem Studio. Gibt ja genug Räume. Der Rest, die winzigen Mansardenwohnungen oben und dieses Loch im Erdgeschoss neben dem Schuster, sind vom Sozialamt angemietet. Billiger kann man niemanden unterbringen als in den Wohnungen vom Amt: kein Bad, dafür Außenklo und Allesbrenner, wie bei Frau Pietzsch, sage ich, und überlege und bleibe wieder stehen, und mir ist noch kälter als schon die ganze Zeit.

Vermutlich ist ihr Allesbrenner explodiert, flüstere ich, und mir wird schlecht. Nein, sagt Sebastian, aber ich sage: Doch, bestimmt. Vermutlich habe ich ihn irgendwie falsch angeheizt, und dann ist er explodiert, und das Haus ist in Brand geraten, aber Sebastian sagt: Nein, und hinter ihm, irgendwo zwischen den Rotbuchenhecken am Wegrand, steht Hjartan und sieht mich an, ernst, schweigend. In der Nacht ist gar nichts explodiert, sagt Sebastian, dreht sich dabei um, will sehen, was ich sehe, sieht Grün, Braun, nichts weiter, schaut wieder zu mir.

Frau Pietzsch hat zwei Kanister Benzin über deine Wohnungstür geschüttet. Das ist passiert. Und zwar nur über deine. Von allen Türen, die es in eurem Haus gab, hat sie ausschließlich deine gewählt, um ihr gesamtes Benzin darauf zu verschütten. Und hat es angezündet. Zwei Kanister sind immerhin zehn Liter, rechnet er mir vor, sie konnte also noch ganz ordentlich tragen. Das Zeug hat sie von einer Tanke oben an der Argentinischen Allee. Das vermuten sie zumindest bei der Kripo. Elsa Pietzsch hat ihre zehn Liter durch die Nacht geschleppt und getan, was sie tun wollte. Du hast da überhaupt nichts mit zu tun! Sebastian, wie ich ihn noch nie gehört habe: fast schon wütend. Im Übrigen, sagt er, ist sie vierundsechzig, das würde ich nicht wirklich alt nennen. Heute Morgen ist sie jedenfalls in U-Haft gekommen. Seine letzten Sätze, wie eine abschließende Zusammenfassung, und Frau Pietzsch, die älter aussieht als vierundsechzig, viel älter, Frau Pietzsch sitzt teilnahmslos auf einer harten Holzpritsche, und durch das kleine vergitterte Fenster hinter ihr ist ein Westernsaloon zu sehen, nein: eine verfallene mexikanische Kirche, nein: durch das kleine vergitterte Fenster hinter Frau Pietzsch ist die Prärie zu sehen, endlos weit und gelb und vertrocknet, und oben auf einem staubigen Hügel steht ein einziger, mannshoher Kaktus mit langen, spitzen Dornen, und neben dem Kaktus hockt ein Kojote, dem die Zunge vor Durst aus dem Mund hängt. Was wird denn das wieder?, fragt Pia, aber Lars lacht leise, und ich lächle.

Ich hab's von einem Kollegen erfahren, erzählt Sebastian. Er hatte bei der Brandkripo zu tun. Du kannst Akteneinsicht beantragen, eine Nebenklage anstrengen, schlägt er vor. Aber: Die würden die Wahrheit ja ohnehin nicht herausfinden, zetert Pia, klingt drohend, und ich muss schon wieder husten. Das musst du nicht jetzt entscheiden, sagt Lars. Pia schnalzt nur mit der Zunge: Wann sie es entscheidet, wird an den Tatsachen nichts ändern. Kein Anwalt wird die wirkliche Wahrheit herausfinden, und kein Gericht, und— Jetzt sei doch mal still!, sage ich und wedle mit der Hand vor meinem Gesicht herum, weil ich hoffe, dass Pia verschwindet. Tatsächlich ist sie augenblicklich still, dafür summt Lars wieder leise vor sich hin, und Sebastian sagt: Tut mir leid.

Ich sehe ihn erstaunt an. Er denkt, er sei gemeint, erklärt Lars. Nein!, sage ich. Jetzt schaut Sebastian endgültig verwirrt, auch gekränkt und irgendwie entmutigt. Nein, sage ich noch einmal, du hast nicht zu viel geredet, Sebastian, dir braucht nichts leid zu tun, das war nur Pia, und ziehe den Reißverschluss von Klaras Jacke bis ganz zum Kragen hoch. Mir ist kalt, schiebe ich hinterher, und obwohl wir längst noch nicht am Museumsdorf sind: ich will zurück. Wer ist Pia?, fragt er. Sie hat es nicht absichtlich getan, sage ich. Pia?, fragt Sebastian. Frau Pietzsch, sage ich.

Auf dem Weg zurück kommen wir an der Eichhörnchenbirke vorbei: keine rostroten Blitze auf gebrochener Rinde. Dinge, die man nur einmal sieht. Ab hier nehmen wir, statt wieder über den Friedhof zu gehen, den Weg entlang der Straße, er ist kürzer. Gegenüber von Klaras Haus steht Coraline an der Bushaltestelle. Sie steht dort mit ihrer Mutter, die sie an der Hand hält, zu Boden sieht, ihre unvermeidliche Sonnenbrille trägt, dunkel, groß, mit weißem Rand, und das beigefarbene Kopftuch mit dem Blättermuster: wie Romy Schneider vor einem Ausflug im Cabriolet, nur dass sie nicht strahlt, überhaupt nicht strahlt. Coraline hüpft auf der Stelle, viermal auf dem linken Bein, dreimal auf dem rechten, viermal auf dem linken, sieht mich, bleibt stehen, fest auf beiden Beinen, hält den Kopf sehr gerade, ruft nichts über die Straße, steht nur und schaut von mir zu Sebastian und zurück.

Wer ist die Kleine?, fragt er und winkt ihr. Wenn ich gewusst hätte, dass du ein Mädchen bist, denke ich. Der Bus fährt vor. Coraline, sage ich, das ist Coraline. Die Beule auf ihrer Stirn ist verschwunden, mit ihr die Farben. Von hier aus sieht man den winzigen Rest Schorf am Haaransatz nicht. Sie steigen ein, gehen durch den Gang. Coraline drängelt sich an einen Fensterplatz, drückt die Nase an der Scheibe platt, schaut zu mir heraus. Ein Filmbild. Schlafen oder spazieren gehen oder im Feuer stehen oder einen Film sehen: die Unterschiede sind zu geringfügig. Der Bus fährt an. Ich schaue. Sie schaut, verschwindet.

Sebastian zieht einen Umschlag aus seiner Cordjacke, hält ihn mir hin. Für dich, sagt er. Was ist das? Ein Schatz, er lächelt. Ich wende den Umschlag hin und her. Kleiner Schatz, sage ich. Kann man so oder so sehen, findet er, und: Ich würde einen Anwalt nehmen, wegen der möglichen Nebenklage.

Den Umschlag in die Jackentasche schieben. Kein Anwalt, keine Akteneinsicht, keine Nebenklage, sage ich, sie hat es nicht getan, das werden sie schon noch herausfinden. Wie du meinst, sagt er, zeigt auf die Jackentasche: Ich dachte, du brauchst vielleicht einen Ort zum Erholen. Ein Flugticket? Nein, Sebastian lacht leise, ich hab doch gesagt, der Schatz ist zum Erholen. Fliegst du nicht gern? Fliegen, antwortet er erstaunlich ernst, gehört zu den Dingen im Leben, die ich vermeide, wann immer ich kann.

Ich muss lächeln. Sie schwächelt, sagt Pia. Dieser Typ hat hier nichts verloren, sagt sie und wird lauter. Ich finde, sagt Lars, er ist hier ganz richtig. Was du findest, interessiert niemanden, zischt Pia ihn an. Und es lässt sich, glaub mir, sagt Sebastian, zieht den linken Mundwinkel hoch dabei, fast immer vermeiden. Nur schwer, wenn man nach Island will, gibt Lars zu bedenken. Aber das will ja auch keiner, sage ich. Niemand will fliegen? Sebastian schaut mich fragend an, wischt sich Haare aus der Stirn. Dann ist ja gut, sagt er, klingt beinahe erleichtert.

Wo hast du deinen Kavalier gelassen? Klara, unnachahmlich. Ich schüttle den Kopf. Wir müssen reden, sagt sie, kommt mir nach ins Gästezimmer, setzt sich neben mich aufs Bett, dreht die Heizung höher. Kalt, sagt sie, langsam wird es richtig kalt. Vielleicht kommt die Kälte heute doch nicht nur von innen? Das in Betracht ziehen, obwohl es keinen Unterschied macht. Es macht einen, sagt Lars. Es in Betracht ziehen, unabhängig davon, ob es einen Unterschied macht oder nicht. Klugscheißerin! Pia, gnadenlos.

Ich brauche das Zimmer, sagt Klara schließlich, schnippt einen Fussel vom Ärmel. Heute ist Überraschungstag, freut Pia sich. Strähniger Dezemberregen hinterm Fenster, glasfarben, aber wie von schmutzigem Glas, muss eben erst eingesetzt haben. Ab wann?, frage ich. Demnächst, sagt sie, Ben zieht hier ein, weißt du noch? Das haben wir letztes Jahr schon geplant.

Jetzt ist es so weit. Es ist gar nicht wirklich das Zimmer, erklärt sie. Er braucht ja kein eigenes, mir wird es nur zu voll hier mit drei Personen. Es kommt nicht auf ein paar Tage an. Ben hat seine Wohnung zu Ende Dezember gekündigt. Gekündigt, am Arsch, zischt Pia, und Lars kichert, und ich denke, dass ich das irgendwo schon einmal gelesen habe, kann mich aber beim besten Willen nicht mehr erinnern, wo.

Und?, fragt Klara, schaut verwirrt, schaut auch erleichtert, weil ich lächle: Was und? Meinst du, du findest was bis dahin? Wir helfen dir gern beim Suchen, sagt sie. Ich komm schon klar. In meine erstaunlich ruhige Antwort läutet es. Dein Cowboy, sagt Klara, da ist er wieder! Etwas Helles in ihrer Stimme. Was jetzt, fragt Pia, Cowboy oder Kavalier? Cowboy, sagt Lars, eindeutig: Cowboy, und ich denke, dass heute alle ein bisschen überdreht sind. Aber dann fragt Coraline: Ist die Feuerfrau zu Hause? Sie heißt Mané, Coraline, wie oft soll ich dir das noch sagen? Dieser Klara sollte man auch keine Kinder anvertrauen, findet Pia, manche Frauen haben das einfach nicht auf der Palette, und bei denen hier liegt's ganz offensichtlich in der Familie.

Feuerfrau! Coraline strahlt übers ganze Gesicht, hält mir das Xylophon hin, das der Nikolaus ihr gestern Nacht in den rechten Gummistiefel gesteckt hat. Drei Plättchen fehlen, liegen vermutlich zwischen Bauklötzen auf der Spielwiese: das E, das F und das H, dafür steckt der Klöppel fest in ihrer linken Hand, sticht mir fast ins Auge. Hey, sage ich erstaunt, wo hast du das denn her?

Während ich den kleinformatierten Stadtplanauszug aus dem Umschlag studiere, den mir Sebastian gegeben hat, überlege ich, ob Klara wohl Gummistiefel hat, irgendwo in der Wohnung. Der Boden könnte gut schlammig sein bei dem Wetter. Fällst du jetzt auf diesen idiotischen Romantiker rein? Pia, zutiefst gelangweilt, und ich wende das leuchtend gelbe Stück Karton hin und her, das die Größe einer Postkarte hat. Auf der einen Seite klebt der Stadtplanausdruck, auf der anderen, von einem Streifen Tesafilm gehalten, ein goldfarbener Zeiss-Ikon Schlüssel: Sebastians kleiner Schatz. Auf dem Plan windet sich ein roter Strich vom U-Bahnhof in Richtung Havelufer durch die Tegeler Altstadt, läuft hinter ihr im Wald weiter, am Strichende ein Kreuz, wassernah. Nachts friert es schon, sagt Lars, da braucht es tagsüber nicht unbedingt Gummistiefel. Death kommt ins Zimmer geschlendert, springt zu mir aufs Bett, legt sich neben meine Füße, macht ein singendes Geräusch. Wir sollen uns eine Wohnung suchen, Death, flüstere ich, schalte dabei die Lampe aus, lausche mit weit geöffneten Augen. Das Fauchen ist fern. Ich warte, ob Pia erzählen wird, aber sie schweigt. Mit den Fingerkuppen streiche ich über Raufaser, dahinter beruhigende Stille. Aber das geht nicht, sage ich. Findest du nicht auch? Death schnurrt behaglich vor sich hin. Schließlich wohnt Coraline hier, sage ich.

Sandmans Silhouette, wie aus dem Nichts über der Türschwelle, fast wie gemalt, gezeichnet, und das Comic-Regal hinterm Lesesessel schmaucht, glüht, zerfällt zu Asche, aber, als sei nichts geschehen, fährt sich mein Kater in aller Seelenruhe mit der rechten Pfote übers Ohr, einmal, zweimal, maunzt leise, kommt dann herein, schnuppert an meinem Bein, schlendert Richtung Fenster, springt aufs Holzsims davor, betrachtet die Straße.

Das geht einfach nicht, flüstere ich weiter. Ich werde verhandeln müssen, sage ich und bin mir nicht sicher, ob Death noch wach ist. Vielleicht auch nicht, sagt Lars. Ich horche erstaunt. Er lächelt: Vielleicht musst du gar nicht verhandeln. Ende Dezember ist ziemlich bald, sage ich. Du kennst Klara besser als ich, sagt er, lächelt immer noch, voller Zuversicht, weich, fast samtig. Er weiß etwas, denke ich, und ins sehr ferne Fauchen, in die erstaunliche Stille, die Klaras Wohnung erfüllt, schrillt plötzlich der digitale Vierklang ihres Telefons. Nachdem er sechs Mal gerufen hat, springt der Anrufbeantworter an.

Mané, fragt Klara, bist du zu Hause? Hier, sage ich, halte den Hörer zwischen Ohr und Schulter geklemmt, taste mit beiden Händen im dunklen Spiegel das kalte Gesicht ab, das mich daraus anstarrt. Ich wollte nur... Klara ohne Worte, denkwürdiges Ereignis. Das war natürlich Quatsch, sagt sie sehr schnell und sehr laut. Was?, frage ich. Du musst nicht ausziehen, erklärt sie, im Hintergrund Bens sonore Stimme. Was er sagt, verstehe ich nicht. Ist ja gut, Klaras Stimme, dumpf, weil sie die Muschel abdeckt. Es war einfach nur Quatsch, sagt sie, jetzt wieder zu mir. Ganz besonders das mit Dezember. Du kannst bei uns wohnen, solange du willst, sagt sie und räuspert sich, und, bevor ich antworten kann: Gute Nacht! Sie bellt es ins Telefon und legt auf.

Vielleicht kennst du sie doch besser als ich, sage ich leise, betrachte den Hörer in meiner Hand, und Lars grinst breit. Das nimmt sich nicht so viel, sagt er. Was? Was du weißt und was ich weiß, sagt er, und ich denke, dass mir das jetzt ungefähr drei Nummern zu philosophisch wird, und schüttle den Kopf und nehme fünf Tropfen Baldrian.

Ich brauche etwas über zwei Stunden am nächsten Tag. Das Fahrrad habe ich mir von Frau Becker geliehen. Es gehört ihrem Enkel. Er hat sieben, davon drei bei der Oma im Keller. Dominik ist in Brasilien, sie nickt, während sie es mir erzählt, als müsste sie sich vergewissern, dass das, was sie da redet, auch wirklich stimmt. Der hat's gut, sage ich. Wenn sie lächelt, legt sich ihr Gesicht in so viele Falten, dass ich ganz eingeschüchtert bin. Er macht da seinen Zivildienst, sagt sie, und ich wandre mit dem Blick über ihre Stirn, ihre Wangenknochen, ihr Kinn, und sage: Danke, und fahre los, und mein Gesicht, mein ganzer Körper glüht. Schon nach einer Viertelstunde Pedale treten einen vollkommen warmen Körper haben. Mir das merken.

Das letzte Stück gehe ich zu Fuß, schiebe das Fahrrad. Stadtforst, Himmelflecken zwischen Kiefernnadeln. Durch den Geruch von feuchter Erde und Süßwasser gehen. Ein schmaler, gewundener Pfad, und da, wo Sebastian ein rotes Kreuz auf die gelbe Karte gemalt hat, steht im Stadtforst am Tegeler See ein kleines graues Steinhaus. Grüne Fensterläden aus Holz, verschlossen, ein Paar abgetragene Lederstiefel auf der unteren von zwei Steinstufen. Als wären wir in Schottland oder Irland: kein Zaun, kein Garten, kein Namensschild, keine Klingel, dafür eine Bank, rot gestrichene Holzbank, unter den grünen Fensterläden. Pfefferkuchenhaus, sagt Pia. Und wo ist die Hexe?, fragt Lars. Ein Buchfink singt, nein: schmettert seine Hymne. Unwirklich. Das denken und zurückschauen. Der Pfad. Die Kiefern. Weiter hinten Havelblitzen durch schütteres Grün und viel Braun, oder ist das schon der See? Der Buchfink schmettert und schmettert. Das Fahrrad ans Haus lehnen, mich auf die Bank setzen.

Später hole ich den Umschlag aus dem Rucksack, den Schlüssel. Wie angegossen ins Haustürschloss, so passt er, und ich ziehe ihn ab, ohne zu öffnen, und setze mich wieder. Die Sonne ist weitergewandert, die Bank steht jetzt im Schatten. Es macht mir nichts aus, nämlich: immer noch ist mein Körper durch und durch warm. Dann stehe ich auf, eher plötzlich als bedacht, und laufe ums Haus. Auf der Rückseite ein Verschlag, bis unter die Decke voll mit Kaminholz, daneben ein echtes altes Klohäuschen, nur ohne Durchguckherz. An jeder Hauswand zwei oder drei Fenster, die Läden herangezogen. Im Haus gibt es zwei, allerhöchstens drei Räume, denke ich, für mehr ist auf keinen Fall

Platz. Einstöckiges, kleines Havelhaus. Wo ist die Hexe?, fragt diesmal Pia, und ich wundere mich über ihre Verspieltheit und schaue mich um. Kiefern, Birken, vorm Haus der Pfad, hinterm Haus Kiefern, Birken, noch weiter hinten Havelblitzen durch Grün und Braun, oder Seeblitzen, falls das schon der See ist. Nicht in Sicht, sagt Lars.

Zur Havel schlendern dauert vom Haus aus fünf Minuten, vielleicht sechs. Sie liegt still, eine Ausbuchtung, Minibucht, der Fluss plätschert leise. Keine Vögel. Keine Fische. Sonnenperlen auf winzigen Wellen, Kieselsteine, rote, braune, graue, bläuliche, ockerfarbene. Eine halbe Stunde lang gehe ich in südliche Richtung. Weiße Segel, nähere, fernere. Eine Wolke, eine einzige, wie ein zusammengerollter Feuerwehrschlauch, Süßwasserlichtflecken, Haubentaucher, ein paar Enten.

Eine halbe Stunde lang gehe ich in nördliche Richtung zurück, durch den Wald diesmal, gehe noch einmal ums Haus. In einer Linie lege ich Kieselsteine vor die Tür auf die obere der beiden Stufen: einen roten, einen bläulichen, den ockerfarbenen, und übers Wasser her läutet eine Glocke.

Vor Sebastians kleinem Havelhaus setze ich mich auf die rote Holzbank und bereite mich vor. Ich lege mir Sätze zurecht. Sätze für Jannik. Sätze für Tori, Micha, Tom. Sätze für Annette. Ich schiebe sie hin und her, drehe, wende. Vor allem kürze ich. Pia stoppt mich irgendwann. Wenn du so weitermachst, ist bald nichts mehr übrig von deinen Sätzen, sagt sie. Ich halte die Luft an. Nicht, dass sie was wert wären, sagt sie schnell hinterher, und ich schließe die Augen, und Jannik stimmt seinen Bass und lächelt mich durch die spiegelnde Scheibe der Regie an, und ich starre auf pinkfarbene und giftgrüne Spuren im Rechner vorm alten Mischpult, wie sie auf und ab schnellen, und schicke Tori hinaus, weil sie so laut lacht, und höre die Schleife der immer gleichen vier Takte und denke, dass ich das sichern sollte, weil es jetzt richtig gut ist, und sichere die Arbeit der letzten Stunden auf der zweiten externen Festplatte, und der Durchlauferhitzer im Bad schmilzt zu einem Tropfen, und der Flügel knistert, und mit einem leisen, metallenen Schaben gibt die zweite externe Festplatte den Geist auf, und ich starre auf pinkfarbene und giftgrüne Spuren im Rechner vorm alten Mischpult, wie sie auf und ab schnellen, und höre die Schleife der immer gleichen vier Takte und denke, dass ich das sichern sollte, weil es jetzt richtig gut ist, und sehe mich um, und die Regie ist ein Ort, den ich nicht kenne: geschmolzen, verkohlt.

Am ersten Tag in diesem verrückten Leuchtturmstudio auf Island, sagt Pia, da war eigentlich schon alles gelaufen. Die Frage war nicht mehr, ob die beiden, du weißt schon, etwas voneinander wollten. Es ging nur noch darum, wie lange sie brauchen würden, um es sich einzugestehen. Hjartan, sagt sie und ihre Stimme klingt schwärmerisch, getragen, als finge sie gleich an zu singen, Hjartan brauchte eine Nacht. Woher willst du das wissen?, frage ich in den Havelwald vor Sebastians Hexenhäuschen, aber sie ignoriert mich. Dagegen hat diese hier, wie schnell Pia den Ton wechseln kann, denke ich, sie hat fast eine Woche gebraucht, und Hjartan steht schräg hinter mir am Mischpult und ist immer noch nicht zufrieden, obwohl alle anderen finden, dass es jetzt sitzt, perfekt sitzt. Nur er will unbedingt noch einen Take machen. Jeder im Studio verdreht die Augen, jeder außer mir. Ich nicke. Ich höre, was Hjartan hört. Er geht noch einmal in die Aufnahme, spielt, schäumt, segelt, die Jungs auf dem Sofa hinter mir unterhalten sich auf Isländisch, trinken Wasser, Kaffee. Hjartan segelt. Ich lausche. Ich segle mit. Ich denke, dass ich mit ihm schlafen will. Dann denke ich an Regel eins, Regel zwei, drei und denke trotzdem, dass ich mit ihm schlafen will. Das war am zehnten September, sagt Pia, und, wie schon so oft, bekomme ich eine Gänsehaut. Woher hat sie all diese Details? Wie kann sie sich solche Einzelheiten merken? Da war sie bereits zwei Wochen auf Island, sagt Pia in buchhalterischer Manier, und seit fünf Tagen im Studio mit der Band.

Froh sein, fast schon glücklich, dass es anfängt zu regnen, dass ich nicht mehr hier sitzen bleiben kann, mich bewegen muss. Zurück vielleicht mit der U-Bahn?, schlägt Lars vor. Ich nicke, schiebe den Wind zur Seite und den Blick aufs Meer, schiebe Hjartan zur Seite, wie er spielt und schwebt und spielt und schwebt und rücklings im Schnee liegt und mich ansieht, erstaunt, ungläubig, und fahre durch den Tegeler Stadtforst und löse einen Zusatzfahrschein fürs Fahrrad und fahre mit der U-Bahn und habe nicht darüber nachgedacht, wo ich aussteigen werde, wenn ich an der Station aussteige, die Klaras Haus am nächsten liegt, nämlich: Krumme Lanke, dröhnt es aus den Lautsprechern, Endstation.

Weil die Rolltreppe abgestellt ist, trage ich das Fahrrad hinauf und überlege keine Sekunde lang. Ich fahre nicht geradeaus in Richtung Mexiko-Platz, sondern biege gleich links in die Wilskistraße ein.

Es sind nur wenige Meter. Das Haus ist keine Ruine mehr, weder halb totgeschlagen, noch ganz totgeschlagen. Das Haus ist jetzt eine Grube. Eine tiefe Grube, in der sich Wasser gesammelt hat, um die herum Bauzäune stehen und zwei kleine Bagger auf der rechten Seite. Das Reformhaus gegenüber, unverändert, auch die Häuser rechts und links und die Bäume. Nur das Haus ist fort, verschwunden, wie wegradiert, als hätte es nie hier gestanden. Statt seiner, zwischen den kahlen Linden, Hunderte Sonnenblumen: überall um die Grube herum, entlang der Straße, zwischen den parkenden Autos, sogar aus der Buchsbaumhecke wachsen Sonnenblumen, grau und in voller Blüte. Vielleicht wäre es besser, jetzt sehr schnell zu Klara zu fahren, denke ich, aber Pia sagt: Nein! Pia sagt: Das hier ist der Ort, der richtige. Hier solltest du stehen. Hier solltest du dir ansehen, was ist. Wenigstens einmal im Leben solltest du dir die Folgen ansehen, und ich stehe und sehe und halte mich an den dünnen Streben des Bauzauns fest und starre auf die grau leuchtenden Sonnenblumen, und dann schaue ich in die Grube hinunter, die noch vor ein paar Wochen ein Haus war, ein Haus, in dem zehn Menschen lebten. Und zwei Katzen, sagt Pia und hat Recht mit ihrer Zurechtweisung. Zehn Menschen und zwei Katzen, sage ich, und der Tegeler Regen fällt auch über Zehlendorf vom Himmel und ins schlammige Wasser, das sich in der Grube gesammelt hat, und hinter mir schlendert ein Pärchen den Gehweg entlang.

Ich frage mich, ob das Haus noch am Leben war, als Yılmaz mit den Kindern vom Wanderurlaub in der Eifel zurückkam, aber Lars sagt: Jetzt vielleicht doch mal aufbrechen? Du bist gleich nass bis auf die Knochen, und ich frage mich, ob Bartek Rieger die Postkarte mit der Sonnenblume aufbewahrt oder weggeworfen hat.

how many devils can you fit upon a match head?
sometimes truth is stranger than fiction

stranger than fiction
bad religion

Postcard from Turkey, sagt Jannik, schiebt eine handbeschriebene CD zu mir hin, strahlt auf seine zurückhaltende Art und ist trotz aller Schüchternheit nicht zu bremsen: erzählt wie ein Wasserfall vom neuen Album, vom Titel, den er hervorragend findet, davon, wie die Stücke zusammenhängen. Die sieben, die wir schon in der Kiste hatten, sagt er, und die zehn, die jetzt drankommen, nach dieser unfreiwilligen Pause, die nicht vorhersehbar war, und spricht davon, wie er alles bis ins Kleinste durchkonzipiert hat, wie er gefeilt und geschliffen und die Auszeit konstruktiv und kreativ genutzt hat. Aber jetzt, sagt er, jetzt bist du es, die da endlich ran muss, Sound. Vor allem an dieses zweite Set, sagt er. Wer hätte das überhaupt gedacht, dass das ein Doppelalbum wird?, ruft er begeistert und hat vom Feuer gehört, vom Grund der lästigen Aufnahmepause. Er spricht nicht darüber, hat ein paar Termine verschoben. Soweit es ging, sagt er. Von neuen Terminen erzählt er und davon, wie er die Texte gefunden hat. Nein, sagt er, nicht gefunden. Unfug, falsches Wort! Sie sind zu mir gekommen. Ich schwör's dir, Sound, sie sind einfach da gewesen.

Ich denke, sagt Lars, sie nennen sie nur so, wenn sie nicht dabei ist. Er hat aufgepasst, aber: Jannik, sagt Pia, ist eine Ausnahme. Jannik, könnte man sagen, ist die Ausnahme schlechthin, und hat recht damit, wie mit so vielem. Vor allem, das weiß ich später, ist Jannik der einzige der Musiker, der keine großen Augen macht, als ich sage, was ich zu sagen habe.

Ich sage den ersten meiner vier Sätze, nämlich: ich habe mich vorbereitet, ich habe mir Sätze zurechtgelegt auf Sebastians roter Holzbank an der Havel. Sätze, die sie alle zu hören bekommen, die alles beinhalten, was sie wissen müssen, die keinen Deut mehr preisgeben als unbedingt nötig, und Jannik: macht keine großen Augen.

Ich bin draußen, sage ich. Er schaut. Das Studio ist vorbei, sage ich, und Jannik sagt nicht: Vorbei? Er sagt auch nicht: Was soll das heißen, vorbei? Das sagt Micha, den ich am nächsten Tag treffe. Jannik sitzt mir gegenüber an dem kleinen, runden Cafétisch, spricht nicht mehr vom neuen Album, dem zweiten Set und der unfreiwilligen, feuerbedingten Pause, die er so kreativ genutzt hat. Jannik sieht mich an und wartet. Ich sage meine restlichen zwei Holzbanksätze auf: Im Januar werde ich nicht dabei sein, sage ich. Vermutlich auch im Februar nicht. Dann schiebe ich mein Glas ein paar Zentimeter von links nach rechts, betrachte die glatt polierte Tischplatte zwischen uns, warte. Jannik dreht das Zuckerpäckchen hin und her, das bei seinem Cappuccino lag, schaut es an, wie es mal die eine, mal die andre Seite zeigt, hält die Augen fest auf die Finger gerichtet, die Lippen locker aufeinander, und obwohl er als Einziger keine Frage stellt und obwohl das ein fünfter Satz wird und ein sechster, die nicht geplant sind, die preisgeben, spreche ich weiter.

Es ist abgebrannt, sage ich. Alles voll mit Rauschen und Fauchen, sage ich. Ich schenke Jannik diesen Satz, weil sein Schweigen wie eine Umarmung ist. Ja, sagt er. Das hab ich gehört, sagt er und schaut mir jetzt in die Augen. Ausdruckslos schaut er und fragt nicht mit hochgezogenen Brauen: Die ganze Wohnung?

Samt Studio und all unseren Tapes? Das fragt Tori, die ich morgen gemeinsam mit Micha treffe. Er sagt auch nicht: Oh, das ist ja schrecklich, das tut mir leid! Annette sagt es. Ihre Stimme klingt erschrocken, als sie es tut, aber einen Moment später klingt sie nur noch schrill und überschlägt sich fast, weil sie ins Telefon schreit: Heißt das, all unsere Aufnahmen sind im Arsch? Vor allem sagt Jannik nicht: Was hast du denn getan, dass dir jemand das Studio abfackelt? Das sagt Tom. Tom wird nie wieder etwas zu mir sagen. Er weiß es noch nicht. Er wird es noch früh genug erfahren.

Jannik sitzt mir nur gegenüber, sieht auf die Tischplatte, sieht zu mir herüber, ohne Botschaft im Gesicht, ohne Frage, mit glatter Stirn, unverändertem Ausdruck, und greift nach seiner Tasse. Er trinkt einen Schluck, denkt nach. Sie werden uns jemand anderes vorsetzen, sagt er schließlich, und ich nicke, und er sagt: Scheiße.

Dann sagt er lange nichts, und ich sage nichts, und ein Feuerwehrwagen fährt vorbei, ohne Sirene, ohne Blaulicht, ohne Eile. Ich werfe meinen Blick in die Saftschorle, presse die Hand fest ums Glas, sehe nichts von dem Getränk, das ich anstarre, halte die Luft an, und plötzlich sagt Jannik sehr leise: Tut mir leid, und der rote Wagen verschwindet hinter der Straßenecke. Janniks Gesicht ist blass jetzt, er mustert mich. Ich horche, ob Pia oder Lars etwas sagen, aber schon den ganzen Tag lang melden sie sich nur sporadisch zu Wort. Lars würde lächeln, denke ich, ihm würde Jannik gefallen. Und Pia? Der ist in Ordnung, würde sie sagen. Erstaunt betrachte ich Janniks Gesicht: Er würde ihnen beiden gefallen.

Frag Pete, schlage ich halbherzig vor, oder Daniel. Vielleicht habt ihr Glück, und einer von den beiden hat noch Platz im Terminkalender. Aber Jannik wischt meinen Satz weg. Er tut es mit der rechten Hand, fährt mit ihr durch die Luft. Vielleicht können wir die Aufnahmen verschieben, sagt er, aber er weiß und ich weiß, dass wir die Aufnahmen nicht noch weiter verschieben können, und er sagt wieder: Scheiße, und sieht mich an und trinkt seinen Cappuccino aus. Schließlich, fast ein wenig verzweifelt: Wir arbeiten in einem anderen Studio, das ist doch kein Problem. Und dann, bevor die externe Festplatte mit einem leisen, metallenen Schaben ihren Geist aufgibt, treffe ich eine Entscheidung. Ich werde es ihm sagen. Ich will, dass Jannik mich versteht. Das wird dir auch nicht helfen, Pia trocken, gewiss, und Lars kichert: Was du manchmal für Mist redest, Pia, sagt er leise. Sind sie also wieder da, denke ich und bin schon wieder erstaunt, weil der Gedanke Erleichterung auslöst.

Ich höre nur Rauschen, sage ich. Ich höre den Durchlauferhitzer schmelzen, Fenster splittern, Rauch aufsteigen. Ich höre nicht mehr, Jannik, verstehst du?

Er sieht mir in die Augen. Ich glaube, dass seine Gedanken sich überschlagen. Ich glaube, dass er jetzt versucht, sehr logisch zu sein und sehr überzeugend. Meine Stimme hörst du, beginnt er und lässt nicht ab, mich anzuschauen, also hörst du auch meinen Bass. Du könntest es wenigstens versuchen, sagt er. Bist ja nicht taub, sagt er, aber ich schüttle den Kopf: Ich kann nicht gegen das Fauchen anhören. Ich höre das Dazwischen nicht mehr. Immer nur Scheibenbersten und Flügelknistern, und wusstest du, Jannik, dass Rauch Geräusche macht?

Geräusche, sagt er, und ich nicke. Wie umgekehrtes Sterben, sage ich. Jannik schaut mich an. Seine Augen sind still, weit geöffnet. Er lauscht, betrachtet mein Nicken. Raumeinnehmen, sage ich, es klingt genau wie Raumeinnehmen, Jannik. So was höre ich, begreifst du? So was und sonst: gar nichts. Dumpfes, waberndes Raumeinnehmen und den knisternden Flügel, sage ich. Ich höre Eisen schmelzen. Jannik lässt die Schultern fallen: Eisen schmelzen? Seine Stirn, voller Falten mit einem Mal.

Dem Kellner winken. Zusammenschrecken, als er kurz darauf neben mir steht, aber: Ich zahl das, sagt Jannik, steht auf, als der Mann fort ist, als ich aufstehe. Ich melde mich bald, sagt er, zieht den Reißverschluss an Klaras Rucksack auf, schiebt den Rough Mix hinein, und obwohl ich nicht weiß, wozu es gut sein soll, dass er das tut, und obwohl ich nicht weiß, wozu es gut sein soll, dass er sich bald wieder meldet, nicke ich. Am Auto bleibt er stehen, dreht sich noch einmal zu mir um. Januar, ruft er, spätestens im Januar!, grinst zuversichtlich, und weit entfernt faucht etwas aus dem Badezimmer.

Ich schließe Dominiks Fahrrad ab, ziehe das Telefon aus der Jackentasche, in dem erst eine einzige Nummer gespeichert ist: die der Colberts. Das alte ist zu einem Klumpen aus Kunststoff, Porzellan, Silizium und Kupfer geworden. Ein Bagger hat es zwischen Bauschutt auf seine Schaufel geladen und in einen Container verfrachtet. Vermutlich liegt es inzwischen auf einer Mülldeponie irgendwo im Osten Europas. Klaras Nummer kann ich auswendig. Ich weiß nicht genau, warum ich sie anrufe. Eingebung einer inneren Stimme?, schlägt Lars vor, und sein leises Lachen klingt ähnlich wie Bartek Riegers Lachen, als er von Prinzen und Prinzessinnen sprach, nämlich: glucksend und genau so, wie es klingt, wenn ein wirklich kleiner Frosch in einen flachen Tümpel springt.

Wow, ruft Klara, alle Achtung, Cousinchen! Hast du dir endlich ein Telefon besorgt? Ich nicke. Heute Morgen, sage ich. Gut, dass du dich meldest, setzt sie an, dann murmelt sie etwas, das ich nicht verstehe, weil sie sich gleichzeitig eine Zigarette anzündet. Ich wusste nicht, was ich ihm sagen sollte, fährt sie fort. Wem, frage ich. Dem Cowboy, klärt sie mich auf, hab ich doch grad erzählt, eine kleine Empörung in ihrer Stimme. Du hast dir gerade eine Zigarette angezündet. Sie stöhnt. Er war vorhin hier, hat einen Zettel für dich dagelassen. Er ist, warte— Papierrascheln am anderen Ende der Leitung. *Bin diese Woche immer ab ungefähr zwei zu Hause*, liest sie vor. Was soll denn das heißen?, will sie wissen. Sonst noch was?, frage ich. *Außer am Mittwoch* steht hier am Ende. Was ist mit euch? Mit wem?, frage ich, und der Feuerwehrmann, den ich geküsst habe, tanzt mit Frau Naumann die Leiter am Haus hinunter, und er hetzt sie nicht, und er zerrt nicht an ihr und schreit sie nicht an und sagt nicht: Schneller! Schneller!, und er sagt auch nicht: Nun machen Sie mal hinne, da oben stehen noch zwei! Er setzt einfach immer einen Fuß auf die nächste Sprosse, wenn Frau Naumann es tut, und es sieht fast aus, als tanzten sie. Er ruft mir etwas zu, aber ich verstehe ihn nicht, und er lacht und lacht und hält seine Arme dabei wie einen Käfig um Frau Naumann, und ich bin mir nicht mehr sicher, ob er wirklich gelacht hat damals, aber eben, jetzt gerade, hat er lauthals gelacht und übers ganze Gesicht, und Klara sagt:

Hallo? Ja, antworte ich. Also, was ist mit euch? Nichts, sage ich, und: Er hat ein Steinhaus. Ein Steinhaus, wiederholt sie. Ja, ein kleines Steinhaus mit einer roten Holzbank davor. Idyllisch, sagt Klara, klingt, als machte sie einen Witz. Die ist spitze, findet Pia. Hier in der Stadt?, fragt Klara. An der Havel, sage ich, oben am Tegeler See. Habt ihr euch getroffen? Ich schüttle den Kopf. Habt ihr euch getroffen, Mané? Nein. Woher weißt du dann, wie sein Haus aussieht? Bin hingefahren, erkläre ich, vor ein paar Tagen. Hab's mir angesehen. Und, sagt Klara, hast du ihm nichts hinterlassen, keinen Zettel, kein gar nichts? Ich runzle die Stirn, überlege. Doch, sage ich schließlich, ich habe ihm was dagelassen. Klara seufzt, und ich weiß, dass sie den Kopf schüttelt. Der ist doch ganz nett, sagt sie. Wie spät ist es?, frage ich. Und er ist attraktiv, sagt sie. Oh Mann, Pia stöhnt, aber Klara hat sich noch nie beirren lassen, wenn sie ein Gespräch über Männer führen wollte. Ich muss los, murmele ich. Sie kichert.

Drei, sagt sie, es ist fünf vor drei, und dann endlich: Tschüss, und lacht noch beim Auflegen.

Von hier aus brauche ich nur eine knappe Stunde für die Strecke. Diesmal nehme ich den Weg am Wasser entlang, schiebe zum Schluss das Fahrrad bis zu der kleinen Bucht. Schneidend kalte Luft. Kein einziges Segel heute, dafür Hunderte von Möwen und weiter hinten, gegen Spandau hin, ein lang gezogenes, blau-weißes Boot der Wasserschutzpolizei. Irgendwann mit Coraline hierherkommen. Mir das vornehmen. Ihr Segel zeigen, Wolken. Ihr den Finger auf die Lippen legen, mit der anderen Hand zum Regenvogellied zeigen, dahin, von wo es zu hören ist – falls an dem Tag der Regenvogel singt. Heute schweigt er.

Sebastian hockt am Ufer. Obwohl Dezember ist, stehen seine nackten Füße im Wasser, die Jeans hat er bis zu den Knien hochgekrempelt. Mit den Händen scheint er etwas unter der Wasseroberfläche zu suchen. Er trägt die gefütterte Cordjacke, sandfarben, einen dunkelblauen Pulli mit Rollkragen. Nirgendwo Schuhe. Hinter mir aus den Bäumen, ein Eichelhäher. Wie das hallt, sagt Lars, und Sebastian schaut ins Wasser, zieht etwas heraus, etwas Kleines, Glitzerndes, betrachtet es. Dann steht er auf, wendet seinen Fund hin und her, hebt den Kopf, schaut zu mir herüber. Als hätte er die ganze Zeit schon gewusst, dass ich hier stehe und ihn beobachte, schaut er zu mir herüber, und der Feuerwehrmann, den ich geküsst habe, tanzt mit Frau Naumann die Leiter hinunter, und hetzt sie nicht und treibt sie nicht an, und der feine Sand am Havelufer macht gedämpfte, knirschende Geräusche unter den Reifen, unter den Schuhen, nämlich: ich gebe mir einen Ruck und schiebe das Fahrrad an, verringere den Abstand zwischen Sebastian und mir, werde aber langsamer, immer langsamer, sehe erst aufs Wasser hinaus, dann zu ihm hinüber.

Er steht. Er schaut. Weiterschieben. Einen Meter vor ihm bleibe ich stehen. Wo sind deine Schuhe? Er hält mir das silbrige Ding hin, das er aus dem See geborgen hat. Im Haus, sagt er, wollte nur mal kurz ans Wasser. Das soll wohl eine Erklärung sein, murmelt Pia, bei den Temperaturen. Den kleinen Buddha ansehen, der mit geschlossenen Augen auf Sebastians Hand sitzt, der die Größe einer Eichel hat, der immer noch glitzert, weil er immer noch nass ist. Er lächelt, sage ich. Hm, macht Sebastian, nickt, sieht auf den See hinaus. Seinem Blick folgen.

Am entfernten Ufer auf der anderen Seite, irgendwo vor Kladow, hat das Wasser einen Grauton im Blau. Das Polizeiboot ist verschwunden. Über Spandau ziehen Wolken auf. Ein Blitz, wie gemalt. Kurz danach der Donner, noch entfernt. Es sollte nicht gewittern im Dezember, denke ich, es sollte schneien. Tee?, fragt Sebastian.

Wir sind langsam, sage ich, schiebe die Tasse zur Seite. Klara lächelt nur, aber mit einem Glitzern in den Augen. Wir verhalten uns wie Schnecken, erkläre ich ihr, hole zwei dickwandige Gläser aus dem Küchenschrank, stelle sie auf den Tisch. Klaras selbstzufriedenes Lächeln, nämlich: sie hat mich zum Reden gebracht. Obwohl ich eigentlich nichts erzählen will, besonders nicht darüber, hat sie mich zum Reden gebracht. Sie lächelt auch, weil sie findet, dass ich spinne, das bedeutet: Sie findet nicht, dass ich tatsächlich ernsthaft und besorgniserregend verrückt bin, schließlich findet Lothringer das auch nicht. Aber spinnen, das tust du wirklich, sagt sie immer wieder, du tickst nicht ganz richtig. Und red dich nicht auf den Anschlag raus, sagt sie jedes Mal. Du warst schon vorher so. Spätestens, sagt sie, seit du aus Island zurück bist, spinnst du ein bisschen mehr, als dir guttut, meine Liebe. Wenn eine das weiß, dann ich, sagt sie regelmäßig dazu.

Deshalb lächelt Klara, und Hjartan zieht die Schultern hoch und schlägt mit der flachen Hand aufs schneebedeckte Dach seines Toyota, und Pia lächelt auch und mit genau dem gleichen Ausdruck im Gesicht, wie Klara ihn bevorzugt, wenn es um mein Nicht-wirklich-Verrücktsein geht, nämlich: ein wenig abfällig, ein wenig wissend, ausgesprochen überlegen, und wie in einem Zeichentrickfilm steigt um Hjartans Hand eine feine, weiße Wolke aus Eiskristallen in die Luft. Er betrachtet sie versonnen. Einhellig lächeln Klara und Pia, als ich sage, dass Sebastian und ich langsam sind und dass wir wie Schnecken sind.

Wie Schnecken, sagt Klara, und ich nicke, und sie schüttelt den Kopf. Wir tragen unser Haus auf dem Rücken, sage ich. Er seines auf seinem, ich meines auf meinem. Mit den Fingern fährt sie sich durch die Haare. Ihre Ohrringe glitzern, nämlich: sie hat eine Kerze aufgestellt. Es ist Advent, hat sie gesagt, da zündet man Kerzen an. Die Wohnung riecht nach Zimt, nach Puderzucker und Orangen. Sie knackt Haselnüsse, sammelt die Schalen auf einem Zeitungsblatt vom Morgen, die Nüsse in einer flachen Schüssel, trinkt mal einen Schluck Glühwein, mal einen Schluck Tee, wirft ab und zu einen Blick in Dr. Oetkers großes Buch vom Backen. Zeig mal, sagt sie. Was? Das Haus auf deinem Rücken, sagt sie, schaut erst auf eine faule Nuss in ihrer Hand, schaut mich dann todernst an. Ich werfe ihr ein Stück zusammengeknülltes Schokoladenpapier an den Kopf. Als wäre es ein pfundschwerer Pflasterstein, schreit Klara laut auf, lacht dabei. Mit gesträubtem Fell saust Death unter dem Küchensofa hervor, aus der Tür, verschwindet irgendwo in der Wohnung, und Klara kichert behaglich. Mich nach Sandman umschauen, aber er ist nicht zu sehen.

Wir strecken unsere Fühler aus, sage ich nach einer Weile, verstehst du? Fühler!, schnaubt Pia, und Lars sagt: Was denn, stimmt doch, und Klaras Kichern wird zu einem anzüglichen Grinsen. Ja, sagt sie, versteh ich. Gar nichts versteht sie, sagt Pia, und das ist auch besser so, bei diesem ganzen verschneckten Unsinn. Lars summt leise. Ich versuche es noch einmal: Wenn unsere Fühler auf etwas Hartes stoßen, sage ich, ziehen wir uns sofort zurück. Und wie ist er im Bett?, fragt sie.

Ich stelle mein Glas ab, mit einem Ruck stelle ich es ab. Wir sind befreundet, sage ich leise. Ja, sagt Klara, ihr seid befreundet, und die Erde ist eine Scheibe, und Frauen sind dümmer als Männer. Pia schüttet heftiges Gelächter in meinem Kopf herum. Klara sieht mich an, nämlich: sehr mit sich zufrieden sieht Klara mich an.

Das mit den Frauen, sagt Pia, und das mit der Erde, das merk ich mir, und Lars sagt: Vielleicht wäre es ganz gut, die Sache mit den Schneckenmenschen doch noch einmal zu erklären, und ich sehe zu Boden und denke, dass es am einfachsten wäre, Klara von Hjartan zu erzählen, weil sie das mit Sebastian dann sofort verstünde, oder zumindest vermutlich sofort verstünde. Aber ich erzähle Klara nichts von Hjartan. Ich erzähle niemandem von ihm. Hjartan ist nicht zum Erzählen. Hjartan ist tot.

Wie oft warst du schon in diesem Hexenhäuschen am Tegeler See? Drei Mal, sage ich. Und?, fragt Klara, zieht die Augenbrauen in die Höhe. Was und? Wie ist er eingerichtet, wie sieht so eine Feuerwehrmannwohnung aus, wie lebt dein Schneckenfreund? Ihr Blick, funkelnd vor Neugier. Ich weiß nicht, sage ich. Du weißt nicht, Klara schaut zu mir herüber. Stoische kleine Zicke, murmelt Pia, meint mich, nicht Klara, das steht außer Frage.

Ich gehe ans Fenster, schaue in den winterabenddunklen Schneematsch. Ich war noch nicht drin, sage ich, drehe mich nicht um dabei, weil ich auch so spüre, wie Klara mich ansieht. Du warst drei Mal bei deinem Cowboy und bist nicht in sein Haus gegangen? Vier Mal, genau genommen, beim ersten Mal war er nicht da. Und die anderen drei Male? Da hab ich auf der Bank gesessen, auf der roten Holzbank vorm Haus. Und gefroren bis ins Mark, zischt Pia, aber zu stolz, um reinzugehen. Nicht stolz, sagt Lars, vorsichtig. Zu verzickt, sagt Pia. Ich schüttle den Kopf. Klaras Spiegelbild in der Fensterscheibe. Es steht still, starrt, schweigt, sonst nichts. Er hat uns Tee gemacht, ihn herausgetragen zur Bank, erkläre ich. Wir haben uns ein bisschen unterhalten, dann bin ich wieder gefahren. Er hat dich nicht hereingebeten? Doch natürlich, sage ich, mehrmals, war ja auch kalt. Ganz genau, sagt Pia, arschkalt. Klara kippt Mehl in eine Schüssel, schlägt Eier darauf. Jetzt wende ich mich um, jetzt ist es nicht mehr so gefährlich. Wir sind Freunde, sage ich noch einmal.

Klara schnalzt mit der Zunge, das bedeutet: Sie hat jetzt wirklich genug von mir. Sie will nicht sagen, was sie darüber denkt, dass ich vier Mal bei Sebastian war, aber nicht einmal in sein Haus gegangen bin. Sie hält es für sinnlos, sich dazu zu äußern, stattdessen drückt sie auf die Fernbedienung. Die Mattscheibe oben auf dem Buffet knistert, leuchtet auf. Ich gehe zur Küchentür, aber Klara stellt das Rührgerät hin, wischt sich die Hände an der bunt karierten Schürze ab, kommt, umarmt mich, verteilt Mehlflecken auf meinem Pulli, auf meinem Haar. Du warst doch früher nicht so mit den Männern, flüstert sie. Immer sind mindestens drei um dich herumscharwenzelt, und du hast dir den ausgesucht, der grad am besten roch oder so ähnlich, sagt sie, legt den Kopf schräg und die Stirn in Falten.

Klara vorsichtig von mir wegschieben, auf den Boden sehen, wieder hochsehen, sie anschauen, betrachten. Sie wirkt ratlos, hilflos. Gute Nacht, sage ich.

Gute Nacht, Schneckenmensch, antwortet sie sofort und richtet sich auf und lächelt plötzlich wieder. Aber diesmal lächelt sie anders. Sie lächelt, weil sie mich mag und weil sie nicht mag, dass sie mich manchmal nicht ertragen kann, und weil ihr das leid tut, und weil sie nicht sagen will, dass es ihr leid tut. Und ich mag sie, weil sie es nicht sagen will.

Willst du es nicht sagen?, flüstere ich, als Sebastian hinterm Haus verschwindet, nachdem er: Montags, gesagt hat, dienstags, donnerstags, am Wochenende, ganz egal, du bist immer willkommen, nur mittwochs ist ungünstig. Was ist mittwochs?, frage ich. Ob ich da bin oder nicht, sagt er, ist auch egal, du hast ja den Schlüssel. Fühl dich wie zu Hause, und lächelt von einem Ohr zum anderen, hier erholt man sich gut, lehnt mein Fahrrad an die Bank, verschwindet hinterm Haus. Willst du es nicht sagen, flüstere ich, oder hast du's nicht gehört?, und lege meine Hand aufs Holz der alten Tür.

Einen Stapel Scheite in beiden Armen, taucht Sebastian wieder an der Ecke auf, zeigt mit dem Kinn aufs Schloss, auf mich. Ich hole den Schlüssel aus der Jackentasche. Diesmal öffne ich die Tür, lasse Sebastian vorbei, stehe, schaue.

Es sind tatsächlich drei Räume, wie ich es bei meinem ersten Besuch vermutet habe. Ein großer, gleich hinter der Eingangstür. So lebt er, Klara, denke ich, während Sebastian quer durchs Zimmer läuft und das Holz neben dem steinernen Kamin stapelt. Rechts drei Fenster, vom Licht vieler Jahre nachgedunkelte Dielen, die Decke niedrig, durchzogen von Balken zwischen dem Gips, ein Tisch mit sechs Stühlen, weiter vorn am Kamin ein Schaukelstuhl, dahinter ein kleines Bücher-, ein großes Platten- und CD-Regal: die halbe Wand breit und deckenhoch, noch dahinter eine Küchenecke mit Tresen. An der Stirnseite des Raums eine schmale Tür, geschlossen, links davon ein Holzparavent vor Wanne und Badeofen. Er muss die Fensterläden geöffnet haben, als er das Holz geholt hat: hell ist es hier drin. Auf dem Tischchen neben dem Schaukelstuhl eine Kerze, ein aufgeschlagenes Buch mit dem Deckel nach oben, *Vögel in Mitteleuropa*, auf dem Fensterbrett in einer Reihe nebeneinander drei Kieselsteine: ein roter, ein bläulicher, ein ockerfarbener. Mittig auf den Dielen ein heller, weicher Teppich. Links, gleich neben der Eingangstür und von hier aus gut einzusehen, nämlich: die Tür steht offen, das letzte, das Schlafzimmer. Bett, Nachttisch, Schrank, in die Wand eingelassen, Fenster zum See hin. So ist Sebastian eingerichtet.

Völlig unmännlich, sagt Pia, und: Von wegen Cowboy. Das sollte Klara mal sehen hier, sagt sie, diese Landhausidylle. Lars lacht leise, ich entspanne mich ein wenig. Viel zu klein für ein Landhaus, denke ich. Außerdem ist es vollkommen belanglos, sagt Pia, wie er eingerichtet ist, und ich denke, dass, was sie sagt, nicht nur eine Feststellung ist, sondern dass es wie ein ruhiger, bestimmter Befehl klingt. Ich denke auch, dass Pia recht hat mit ihrer Einschätzung, Forderung.

Abwarten, sagt Lars. Aber in dieser Sache gibt es nichts abzuwarten. Ich weiß es, und Pia weiß es, und— Sebastian weiß es nicht, flüstert Lars. Der wird's auch noch erfahren, zischt Pia, keine Sorge.

Schuhe ausziehen, sagt Sebastian, greift nach einem Handtuch, rubbelt sich im Stehen die Füße trocken und sauber, weil er, Dezember hin, Dezember her, wieder barfuß am Wasser war, streift Socken über, zieht Hausschuhe an, stellt mir ein Paar vor die Füße: Wildleder mit dicken Schafwollflocken gefüttert, geht zum Herd, setzt Wasser auf, und Lars summt vor sich hin.

Eben wolltest du noch reinkommen, erinnert mich Sebastian. Er füllt Tee in ein braun verfärbtes Baumwollsieb, schaut zu mir her, sagt nicht, dass es kalt und immer kälter wird im Haus, schaut einfach nur.

Die Tür ansehen, die offene Haustür, neben der ich stehe, die Wildlederschlappen. Dann suche ich die Kieselsteine am Fenster, dann den kleinen silbernen Buddha daneben. Sebastian trägt ein Stövchen zum Tisch, bleibt dort stehen, folgt mit den Augen meinem Blick, nämlich: ich sehe zum Herd, vom Herd zur verschlossenen Tür mir gegenüber, von ihr zum Paravent, zur

Wanne dahinter, zum Bett. Ach so, murmelt er, geht hin, zieht die Tür zu, die Schlafzimmertür, fährt fort, den Tisch zu decken, und ich denke, dass wir langsam sind. Wir verhalten uns wie Schnecken, Klara, siehst du? Hier gibt's keine Klara, hier gibt's auch keine Schnecken, schnauzt Pia, und Sebastian wirft einen Blick auf die Kerze am Schaukelstuhl. Er lässt sie, wo sie ist. Schneckenmensch, denke ich. Du kannst die Schuhe auch anbehalten, sagt er zum Buddha. Der Buddha lächelt. Ich behalte die Schuhe an, mache den einen Schritt nach vorn, schließe die Haustür hinter mir, setze mich an den Tisch.

Wir brauchen eine halbe Stunde, um die Kanne leer zu trinken. Ich lausche ins Haus. Das Feuer knackt. Ich kann es sehen, zwei Meter entfernt, höchstens zweieinhalb. Es rauscht nicht, faucht nicht, verlässt den Kamin nicht. Es knistert leise und verbreitet angenehme Wärme. Sebastian hat nicht gefragt, ob er darf, ob es mir etwas ausmacht, ob ich damit klarkäme. Er hat einfach Feuer gemacht.

Ich betrachte sein Gesicht. Wie alt bist du eigentlich, Sebastian? Er legt den Kopf schräg. Sechsunddreißig. Gut, sage ich. Gut? Er lächelt verwirrt, fragt nicht, warum es gut ist, dass er sieben Jahre jünger ist als ich. Regel drei?, fragt Lars. Ich nicke, ganz genau. Er kommt ohnehin nicht in Frage, Klara, denke ich, und später wird er mir zum ersten Mal von Fabian erzählen.

Kurz bevor die Dämmerung einsetzt, kurz bevor ich mich auf den Weg zurück zu Klaras Wohnung mache, blättre ich in dem betagten Vogelführer. Großformatige Farbfotos in Siebzigerjahrequalität. Vorn auf einer der beiden blanken Seiten eine verblasste Widmung: *Für Fabi und Basti. Von Mama und Papa. Weihnachten 1980*. Dein Bruder?, frage ich, zeige auf den Namen. Sebastian nickt, lächelt. Fabian, sagt er, mein älterer Bruder, und mein einziger.

Nachts glüht mein Gesicht immer noch von der Heimfahrt. Google Maps berechnet dreiundzwanzig Kilometer. Sechsundvierzig hin und zurück, denke ich erstaunt und sehr mit mir zufrieden. Kein Grund für Stolz, wenn man sich nach über zwei Monaten endlich mal wieder ein wenig bewegt. Pia, wer sonst.

Das ist das erste Mal seit dem Brand, dass ich dich vor einem Computer sehe, sagt Klara. Warst du beim Cowboy?, will sie wissen. Kamin, sage ich, Bücher, viel Musik, Badewanne hinter Paravent im Wohnzimmer und ein älterer Bruder. Wie bitte? So ist er eingerichtet, erkläre ich ihr, fahre den Rechner herunter, gehe an ihr vorbei in den Flur. So ist fast jeder eingerichtet, gibt sie zurück, bis auf— Badewanne im Wohnzimmer?, ruft sie mir hinterher.

Ich ziehe die Gästezimmertür zu und werfe mich aufs Bett und verfolge Straßenlichter auf Raufaser und lausche durch die Wand und höre nichts und atme ruhig und lege eine Hand an die Tapete und lege die andere auf meine Stirn und denke, dass ich mich nicht entsinnen kann, wann mir zuletzt so warm gewesen ist, und tue trotzdem die ganze Nacht lang kein Auge zu, sondern laufe, nämlich: als Klara im Bett liegt, als der Streifen Licht unter ihrer Zimmertür erlischt, als schließlich ihr leises Schnarchen zu hören ist, laufe ich durch die Wohnung, beginne eine meiner eisblauen Wanderungen und bringe Pia zum Schweigen, indem ich von Coraline erzähle, davon, dass ich morgen in das Spielwarengeschäft gehen werde, davon, dass ich überlege, den großen, braunen Teddybär mit der rot karierten Schleife im rechten Ohr für sie zu kaufen.

Meine Strategie geht auf, nämlich: Pia ereifert sich über meine Wahl, bringt Einwände vor, findet es erst lächerlich, findet es dann gefährlich und unverantwortlich, dass ich Spielzeug kaufe. Noch dazu für ein Kind!, ruft sie laut, als kaufte man Spielzeug gewöhnlich für Erwachsene, aber die Zeit läuft weiter und weiter, und Lars hält sich schmunzelnd im Hintergrund, weil er durchschaut, was ich tue. Insgesamt gehe ich drei Mal ins Bad zu dem kleinen braunen Fläschchen mit den Tropfen, Baldriantropfen. Fünfzehn brauche ich heute Nacht. Sie wirken. Aber sie wirken erst Stunden nachdem Pia dann doch noch zu ihrem eigentlichen Thema gefunden hat: Heute ist ihr Ólina ins Visier geraten.

Hjartan, sagt Pia, hatte sechs Geschwister, und es klingt, als erzähle sie ein Märchen. Eins davon war Ólina, sagt sie. Sie war jünger als er, fünf Jahre jünger, das heißt, damals war sie gerade dreißig geworden, war bereits Mutter dreier Kinder und seit zehn Jahren mit einem Pfarrer verheiratet.

Biskúp, denke ich, Biskúp heißt Pfarrer, aber Pia spottet nur: Als hättest du je versucht, Isländisch zu lernen. Habe ich nicht. Wörter aufschnappen, den Klangraum erkunden, den sie eröffnen, mehr war es nicht. Wie fast immer hat Pia recht. Und außerdem heißt Biskúp Bischof, sagt sie, und ich lasse die Schultern fallen. Sie war doch nur ein halbes Jahr dort, verteidigt Lars mich, da muss man nicht gleich die Sprache lernen. Fast zehn Monate, kontert Pia, und schließlich sah es zum Schluss doch sehr danach aus, als könnten Jahre daraus werden. Sie lässt nichts Gnädiges gelten, fährt nahtlos fort: Ólina war begeistert von ihr, davon, wie sie in diesem Studio saß, all die Geräte bediente, die Klänge veränderte, die Männer jonglierte, so nannte sie das: You juggle these guys, as if they where beanbags or oranges, und lachte laut.

Die beiden mochten sich auf Anhieb, sagt Pia, während ich mit dem nach wie vor befremdlichen Gefühl kämpfe, die Hauptfigur ihrer Erzählung zu sein, und Ólina Kaffee eingießt und davon berichtet, wie sie Teitur kennengelernt hat: Teitur Egilsson, der damals noch Vikar in einem kleinen Ort an den Nordfjorden war. Ólina erzählt von ihrer Ausbildung als Bankangestellte, von der Heirat, den Geburten, von ihrer Arbeit in der Gemeinde, fragt mich aus: über Berlin, über Deutschland, über die Abläufe im Studio, die Diskussionen mit den Musikern, ist immer beschäftigt, während sie zuhört: sie bügelt, spült, schnippelt, strickt, putzt Kindernasen, verpasst trotzdem keine Silbe, kann sich später an jede Einzelheit erinnern.

Nach den ersten drei Gesprächen mit Ólina denke ich, dass sie das Zeug dazu hat, eine Freundin zu werden, wundere mich selbst darüber, weil ich selten Freundschaften eingehe, weil ich eher mit Männern zu tun habe, besser mit ihnen klarkomme, weil Frauen, besonders Frauen wie Ólina, mich verunsichern. Ihre erschreckend ungebrochene Weiblichkeit. Gewöhnlich verunsichern, denke ich, denn mit ihr bin ich entspannt.

Hjartan nimmt es schweigend, lächelnd zur Kenntnis, als hätte er damit gerechnet, als sei nichts daran überraschend, und ich denke, dass er mich kaum kennt, dass er verwundert wäre über die Leichtigkeit meiner Begegnung mit seiner Schwester, wenn er auch nur ein klein wenig mehr über mich wüsste. Von all meinen Geschwistern, sagt er und lächelt ihr zu, steht mir Ólina am nächsten. Seit sie geboren wurde, ist es so. Dass er sich an ihre Geburt erinnern könne, erzählt er. Nicht an die Geburt selbst natürlich, aber daran, wie unsere Eltern aus dem Krankenhaus heimkamen mit ihr. Da war sie zwei Tage alt, sagt er. Er sah schrecklich aus, flüstert Ólina, und Teitur gießt Wein nach, und ich denke, wie eigenartig es ist, dass ich alles erinnere, als hätten wir Deutsch gesprochen, obwohl es in Wirklichkeit eine wilde Mischung aus Englisch, Isländisch und Deutsch war.

Stell dir vor, ich komme aus dem Krankenhaus, noch ganz zerquetscht und voller Dellen, Ólina rollt mit den Augen, macht ausladende Armbewegungen, steigert langsam die Lautstärke, und dann schaut dieser Troll in meine Wiege herein. Dieser Unhold mit seinen abstehenden Ohren und den struppigen Haaren. Ich habe geschrien und geschrien, und stundenlang konnte niemand mich beruhigen, erzählt sie. Teitur nickt. Hjartan nickt auch. Alle drei schauen sie so ernst, dass ich fast eine halbe Minute brauche, um dahinterzukommen, dass sie mich auf den Arm nehmen, und ich denke, dass ich doch den Hund kaufen werde, diesen kleinen grauen Hund, grau-weiß gescheckt, mit dem struppigen Fell, der aussieht wie ein Polarhund und blaue Augen hat, und lege meine Hand an die Wand und horche, lausche, aber kein Klopfen, kein Singen, und draußen wird es langsam hell.

Ich verspreche dir, flüstere ich Coraline zu, die im Zimmer nebenan schläft, ich verspreche dir, dass ich hier nicht wieder ausziehe. Ganz egal, was Klara und Ben in den nächsten Jahren vorhaben, ich bekomme das schon hin, flüstere ich und sehe mich um, weil die Katzen nicht auf dem Bett liegen. Death?, rufe ich leise. Death! Aus dem Flur ein Maunzen, kaum hörbar. Den Kopf aufs Kissen zurücklegen, Erleichterung spüren: Death ist in der Nähe. Sandman schläft neuerdings gern auf dem Sofa im Wohnzimmer. Death schläft immer bei mir. Sie gibt der Tür einen Stupser mit der Stirn. Der Umriss ihres Kopfes, den sie ins Zimmer schiebt. Sie steht, lauscht. Sie schnuppert. Dann macht sie drei Schritte, springt mit einem Satz aufs Bett, fährt mit der rauen Zunge über meine Hand, rollt sich an meiner Seite ein. Sie ist immer noch klein, aber viel größer geworden in den letzten zwei Monaten. Bald sind die beiden ausgewachsen, denke ich und sehe um kurz vor sechs das letzte Mal auf die Uhr.

Auf dem Rückweg vom Spielwarenladen am späten Nachmittag verlaufe ich mich. Sieh mal, sagt Lars. Ein Haus, ein kleines Bürgerhaus aus der Gründerzeit, einstöckig, mit Vorgarten, überdachter Veranda und winterkahlen, nicht beschnittenen Holundersträuchern zur Straße hin. Ein paar Birken, eine Lärche. Hinterm Haus sicher noch ein Garten, einer, der vom Gehweg aus nicht einzusehen ist. Am niedrigen Zaun, vor dem ich stehe, ein kleines blaues Schild mit weißer Schrift: *VHS Zehlendorf-Steglitz Abteilung Musik*. Daraufgeklebt und in Plastikfolie geschweißt ein Zettel: *Studio zu vermieten*, eine Telefonnummer.

Ich stehe fast eine halbe Stunde. Niemand kommt heraus, niemand will hinein. Ein älterer Herr geht auf dem gegenüberliegenden Bürgersteig entlang, zieht einen störrischen Dackel hinter sich her, sonst kein Mensch auf der Straße um diese Zeit in dieser Gegend. Irgendwann schiebe ich das hölzerne Türchen im Zaun auf, kniehoch ist es, ich hätte darübersteigen können. Vorn am Haus sind braune hölzerne Rollläden heruntergelassen. Rechts Stachelbeer- und Brombeersträucher, ohne Laub um diese Jahreszeit, ein Haselnussbusch. Hinten eine kleine Terrasse. Vor den Glastüren hölzerne Fensterläden. Es ist leicht, sie zu öffnen. Als hätte es dich gerufen, flüstert Lars.

Ich beschatte die Augen mit der Hand, lehne mich ganz ans Fenster, um hineinsehen zu können, und drinnen, wegen der Dämmerung und der Läden schlecht zu erkennen, ein vollständig eingerichtetes Studio: gegenüber die breite Scheibe zur Regie, vorn ein Flügel, ein Schlagzeug, Stehmikros, Hängemikros, am Rand ein paar Perkussionsinstrumente, Gitarrenständer, mehr kann ich nicht erkennen. Dann läutet mein Telefon.

Du sollst herkommen. Coralines Stimme klingt seltsam dünn, zerbrechlich. Was ist passiert?, frage ich, aber sie hat schon aufgelegt. Von hier bis zu Klaras Haus sind es noch mindestens vierzig Minuten zu Fuß. Ein Taxi, schlägt Pia vor, und ich kann mich nach wie vor nicht daran gewöhnen, dass sie so fürsorglich ist, wenn es um Coraline geht, aber ich nicke: Ja, ein Taxi, und laufe los, aus dem Sträßchengewirr zur Potsdamer Chaussee hoch. Kein Taxi in Sicht. Gleich kommt eins, Pia voller Zuversicht. Bei den Colberts anrufen.

Ist alles in Ordnung mit Coraline? Ich denke schon, sagt Elke Colbert. Ihre schläfrige Stimme. Wollen Sie mit ihr sprechen? Ja, sage ich, ja, bitte, aber sie hört es nicht mehr. Was hast du denn schon wieder gemacht?, fragt sie Coraline und legt auf. Ich laufe. Endlich ein Taxi. Fast fünfzehn Minuten Fahrt, und als ich ankomme, sind sie fort. Ich sehe es schon von unten. Alle Fenster dunkel, niemand öffnet auf mein Klingeln. Kein Zettel, keine Nachricht, kein Anruf. Nichts.

Frau Becker fragen, vielleicht hat sie etwas gehört. Sie bittet mich in die Wohnung. Ich will nicht hinein, weiß nicht, wie ich es sagen soll. Ich muss herausfinden, wo Coraline ist, erkläre ich. Nicht so laut!, ruft Lars, aber ich habe nur das Fauchen und Rauschen übertönt. Frau Becker hört dein Rauschen nicht, sagt Pia, sie hört nur dein Gebrüll. Wenn sie mit ihrer Mutter unterwegs ist, brauchen Sie sich doch keine Sorgen zu machen, sagt die alte Dame. Träum weiter, Frau Becker, denke ich, aber sie ist schon nach rechts hin verschwunden. Trinken Sie doch einen Champagner mit mir, ruft sie. Widerwillig trete ich ein und schließe widerwillig die Tür hinter mir: besser mit Frau Becker sprechen als allein in der Gegend herumlaufen.

Die Wohnung unter Klaras ist vollkommen anders geschnitten. Eigenwillige alte Häuser. Ich gehe den Geräuschen nach. Der Kleinen geht es nicht gut, sagt Frau Becker, zeigt auf einen Sessel, verschwindet in der Küche. Das Klappen der Kühlschranktür. Als sie zurückkommt, trägt sie eine Flasche Champagner, betrachtet sie mit sichtlicher Vorfreude. Nein, sage ich, gar nicht gut, und lausche zum Hausflur, ob die Türe geht. Sie mag Sie sehr, wissen Sie? Frau Becker lächelt, als sie das sagt, und ich horche auf, sehe sie an, mit weit geöffneten Augen. Woher wissen Sie das?

Sie antwortet nicht gleich, legt den Kopf schräg, schiebt sich einen Keks zwischen die Lippen. Ob sie früher blaue Augen hatte? Heute sind sie grau und wässrig. Wir sind befreundet, sagt sie endlich, Coraline besucht mich fast täglich. Ich halte die Luft an. Pia lacht zufrieden. Sie ist eifersüchtig, Lars! Stell dir vor, sie ist wirklich und wahrhaftig eifersüchtig. Frau Becker gießt Champagner in zwei Kelchgläser. Zuhören, jetzt nichts verpassen. Ich habe auf sie achtgegeben, wenn ihre Eltern abends ausgingen. Im Moment ist Elke natürlich immer selbst daheim. Sie geht überhaupt nicht mehr aus dem Haus. Nur noch zum Arzt und manchmal zum Einkaufen, Frau Becker prostet mir zu.

Elke Colbert kümmert sich nicht um Coraline, sage ich. Auf einem Tellerchen schiebt Frau Becker ein paar Kekse in meine Richtung. Es geht ihr schlecht, erklärt sie, sie hat ihren Mann verloren. Was kann Coraline dafür? Meine Stimme randvoll von Empörung. Nichts, natürlich, die Kleine kann gar nichts dafür. Deshalb ist es ja so schön, dass Sie jetzt hier wohnen, erklärt Frau Becker. Ich kann ihr nur Märchen erzählen, Bücher vorlesen. Mit Ihnen hat sie viel mehr Spaß. Schlachtenseespaziergänge, Spielplatzbesuche, so was kann ich ihr nicht bieten, entspannt schaut sie ins Perlen ihres Getränks. Ihr macht es nichts aus, Coraline mit mir zu teilen.

Elke sollte sich jemanden zur Hilfe kommen lassen, vom Jugendamt, wissen Sie. Sie könnte das beantragen. Ich umklammere die Sessellehne, schüttle den Kopf, heftig. Doch, doch, Frau Becker nickt mehrmals. Ich habe mich erkundigt, sagt sie, aber Elke tut nichts, sie will nicht. Sie ist vollkommen verzweifelt und antriebslos, seit Grégoire nicht mehr da ist. Es ist nicht nötig, sage ich, gebe mir Mühe, meine Stimme nicht gepresst klingen zu lassen, ich kümmere mich um Coraline. Das Jugendamt hat genug andere Kinder zu versorgen.

Frau Becker schaut mich an, still, nachdenklich. Sie kommt dir auf die Schliche, flüstert Pia. Wieso Schliche? Es fällt mir schwer, nicht zu schreien. Es ist wirklich gut, dass Sie da sind, findet Frau Becker schließlich. So viel zur Schliche, sagt Lars. Ich schwitze, lehne mich im Sessel zurück. Ihnen geht es auch nicht gerade blendend. Ihre Stimme, besorgt, gleichzeitig auf eine erstaunlich geerdete Weise entspannt. Haben Sie sich das Heft schon besorgt, das Schreibheft? Ich schüttle den Kopf, hatte ihren Vorschlag längst vergessen. Kommen Sie, sagt sie, winkt mir, geht zum Sekretär am anderen Ende des Raums, öffnet eine Klappe, zieht ein Heft hervor. Ein gewöhnliches Oktavheft für die Grundschule. Bis heute habe ich immer ein paar im Haus. Sicher ist sicher, sagt sie, drückt es mir in die Hand. Es hilft wirklich, glauben Sie mir.

Wieder bei den Colberts klingeln. Nichts. Klara hat eine Nachricht auf dem Anrufbeantworter hinterlassen. Sie fährt nach der Arbeit gleich zu Ben. Ich laufe durch die Wohnung. Irgendwann ziehe ich die Jacke aus, die Schuhe, stelle die Tüte mit dem Polarhund auf dem Gästebett ab. Nicht schon wieder Baldrian. Ich laufe durch die Wohnung, rufe bei den Colberts an, gehe noch einmal hinüber, klingle, gehe zurück und laufe durch die Wohnung.

Etwas tun. Etwas tun, das mich auf andere Gedanken bringt. Wo ist eigentlich Janniks CD?, will Lars wissen. Der Rough Mix?, frage ich, und: Nein, sage ich gleich darauf, erstaunt, erschrocken. Wieso nicht? Selten, dass Lars so hartnäckig ist.

Janniks CD steckt immer noch im Rucksack. Ich wende das silbrige Ding hin und her. *Demo-PostcTurk* steht drauf, in Janniks schräger, gleichmäßiger Schrift, und ein Novemberdatum.

Klaras Anlage, ein ordentlicher Turm. Alle Geräte von derselben Marke, eine einzelne Fernbedienung für alles, das Ganze verschlossen hinter bräunlich-schwarzen, gläsernen Türen in einer extra Vitrine mit Magnetverschluss. Wie lange habe ich nicht mehr auf einen Powerknopf gedrückt? Gestern erst, sagt

Pia trocken, spar dir die Melodramatik. Gestern, als du Klaras Rechner für deine stolzen sechsundvierzig Kilometer angeschaltet hast. Sei still, fahre ich sie an. Aber es war tatsächlich erst— Sei still, rufe ich noch einmal, und Pia: ist still.

Horchen. Entferntes Rauschen. Auf den Powerknopf an Klaras Anlage drücken. Lars irgendwo hinter mir, entspannt. Den Mix einlegen. Auf Play drücken. Mir einen Sessel heranziehen. Beim ersten Durchgang achte ich hauptsächlich aufs Rauschen. Es bleibt erstaunlich fern. Ich höre viel. Bei Weitem nicht alles, aber mehr, erheblich mehr, als ich gedacht hätte. Zurückschalten, ein zweites Mal das erste Stück. Unwillkürlich sehe ich mich nach dem Mischpult um, aber um mich her nur Klaras Wohnzimmergarnitur, Opas Staubfängerklavier und Regale, in denen die Bücher inzwischen nach den Anfangsbuchstaben der Titel sortiert sind. Ob es Klara überhaupt schon aufgefallen ist? Lars grinst, während er die Frage stellt. Das Oktavheft aus dem Rucksack klauben und einen Stift. Notizen zur Musik machen.

Janniks verrückte, Janniks wunderbare Einfälle. Ein drittes Mal zurückschalten. Bei Minute eins dreiundfünfzig gibt die externe Festplatte ihren Geist auf, und ich starre auf pinkfarbene und giftgrüne Spuren im Rechner vorm alten Mischpult, wie sie auf und ab schnellen, und höre die Schleife der immer gleichen vier Takte und denke, dass ich das sichern sollte, weil es jetzt richtig gut ist, und sehe mich in der Regie um, und die Regie ist ein Ort, den ich nicht kenne, und werfe das Heft und den Stift auf den Boden und schalte den Turm ab, aber das Rauschen lässt nicht nach, es tobt, rast, faucht, und ich laufe durch die Wohnung und laufe durch die Wohnung und laufe.

Bei Ben rufe ich nie an, weder wenn Klara bei ihm ist, noch wenn sie nicht bei ihm ist. Jetzt halte ich mich im Flur an der hohen, schmalen Kommode fest, auf der das Telefon steht, kämpfe mit mir, überlege, ob ich bei ihm anrufe, ob ich Klara sage, dass Coraline etwas zugestoßen ist, dass ihre verrückte Mutter, die bis unter die Haarspitzen vollgepumpt ist mit Sedativa, sie irgendwohin verschleppt hat, dass ich sie suchen muss, dass ich Hilfe brauche dabei, dass Klara sich sofort mit mir treffen muss, dass sie das Auto mitbringen soll, und stehe vorm Telefon im Flur und stehe und keuche, und Pia ist still, nämlich: weil sie zufrieden ist, weil alles ist, wie sie es haben will und wie sie es richtig findet, deshalb ist Pia still, und ich laufe durch die Wohnung, und die Wohnung ist ein einzelnes fauchendes, rauschendes Ding, und Lars wirkt auf eine ruhige Art besorgt. Ein Spaziergang, ruft er. Weil der Lärm mir den Kopf zerreißt, laufen mir Tränen übers Gesicht, und ich halte mir die Ohren zu, aber dadurch wird es nur schlimmer. Raus, brüllt Lars, raus hier!

Ich laufe ins Gästezimmer und streife die Weste über und ziehe den Reißverschluss zur Hälfte hoch und sehe mich nach Death um und nach Sandman, aber diesmal finde ich nur Death und hebe sie hoch und stopfe sie in die Weste, und ich glaube, dass sie schreit, und deswegen ziehe ich den Reißverschluss ganz zu und drücke sie fest an mich und reiße die Tür auf, die Wohnungstür. Den Schlüssel!, brüllt Lars, und ich greife nach dem Schlüssel und lasse die Tür hinter mir ins Schloss fallen und nehme immer drei Stufen auf einmal, und Death schreit und schreit, und ich höre sie immer deutlicher, weil das Fauchen abebbt, weil das Rauschen nachlässt, und atme Winterluft und laufe und laufe langsamer und finde mich irgendwann auf dem Waldfriedhof wieder, und Death hat aufgehört zu schreien, aber sie drückt gegen meine Hand und will aus der Höhle heraus, die ich für sie gebastelt habe. Ich öffne den Reißverschluss ein wenig. Sofort streckt sie den Kopf heraus, gibt sich fürs Erste damit zufrieden. Dann stehe ich vor seinem Grab.

Grégoire Colbert. 1961–2005. Tu nous manques. Sonst nichts. Kein Engel, keine Blume, kein Strauch. Braune Erde, der eckige, glatt polierte Grabstein und nahezu vollkommene Stille. Der Lärm ist ganz und gar verschwunden, Pia schweigt, Lars schweigt, von weit her der Verkehr der Chaussee, und jetzt erst merke ich, dass ich in Strümpfen aus der Wohnung gelaufen bin.

Man macht sich nicht einfach aus dem Staub, flüstere ich, merk dir das, du Schwein. Besser man bringt sich selbst um, sagt Pia, als andere. Sei still!, sage ich, und es funktioniert wieder. Obwohl sie vollkommen recht hat mit dem, was sie sagt, funktioniert mein Sei still!

Pia hat recht, weißt du, sage ich zu Coralines Vater, lausche meiner eigenen Stimme. Mir gefällt, wie sie klingt, nämlich: sehr ruhig, sehr kalt, sehr überlegen. Sie klingt fast, wie Pias Stimme gewöhnlich klingt. Er soll sich merken, was ich ihm zu sagen habe, bis in alle Ewigkeit soll er es sich merken. Es ist immer noch besser, sich selbst umzubringen, wiederhole ich, was Pia gesagt hat, da hat sie recht, weißt du. Besser sich selbst als andere. Aber bei dir ging es ja gar nicht darum, andere umzubringen. Bei dir ging es nur darum, dich aus dem Staub zu machen. Du bist ein Schwein, Grégoire, sage ich und spucke scharf an Deaths Kopf vorbei auf das Grab vor meinen nassen Füssen und gehe zurück, und bei den Colberts sind immer noch alle Fenster dunkel, und niemand öffnet auf mein Klingeln, und ich hinterlasse feuchte, erdige Spuren im Treppenhaus.

darkness creates these illusions
but pale days can teach you to see

surprise ice
kings of convenience

Seit Coraline fort ist, fahre ich Fahrrad. Ich setze mir Ziele. An schlimmen Tagen die großen Feuerwehrstationen, an weniger schlimmen Friedhöfe. Die Stadt ist voller Parkfriedhöfe und Waldfriedhöfe, das habe ich entdeckt. Was manche Leute erleben müssen, um ihre eigene Stadt kennenzulernen, Pia sagt es beiläufig, fast desinteressiert. Marzahn, Lichterfelde, Zehlendorf, Pankow, ich fahre sie alle ab, schließe das Fahrrad vorn an, gehe stundenlang zwischen Eiben, Eschen, Tannen, steingrauen Büsten, Engeln, Pokalen.

Bei den Colberts ist seit einer Woche niemand in der Wohnung gewesen, und ich fahre mehrmals täglich am kleinen Friedhof vorbei. Ich glaube, es ist ein sonniger Tag, windig auch, aber das ist nicht ungewöhnlich: ein sonniger Tag, der im Begriff ist, zu Ende zu gehen. Der Friedhof ist nicht unmittelbar an der Kirche, aber nahebei gelegen. Rundum und endlos, nur karg bewachsene Hügel und Himmel. Überall Wind. Drei Schneeammern unter der fransigen Hecke rechts vom Pfad. Er ist ausgetreten, kleine Steine, vertrocknete Grashalme, lebende. An seinem Ende: die Pforte. Ich fahre auf sie zu. Immer und immer wieder fahre ich auf sie zu, wende, obwohl es unmöglich ist, auf diesem Pfad zu wenden, nämlich: er ist viel zu schmal. Ich müsste entweder die zwanzig Zentimeter Böschung rechts hoch auf die matschige Wiese fahren und dort wenden, oder absteigen, das Fahrrad anheben und es umdrehen, aber ein ums andre Mal wende ich kurz bevor ich an der schwarz gestrichenen, eisernen Pforte ankomme. Manchmal tue ich es vier oder fünf Mal hintereinander. Dann fahre ich den Pfad zurück, bis er wieder in asphaltierte Wege übergeht, bis ich das Meer nicht mehr höre, das nur zwei Kilometer entfernt gegen die Klippen donnert, nehme kleine Straßen und Sträßchen, steuere einen großen Friedhof an, eine größere Feuerwehrstation.

Bevor ich zu Klara zurückfahre, dirigieren Lars und Pia mich jeden Abend zur Grube. Inzwischen verändert sie sich täglich. Gestern war der Gehweg gesperrt. Ein Kran stand da, wo vorher Fußgänger entlanggingen. Ich frage mich, ob er heute schon im Einsatz war, ob bereits zu sehen ist, wofür er gebraucht wird. Jetzt links, sagt Lars. Pia, plötzlich mit einem scharfen Unterton in der Stimme: Keine gute Idee, aber da taucht schon die Tankstelle auf, und ich halte die Luft an. Nur kurz halte ich sie an, atme lang und gründlich aus, sehe mich um. Die Tankstelle, an der Frau Pietzsch das Benzin gekauft hat: angeblich, von der aus sie die Kanister mitten in der Nacht bis zur Wilskistraße getragen haben soll, zehn Liter zu Fuß getragen haben soll, wohlgemerkt, und zu dem Haus, in dem sie selbst wohnte. Und in dem Yılmaz wohnte, sagt Pia. Vroni und Harald mit den Kindern, zählt sie auf, Frau Naumann, Herr Manteuffel, Frau Menzel. Und ich, sage ich. Zu dem Haus soll sie die Benzinkanister getragen haben, einfach absurd. Ich kaufe einen Schokoriegel, sehe dem Tankwart zu, wie er die Einfahrt fegt, radle weiter, immer entlang dem gestreckten Bogen, den die Straße hier beschreibt, biege vorn zur Grube hin ab.

Rund um den Bagger, so dicht, dass es aussieht, als sei er von Verwildertem umwuchert, als stünde er hier schon seit einer halben Ewigkeit: Hunderte von Sonnenblumen. Sie leuchten grau. Ich steige vom Rad, lehne es an den Bauzaun.

Keinhaus, Keinfalscherjasmin, Keinegrünanlage, nur die große, viele Kubikmeter tiefe Grube mit Schlammwasser am Grund und einer feinen, silbrigen Eisschicht darauf, eine achtlos fortgeworfene Zeitung, drei durchnässte Zigarettenstummel. Mein Atem in feinen Wölkchen, und es beginnt zu dämmern. Mir ist warm. Ich schiebe Haare aus der Stirn, drehe mich einmal im Kreis, langsam, schaue zum Reformhaus.

Die Frau vom Reformhaus und ihr Mann stehen nebeneinander im Laden, sehen mit geschlossenen Mündern durch intaktes Schaufensterglas zu mir herüber. Vor ihnen in der Auslage, drei leuchtende Adventskerzen, elektrisch. Der Hund wieder. An der Grube setzt das Rauschen aus. Jedes Mal an der Grube ist Ruhe. Jedes Mal wenn ich hier bin, blühen die Sonnenblumen steif und unbeweglich und im Umkreis von einem halben Kilometer in Hunderten von Grauschattierungen. Jedes Mal, wenn ich hier bin, ist alles still, und ich stehe und schaue und sonst: gar nichts.

Yılmaz' Stimme klingt belustigt. Frohes neues Jahr, sagt er leise, und ich zucke überhaupt nicht zusammen, sondern ich erkenne seine Stimme sofort, muss nicht einmal hinsehen, um zu wissen, wer da neben mir aufgetaucht ist und mir kurz vor Weihnachten ein frohes neues Jahr wünscht. Grad erst dritter Advent gewesen, erinnere ich ihn, zeige mit dem Daumen über die Schulter zum Reformhaus. Ach wirklich?, fragt er übertrieben erstaunt, gerade so, als wüsste er es nicht selbst genau, und Lars summt vergnügt vor sich hin. Dann also einen frohen dritten Advent, sagt Yılmaz, und ich nicke und grinse, und er lacht. Hab dich am Freitag schon hier gesehen, sagt er, aber als ich gewendet hatte, warst du fort. Dann ist er still, und ich weiß, dass er das Gleiche tut wie ich, nämlich: er schaut in die Grube hinunter, er lauscht, sieht mich nicht an. Ich spüre, wie sein Blick sich neben meinem durch die kalte Luft vor uns schiebt, in der Grube herumstreift, sucht, nicht findet, und eine Elster, und hinter uns ein Wagen, und ein Kind lacht. Alles im Außen.

Weißt du, wie ich es erfahren habe?, fragt Yılmaz. Das Eis auf dem Schlammwasser, jetzt himmelgrau. Kaum merklich schüttle ich den Kopf. Ich habe die Kinder zu Irene gefahren, erzählt er. Du weißt schon, nach dem Wanderurlaub. War schön übrigens, die Eifel haut mich jedes Mal aufs Neue um, sagt er. Habe also die Kinder zu Irene gefahren, so gegen drei oder vier am Nachmittag war das, direkt von der Autobahn. Hab sie abgeliefert, das übliche Tamtam, und bin heimgefahren. Na ja, sagt er, hierhergefahren. Gefreut hab ich mich, auf die heiße Wanne und den faulen letzten Urlaubsabend vorm Fernseher.

Jetzt sehe ich ihn an, betrachte ihn: Yılmaz, der neben mir steht, in die Grube sieht, mir erzählt, wie er das Haus vorfindet. Wann?, frage ich, nämlich: ich will wissen, ob das Haus noch am Leben war, und er versteht es sofort. Am Tag danach, sagt er. Es stand noch. Wenn man das Stehen nennen kann. Wie ein Tier, sagt er, wie ein halb totgeschlagenes Tier.

Yılmaz hat dasselbe Haus gesehen wie ich. Von allen, mit denen ich gesprochen habe, ist er der Erste, der dasselbe Haus gesehen hat wie ich. Selbst Bartek Rieger hat ein anderes gesehen, das glaube ich zumindest. Bist du drin gewesen?

Klar! Yılmaz' Stimme, randvoll mit Ironie. War alles provisorisch mit diesen läppischen Plastikbändern abgesperrt. Da konnte jeder rein, weit und breit kein Wachschutz, nichts. Alles offen. Ich bin in meine Wohnung, hab ein paar Sachen zusammengesucht. Bei mir sah es nicht so schlimm aus wie bei dir, sagt er. Ich meine, sagt er, bei dir sah es eigentlich gar nicht mehr aus. Fehlt etwas, sage ich. Wie bitte? Yılmaz wirft mir einen irritierten Blick zu. Nein, sage ich. Er schaut verwundert. Ich lache und nicke und lege den Kopf schräg und erzähle ihm von Hauptkommissar Clown.

Meine Güte, sagt er, sieht zurück in die Grube, und ich sehe auch in die Grube, das bedeutet: wir schauen beide wieder auf vereisten Schlamm, auf die löchrige Eisdecke darüber, hauchdünn. Inzwischen ist es dunkel geworden, Nacht. Nur ein rot und gelb und blau blinkender Weihnachtsstern im Fenster eines Nachbarhauses lässt Lichter in irrem Tempo über die Grube hüpfen. Dezember, denke ich, und ein leichter Wind und die Elster wieder, und ein paar Krähen, vereinzelt jetzt Schneeflocken.

Zahlt deine Versicherung auch nicht?, fragt Yılmaz. Ich schüttle den Kopf: Wir hätten es selbst tun und sagen sollen, uns sei eine Kerze umgefallen, antworte ich, dann würden sie zahlen. Höhere Gewalt, sagt er, dass ich nicht lache!, stopft die Hände in die Hosentaschen. Brandanschläge, sagt er, sind meiner Meinung nach niedere Gewalt, allerniederste, könnte man sagen. Und flucht.

Bei niederer Gewalt würden sie sicher auch nicht zahlen, vermute ich, bei allerniederster erst recht nicht. Yılmaz lacht, klopft mir auf die Schultern. Wissen sie schon, wer es war?, fragt er. Wieso nimmst du dir keinen Anwalt?, frage ich, der kann dir sagen, wie weit sie sind mit ihren Ermittlungen.

Er schweigt. Weiß nicht, sagt er irgendwann, legt den Kopf weit nach hinten, schaut in den Winternachthimmel hinauf, wiederholt sich: Wissen sie denn, wer's war?, und Frau Pietzsch sitzt in ihrer Zelle und wirkt teilnahmslos, wie weggetreten, und ich frage mich, ob das Fenster zur Prärie nur Gitterstäbe hat oder verglast ist, und ob sie friert oder ob es zieht dort. Keine Ahnung, lüge ich.

Wo wohnst du jetzt?, fragt Yılmaz. Ich sage es ihm, und wir tauschen keine Telefonnummern aus, weil wir immer nur Nachbarn waren, weil wir immer nur von Balkon zu Balkon oder manchmal auf dem Flur miteinander gesprochen haben oder im Reformhaus gegenüber, wenn wir zufällig gleichzeitig da waren, um Brot zu kaufen. Ich kann dich hinfahren, bietet er an, zeigt auf seinen Kombi. Den Kopf schütteln. Mir wird warm vom Radfahren, erkläre ich. Die Lungen, der Rücken, sage ich, mir wird warm. Schweigen. Lauschen.

Du warst zu Hause in der Nacht, sagt Yılmaz, das haben mir die Leute von der Polizei erzählt. Nicken. Die Elster wieder, nur einmal kurz, aber näher als eben und laut. Und dass es eine Frage von Minuten war, sagt er. Ich nicke wieder. Er schaut auf den Boden.

Dann zieht er mit einem Mal die Hände aus den Hosentaschen und nimmt mich fest, ganz fest, in beide Arme, drückt mich an seine Brust, und ich denke, dass es nur so geht, dass mich nie wieder einer anders als so, als genau auf diese Weise, umarmen können wird, nämlich: ohne Vorwarnung für ihn und ohne Vorwarnung für mich, und wenn es nicht so ist, wird es nie wieder sein, und ich denke, dass Yılmaz mich ruhig noch eine Weile lang so an sich drücken kann, nein: soll, weil es ein sehr festes Drücken ist und weil es wie ein Geländer ist, ein stabiles, und weil ich überhaupt nicht weine, sondern ich fühle nur Yılmaz' Arme und das Kratzen des Jackenstoffs vor seiner Brust, und weil er irgendwann eine Hand auf meine Mütze legt und sie mir vom Kopf abzieht und lacht, mir die Haare verstrubbelt und die Mütze wieder überstülpt. Mach's mal gut, Frau Nachbarin, flüstert er mir ins Ohr.

Ich schiebe die Finger in Klaras Handschuhe. Siehst du hier irgendwo Sonnenblumen?, frage ich. Er schaut sich um. Nee, sagt er. Ich auch nicht, lüge ich zum zweiten Mal, und Yılmaz winkt und fährt fort, und ich überlege, was ich tue, wenn bei den Colberts immer noch keine Lichter brennen.

Klaras Wohnung ist hell erleuchtet. Ein Fenster steht offen. Zwei Frauen, zwei, die ich nicht kenne, lehnen sich hinaus, rauchen, hinter ihnen die Stimme eines Radiomoderators, viel zu laut. Das hatte ich vergessen.

Ein bisschen Gesellschaft kann nicht schaden, findet Lars, aber ich schüttle den Kopf. Nein, sage ich leise, sehe hinüber zu Coralines Fenstern, zu denen vom Colbert'schen Wohnzimmer daneben, dem Schlafzimmer ganz außen. Alles dunkel. Wo kann sie sein? Wo hat sie sie hingebracht? Warum ruft Coraline nicht an?

Zum hundertsten Mal, zum tausendsten, dieselben Fragen. Wozu hab ich ihr die Nummer aufgeschrieben? Sie ist vier! Pia, empört, entnervt auch. Sie hat doch angerufen, erinnert Lars, aber Pia reicht das nicht zu Coralines Verteidigung. In der Aufregung hat sie den Zettel nicht mitgenommen, schreit sie, außerdem hat sie schon eine Mutter, sie braucht niemanden Fremdes anzurufen, wenn ihr etwas zustößt. Nichts dazu sagen. Es machen, wie Lars es macht: schweigen.

Im Korb hinten auf dem Fahrrad der kleine Karton mit den neuen Playmobilfiguren, eingewickelt in Packpapier, verstaut in einer Plastiktüte. Oben reißt schon wieder jemand ein Fenster auf, Rauchstreifen in der dunklen Luft, und ich kann wirklich nicht in die Wohnung hochgehen. Dann vielleicht zu Frau Becker, schlägt Lars vor. Inzwischen fallen dicke Flocken vom Himmel, bleiben liegen auf allem als dicke weiße Decke. Geht das Licht an meinem Fahrrad? An Dominiks Fahrrad, erinnert Pia mich. Eben ging es noch, meint Lars. Das Geräusch langsam vorüberrollender Wagen. Obwohl die Chaussee hier sechsspurig ist, fährt niemand schneller als vierzig.

Ich wechsle die Straßenseite. Fahren, einfach erst mal losfahren. Vielleicht geht es in einer halben Stunde besser, vielleicht kann ich dann dazustoßen, oder die Party ist schon vorbei. Es ist kurz vor zehn am Abend, feixt Pia, die Party hat sozusagen gerade erst begonnen. Aber heute ist Dienstag, es ist mitten in der Woche, flüstere ich verbissen. Die Leute müssen morgen arbeiten, überhaupt sollte das nur ein Essen werden, kein Fest. Abteilungsinternes Geheimweihnachtsessen, sagt Klara und rollt verschwörerisch mit den Augen. Die Ingroup der Ingroup, verstehst du, Schätzchen, sonst niemand. Außer dir natürlich. Die Mädels vergehen schon alle vor Neugier auf dich: die berühmte Cousine, die Frau mit den Katzen und der Flöte, die Frau, die wildfremde Feuerwehrmänner küsst. Sie wollen dich unbedingt kennenlernen!

Fahren. Es ist still. Wegen der wirbelnden Flocken die Augen zusammenkneifen. Es scheinen immer mehr zu werden, aber kein Wind und kein Rauschen, kein Fauchen, nur das nicht hörbare Rieseln und das leise Knirschen der Reifen im Schnee. In den schmaleren Straßen hier in der Wohngegend rutscht ein paarmal das Fahrrad weg, weil der Boden unterm Neuschnee vereist ist. Ich fahre langsam, konzentriert, wenn möglich auf dem Gehweg, und Hjartan stößt die Tür zum Wartezimmer auf, zieht sich die Wollmütze vom Kopf, streicht Schnee von den Schultern, pudrig, kalkweiß, sagt etwas zu den anderen Frauen im Raum. Alle lachen, nur ich verstehe ihn nicht, aber da zwinkert er mich schon an, setzt sich zu mir, küsst mich, als seien wir verheiratet, als wäre zwischen uns schon alles ins Öffentliche und Verbindliche gewechselt, als gäbe es keine Ungewissheiten mehr, keine Fragen, und ich schüttle den Kopf, und um mich her nur immer noch mehr Schnee und noch mehr Schnee, und dann halte ich vorm hell erleuchteten Schaufenster des Spielwarengeschäfts. Morgen hole ich die Stoffpuppe mit den roten Haaren.

Die ist eigentlich für viel kleinere Kinder gedacht, sagt die Verkäuferin, für Säuglinge zum Einschlafen, aber ich lasse sie dennoch zurücklegen. Morgen, sage ich, und sie nickt und legt die Puppe ins schmale Regal hinter der Kasse. Da liegt sie jetzt immer noch, lange nach Feierabend. Durchs Schaufenster und durch den fallenden Schnee leuchten mir ihre Haare entgegen, und während sie sie dorthin legt, sieht die Verkäuferin nur, wie ich den Kopf schüttle, hört nicht, was Pia sagt, nämlich: Das wird noch richtig böse enden, da gibt es keinen Zweifel, sagt sie, und die Verkäuferin betrachtet mich mit diesem Blick, den sie, wie mir scheint, extra für mich reserviert hat, nämlich: seit ihr bewusst geworden ist, dass ich jeden Tag hier vorbeikomme, dass ich jeden Tag ein Spielzeug kaufe und ein zweites für den nächsten Tag zurücklegen lasse, sieht sie mich mit diesem Blick an, und soweit ich es beurteilen kann, hat sie noch niemand anderen damit gemustert.

Ich lausche angestrengt, ob Lars mich verteidigt. Aber in dieser Sache hat er das noch nicht ein einziges Mal getan. Böse, sagt Pia noch einmal, sehr böse wird das enden. Lars schweigt zu meinen Einkäufen oder sagt rätselhafte Dinge, die ich nicht verstehe, nicht einsortieren kann. Sie klingen wie Warnungen, sind dann aber Scherze. Manchmal klingen sie auch wie Scherze, sind aber tatsächlich Warnungen.

Die Uhr im Schummerlicht hinter der Kasse zeigt elf. Die Party ist sicher in vollem Gange. Ich sehe mich um, fahre weiter. Weiß getupfte Dunkelheit. Straßenlaternen. Die Gärten haben aufgehört, rechts und links fünfstöckige Altbauten, manche mit Balkonen. Ich denke nicht über den Weg nach. Von Zeit zu Zeit gibt Lars ein Kommando, seltener Pia. Links, wieder links, rechts. Irgendwann ist es nur noch Lars. Durchs Gestöber sehe ich wenig. Die Straßen verwaist, parkende Autos unter hohen, weißen Hauben, unberührter Schnee auf dem Asphalt, zweimal ein Räumfahrzeug auf größeren Straßen, und irgendwann läutet mein Telefon.

Ich stürze fast auf dem glatten Boden, so heftig bremse ich, reiße es aus der Jackentasche. Wo bist du denn? Ungläubig starre ich vor mich hin: Es ist Klara, die das wissen will. Hallo, bist du dran?, fragt sie. Ja, sage ich, ja. Ich hab schon drei Mal angerufen, nie hast du geantwortet. Drei Mal... Wieso habe ich das nicht gehört? Woher soll ich das wissen? Klara, angetrunken, heiter, im Hintergrund inzwischen ABBA und schrilles Gelächter. Ich klappe das Gerät zu. Vielleicht hat Coraline ja schon sieben Mal angerufen? Vielleicht habe ich es nur nicht gehört. Das hätte auf dem Display gestanden, sagt Lars vernünftig. Hier links, sagt er und hat recht: es hätte auf dem Display gestanden. Natürlich hätte es das, Pia spitz und ätzend und nutzt die Gelegenheit:

Ólina, sagt sie, rief sofort an. Kaum dass sie wusste, was los war. Pia kichert. Lars lehnt sich zurück, ist in Zuhörstimmung. Behauptete, Hjartan hätte ihr nichts erzählt. Wer's glaubt... Er sei so verändert gewesen, da hätte sie ihn erst gefragt, dann gelöchert und ihm schließlich so lange gedroht, bis er irgendwann mit der Wahrheit herausgerückt sei. In dieser Sache, sagt Pia, mussten die Isländer den Freudenpart allein übernehmen: Hjartan und Ólina. Pia macht keinen Hehl daraus, mit wem sie sympathisiert. Die beiden strahlten nur so, aber sie hier, grüblerisch, skeptisch, immer mit einer Falte auf der Stirn und im Grunde von Anfang an dagegen, sagt sie, und mir fällt nichts ein, gar nichts, was ich zu meiner Verteidigung sagen könnte.

Dann spüre ich als Erstes den Nacken: steif, kalt, hart. Kurz danach beide Handgelenke, von der immer gleichen, leicht angewinkelten Haltung, zum Schluss die Beine: angestrengt, unwillig. Wie lange fahre ich schon? Die Gegend kommt mir bekannt vor. Immer noch Schnee in großen, schwebenden Flocken. Hier schräg rechts. In den Wald? Ja, sagt Lars nur. Pia stöhnt leise, scheint das Ziel nicht zu mögen. Ich schaue mich um: hinter mir die letzten Häuser der Tegeler Altstadt, vor mir der Stadtforst.

Rechts der schmale Weg zum Havelhäuschen. Es ist mitten in der Nacht, sage ich. Zurück wirst du jetzt wohl nicht mehr wollen, vermutet Lars. Und die U-Bahn fährt erst in zwei Stunden wieder, gibt Pia unwillig zu. Auf dem Handy sehe ich nach der Zeit. Es ist kurz nach halb drei in der Nacht.

Vor der Tür stehen. Mein Atem zwischen ihr und mir. Von einem Bein aufs andere treten. Das Fahrrad lehnt an der Bank. Klopfen?, überlege ich. Irgendwie wirst du dich schon bemerkbar machen müssen. Sie hat recht, aber dennoch: klopfen? Warum nimmst du nicht einfach den Schlüssel? Lars klingt ruhig, zufrieden. Der Schlüssel, flüstere ich erstaunt, ziehe die Handschuhe ab, taste in den Jackentaschen herum. In der rechten, Klaras Schlüssel, in der linken, eine Packung Taschentücher. Vielleicht im Rucksack, schlägt Lars vor, ich kann mich nicht entsinnen, dass du ihn überhaupt wieder herausgenommen hättest. Ich auch nicht, denke ich. Sie sollte zurückfahren, sagt Pia. Bist doch immer so stolz auf die vielen Kilometer. Jetzt zeig mal, was du kannst. Sie mag mich nicht. Sie mag Sebastian nicht. Sie mag das Havelhaus nicht. Ich glaube, sie mag nicht einmal Lars. Ich glaube, Pia mag nur die Toten. Ganz recht! Ich ducke mich. So, wie sie ihn sagt, klingt der Satz wie eine Drohung. Die Toten und Coraline, ergänzt sie.

Ich taste in der kleinen, vorderen Rucksacktasche herum: Sebastians Schlüssel. Fünf Minuten, ich schätze, es sind fünf, vielleicht sechs Minuten, die ich vor Sebastians Haustür stehe, zittere vor Kälte, vor Erschöpfung, den Schlüssel zwischen steifen Fingern, und lausche. Lars summt, aber so leise, dass ich ihn kaum höre. Pia schnattert Beleidigungen, eher routiniert als engagiert, und nicht besonders laut. Dann hört sie auf.

Wie aus großer Entfernung, eine Ahnung von Rauschen. Lautloser Schnee. Mein Atem. Ein knackender Ast. Ein Vogel, der ruft. Ein Käuzchen!, sagt Pia, klingt wie ein fröhliches Kind, verstummt gleich wieder. Den Schlüssel ins Schloss stecken, die Klinke heranziehen, um laute Geräusche zu vermeiden, den Schlüssel vorsichtig umdrehen, aber: die Tür geht einfach auf, war überhaupt nicht abgeschlossen. Und wenn er nicht allein ist?, fragt Pia.

Wie angewurzelt in der offenen Tür stehen bleiben: Sebastian könnte nicht allein sein, das stimmt. Du bist jederzeit willkommen, erinnert mich Lars. Montags, donnerstags, sonntags, murmelt Pia, von nachts war nicht die Rede.

Die Tür hinter mir schließen, sie so leise wie möglich in den Rahmen drücken. Dann steige ich aus den Stiefeln. Die Jacke lasse ich an, den Schal. Die Handschuhe wieder überziehen. Der Schaukelstuhl müsste vorn auf der rechten Seite stehen. Die Fensterläden sind verschlossen. Kein Feuer mehr im Kamin. In Sebastians Havelhaus ist es stockfinster. Und eiskalt, mault Pia. Nicht so kalt wie draußen, sagt Lars. Draußen war sie wenigstens in Bewegung, erinnert sie ihn. Und am Ende ihrer Kräfte, sagt er. Umso besser, flüstert Pia. Ohne Baldrian schlafe ich nicht ein, denke ich.

Du bist der seltsamste Mensch, den ich je getroffen habe, sagt Hjartan, legt eine Wolldecke über mich, packt meine Füße in eine zweite ein, trägt eine Schlafanzughose, die ich nicht kenne, ist schmaler, als ich ihn in Erinnerung habe, hat hellbraune Augen und Locken. Coraline steht irgendwo hinter ihm. Du sollst kommen, sagt sie, wiederholt es drei Mal, vier Mal, sieben Mal, aber Hjartan steht so dicht vor mir, dass ich sie nur hören, nicht sehen kann. Dann schrecke ich plötzlich hoch, weil mir einfällt, dass ich die Playmobilfiguren im Fahrradkorb liegen lassen habe.

Ein wenig zu nah am Schaukelstuhl, genau vor mir, steht Sebastian. Sein Kiefer hängt schlaff herunter, seine Schultern sind seltsam spannungslos. Ich schaue zu ihm hoch, an mir hinunter, bin zugedeckt mit einer Wolldecke, meine Füße sind in eine zweite gewickelt. Ich kneife die Augen zusammen, öffne sie wieder, aber Sebastians Kiefer: immer noch wie eben, und er selbst, ganz und gar bewegungslos, steht nur vor mir, starrt mich an.

Sebastian?, frage ich leise. Kommt gleich, sagt Sebastian. Wer kommt gleich? Basti, sagt er, und mir wird schlagartig sehr kalt. Ich setze mich im Schaukelstuhl auf. Holt Holz, erklärt Sebastian, und die Tür geht auf, und Sebastian kommt mit einem Stapel Holz herein.

Hat Fabian dich geweckt?, fragt er, steigt dabei aus den Stiefeln, geht an uns vorbei zum Kamin, legt die Scheite ab. Guten Morgen, er lächelt mich an.

Gelungene Überraschung, sagt Pia anerkennend. Zwillinge, sage ich, Fabian und du. Zwillinge!, ruft Fabian lauter als nötig, steht unverändert vor mir, starrt mich immer noch an. Wer im Glashaus sitzt, aber statt den Satz zu Ende zu sprechen, pfeift Pia eine lustige kleine Melodie, und ich: senke sofort den Blick.

Was ist mit ihm?, frage ich. Setz dich mal, sagt Sebastian zu seinem Bruder, gleich gibt's Frühstück. Fabian geht zum Tisch hinüber, setzt sich, klopft leise, rhythmisch auf den Tisch. Sebastian zieht einen Mundwinkel hoch, schüttelt den Kopf, lächelt. Das siehst du doch, sagt er. Dann fällt mir ein Detail ein, das weder Pia noch Lars bei ihrer Diskussion gestern Abend erwähnt haben: Heute ist Mittwoch, sage ich. Mittwoch!, ruft Fabian. Aufstehen, schnell, fast ruckartig aufstehen, die Decken über die Lehne hängen. Tut mir leid, sage ich, gehe zur Tür, da habe ich überhaupt nicht dran gedacht gestern Nacht. Setz dich mal, sagt Sebastian im gleichen Tonfall wie eben, nur diesmal zu mir, zieht eine Bäckertüte aus dem Rucksack, den Fabian neben den Tisch gestellt hat. Croissants?, fragt er. Kaffee?

Ich lasse meinen Blick zwischen den Brüdern hin und her wandern. Hinge Fabians Kiefer nicht so seltsam, wären seine Schultern nicht so schlaff, ich könnte sie nicht unterscheiden. Selbst die Frisuren sind nahezu identisch. Wie spät ist es?, frage ich. Gegen neun, sagt Sebastian, sieht fragend Fabian an. Acht Uhr dreiundfünfzig, sagt Fabian, nickt mehrmals, lässt die Fingerspitzen rhythmisch auf der Tischplatte tanzen. Sebastian hinter der Theke, stellt Teller auf ein Tablett, Tassen, einen Honigtopf. Schließlich setze ich mich zum Zwillingsbruder an den Tisch, zwei Stühle entfernt.

Neun Uhr drei, sagt Fabian irgendwann, ohne auf eine Uhr zu sehen, ohne gefragt worden zu sein. Ich ziehe das Telefon aus der Jackentasche. 09:04 steht auf dem Display. Holz nachlegen?, ruft Fabian, schaut hoch zu Sebastian, der nickt, und Fabian geht zum Kamin hinüber.

War er schon immer so?, frage ich, als Sebastian mit dem Tablett kommt. Frag ihn doch selbst, schlägt er vor, und Pia: Der wird mir langsam richtig sympathisch. Meningoenzephalitis!, ruft Fabian, nickt, ohne sich zu uns umzudrehen, legt noch einen Scheit und noch einen ins Feuer, bis Sebastian: Das reicht erst mal, sagt, und er wieder zum Tisch zurückkommt. Wie bitte?, frage ich. Als ich neun war, ruft Fabian, und: Wo ist meine Fanta? Kommt gleich, antwortet Sebastian, füllt hinter uns in der Küchenecke das Tablett ein zweites Mal.

Während des Frühstücks warte ich. Fabian erzählt Geschichten über die Mitbewohner in seiner Wohngemeinschaft. Ich widerstehe dem Drang, mir die Ohren zuzuhalten, weil er so laut spricht. Sebastian scheint es nichts auszumachen. Er lacht, macht Witze über die Figuren aus Fabians Geschichten, scheint alle zu kennen, mit denen sein Bruder zu tun hat. Betreutes Wohnen, erklärt er mir. Lars summt. Pia lauscht. Seltsame Pia, undurchschaubar. Nur für manche Leute, sagt sie bissig, schweigt wieder, lauscht weiter, und ich: warte. Irgendwann wird Sebastian fragen. Bis dahin das Frühstück genießen, schlägt Lars vor, und ich greife nach einem Croissant.

Später ein Spaziergang an der Havel, ein Abstecher in die Altstadt, zwei Glühwein und eine Fanta an einem Imbiss, der Weg zurück zum Häuschen durch den Stadtforst. Ich erfahre Einzelheiten aus Sebastians Leben. Während Fabian neben ihm hergeht wie ein kleines Kind, erzählt er einfach drauflos. Brückenschlägersebastian, murmelt Lars. Sebastian spricht vom Vater seines Großvaters, der Förster war, der das Haus, in dem sein Urenkel heute wohnt, um neunzehnhundert herum eigenhändig gebaut hat, als Werkstatt und Gerätehaus ursprünglich, und zwar im Auftrag des Kaisers, dem damals der Forst noch gehörte. Das ist übrigens bis heute so, sagt er. Dass der Forst dem Kaiser gehört?, frage ich verwundert. Er lacht leise. Ich bin nur Mieter, sagt er, das Haus gehört der Stadt.

Auf dem Rückweg zu Klara denke ich, dass ich irgendwann an diesem Tag, und ohne es zu bemerken, aufgehört habe zu warten. Irgendwann am Nachmittag weiß ich, dass Sebastian nicht fragen wird, warum ich gekommen bin und warum mitten in der Nacht und ohne Ankündigung. Irgendwann weiß ich, dass er das Warten übernommen hat, dass er warten wird, bis ich unaufgefordert zu sprechen beginne, wie er es heute getan hat: bis ich ihm aus meinem Leben erzähle.

Lange bevor ich es auf dem Rückweg verstehe, wirkt seine Entscheidung bei mir: schon während des gesamten Spaziergangs bin ich entspannt, gelassen, fast ausgelassen, lache viel, und Hjartan streicht mir so zärtlich über die Wange, dass ich zu Boden sehe, weil ich nicht weiß, was ich mit meinen Händen tun soll, mit meinen Armen, wie ich schauen oder was ich sagen soll, wenn er mich so ansieht, so berührt. Er findet, ich sehe noch schöner aus, wenn ich lache. Ich finde, er ist verliebt und deshalb unzurechnungsfähig. So unzurechnungsfähig, sage ich und räuspere mich und schaue ihm wieder in die Augen, dass er gerade dabei ist, mich zu Entscheidungen zu drängen, die er später bereuen wird, die ich später bereuen werde. Aber wir wissen beide noch nicht, wie es dann tatsächlich sein wird. Später. Jetzt. Dass er nichts bereuen wird. Dass ich ganz anderes bereuen werde. Dass Schönheit keine Bedeutung mehr haben wird.

Sehen Sie!, ruft Frau Becker, steht in der offenen Wohnungstür, lächelt übers ganze Gesicht, wedelt mit etwas in der Luft herum, als schwenke sie eine kleine Fahne. Ich wusste es, ruft sie wieder, ich wusste, dass sie schreiben würde, und ich bleibe stehen, und hinter mir fällt die Haustür ins Schloss. Coraline? Ich höre mich selbst kaum, so dünn klingt meine Stimme. Hat Coraline geschrieben?, frage ich und stecke den kleinen Schlüssel in Klaras Briefkastenschloss, und meine Finger beben, und ich reiße das Türchen auf, aber: leer, nichts. Nein, sagt Frau Becker, spricht jetzt nicht mehr so laut, strahlt immer noch zufrieden, glücklich, erwartungsvoll, Coraline kann doch noch gar nicht schreiben. Elke hat geschrieben. Ich soll Sie schön grüßen von den beiden.

Dann liege ich auf dem Teppich vor Klaras Turm und höre Janniks Stücke kaum, weil das Rauschen so heftig ist, aber ich lasse sie laufen und immer wieder laufen und denke, dass Elke Colbert das alles sehr klug eingefädelt hat, dass ich, wie, weiß ich noch nicht, aber unbedingt herausfinden muss, nein: herausfinden werde, wo genau sich dieses angebliche Gestüt in der Bretagne befindet. Ich denke, dass sie Coraline dort gefangen hält, dass es diesen Hof vermutlich nicht einmal gibt, dass er, wenn es ihn gibt, mit Sicherheit nicht Grégoires Bruder gehört, dass er nur eine Erfindung ist und dass Elke Colbert womöglich die Stadt überhaupt nie verlassen hat, sondern einfach nur ihre

Tochter geschnappt und sie in einen Keller hier in der Nähe gesperrt hat.

Von links her, aber sehr weit entfernt, höre ich Lars, verstehe kein Wort von dem, was er sagt, nur dass er spricht, dass er die ganze Zeit über etwas sagt, ruft, das ist deutlich durchs Rauschen zu hören. Vor allem, denke ich, ist es eine Lüge, dass Coraline mich nur angerufen hätte, um sich zu verabschieden. Sie hätte mir längst erzählt, längst!, dass sie und ihre Mutter eine Reise planen. Aber: Unsinn, sagt Frau Becker, ihre Mutter plant nichts gemeinsam mit Coraline. Die Kleine wusste vermutlich überhaupt nicht, dass eine Reise bevorstand. Sie ist erst vier, sagt Frau Becker, und Elke spricht doch kaum im Moment. Vermutlich hat sie es erst im letzten Moment erfahren und Sie dann angerufen. Mir hat sie es doch auch nicht erzählt, obwohl sie mittags noch hier gewesen ist an dem Tag. Messerscharfes Stechen im Magen: Frau Becker hat sie noch gesehen. Ich habe den Eindruck, dass Lars von Hjartan spricht, aber das kann nicht sein, weil er nichts über ihn weiß. Er weiß nur, was er von Pia gehört hat. Er kennt Hjartan nicht, deshalb kann er auch nichts über ihn sagen.

Die CD ist am Ende. Die Leerstelle, die jetzt im Raum steht, höre ich deutlich durchs Rauschen, weil ich die Boxen links und rechts gleich neben meine Ohren gezogen habe. Ich werde sie finden. Dann werde ich sie in Sicherheit bringen.

Ich drehe mich auf den Bauch, lehne die Stoffpuppe mit den roten Haaren ans verdunkelte Glas der Vitrine mit der Anlage. Auf dem Rückweg von Tegel hierher habe ich sie abgeholt. Ich betrachte sie, frage mich, wie Coraline sie wohl nennen wird, lausche dem Fauchen, das abnimmt, ruhiger wird, in entferntes, gedämpftes Klappern übergeht. Sie ist in Sicherheit, höre ich jetzt Lars endlich. Ist sie nicht, sage ich, sie ist einer wahnsinnigen Mutter ausgeliefert. Das glaube ich nicht, sagt Lars. Wer?, fragt Klara und schaltet das Licht ein. Ich blinzle. Noch deutlicher als eben schon, die Ruhe, die mich umgibt. Das kaum hörbare Brummen der Anlage. Die tiefere Stille nach Klaras Frage. Die Stille im Kopf, nach dem absurden Gespräch mit Lars. Gespräch?, fragt Pia leise, verstummt aber sofort wieder. Coraline, sage ich.

Coraline ist einer wahnsinnigen Mutter ausgeliefert? Klara macht große Augen. Sag mal, jetzt drehst du aber wirklich ein bisschen durch. Elke Colbert kümmert sich nicht um ihre Tochter, sie ist medikamentenabhängig, und jetzt hat sie sie entführt, erkläre ich, und Klara hält mitten in der Bewegung inne, die sie gerade macht, nämlich: die Hände an den Mantelleisten, den Mantel weit geöffnet, wie Flügel, wie Segel, weil sie dabei ist, ihn auszuziehen, bleibt sie stehen und sieht mich an.

Hörst du eigentlich diese Stimmen noch?, fragt sie nach einer kurzen Pause in einer erstaunlich veränderten, in einer höheren Stimmlage, und ich weiß sofort, dass ich zu weit gegangen bin, dass ich unvorsichtig war, nicht aufgepasst habe und bald den Preis dafür zahlen werde, wenn ich jetzt nicht sehr schnell zurückrudere, die Situation am Schopfe packe und eben gerade noch so mit ihr die Kurve kratze:

Welche Stimmen?, frage ich wie beiläufig und unterdrücke das Räuspern im Hals und setze mich auf zwischen den Boxen und betrachte sie, als überlegte ich, wie sie im Raum standen, bevor ich sie hervorgezogen habe, und stemme mich hoch und schiebe sie zurück, jede von ihnen an ihren Platz, sehr langsam. Diesen Lars, sagt Klara, und während ich noch schiebe, bewegt sie sich wieder, zieht endlich den Mantel von den Schultern, hängt ihn an einen Haken der Garderobe. Du weißt schon, diesen Lars und… Ihr fällt Pias Name nicht ein. Ach so, sage ich, die beiden. Habe ich dir das gar nicht erzählt?, frage ich. Die höre ich schon längst nicht mehr. Pia prustet nur so vor Lachen. Lars ist immer noch entfernt, wirkt aber bis hierher irgendwie düster. War ja lästig, sage ich. Das hat aufgehört, als ich mit dem Fahrradfahren begonnen habe.

Klara steht übertrieben aufrecht im Türrahmen, hat die Arme unter den Brüsten verschränkt, verfolgt jede meiner Bewegungen mit den Augen. Wie kommst du darauf, dass Elke Colbert ihre eigene Tochter entführt hat?

Ich schüttle den Kopf. Ach, das war nur so dahergesagt. Das wird sie beruhigen, denke ich. Ich muss etwas Gefühlvolles sagen, denke ich und höre meiner Stimme zu, wie sie tut, was ich eben beschlossen habe: Ich vermisse Coraline, weißt du, sage ich und schlucke trocken, weil ich, kaum dass ich es ausgesprochen habe, weiß, dass es stimmt. Ich vermisse sie wirklich, und obwohl es so einfach klingt und so logisch, wusste ich es bis eben nicht. Sie sind bei Verwandten in Frankreich, berichte ich weiter. Frau Becker hat eine Karte bekommen.

Die Kleine tut dir gut, was?, sagt Klara und lächelt jetzt und wirkt ganz entspannt, und also habe ich die Sache beim Schopfe und um die Kurve und sonst wie gekriegt, jedenfalls für den Moment. Aber ich muss bei meiner Suche nach Coraline mit Sicherheit ohne Klara auskommen, und ich muss ab jetzt noch mehr als vorher darauf achten, was ich sage und was nicht. Kann schon sein, murmele ich und schiebe mich, Janniks Rough Mix in der Hand, an Klara vorbei in den Flur und ins Gästezimmer.

Das Nummernverzeichnis öffnen. Die vier Namen anstarren, die inzwischen darin gespeichert sind. *Coraline, Sebastian, Klara Arbeit, Jannik.* In meinem linken Ohr zischt es, als hielte jemand eine Wunderkerze dran, inwendig. Frustriert werfe ich das Telefon aufs Gästebett, hole den kleinen tragbaren CD-Player aus der Küche, stelle ihn aufs Bett, lege mich daneben, atme gleichmäßig, sicher fünf Minuten lang. Irgendwann verschwindet das Zischen, zurück bleibt Rauschen, Fauchen, hörbar, aber wie in Watte und wie aus sehr großer Ferne. Dann schließe ich vorsichtig die Augen, aber die Geräusche werden nicht stärker. So bleiben, regelmäßig atmen, das leise Rauschen nicht beachten, mit geschlossenen Augen auf die Playtaste drücken. Hören.

Diesmal schaffe ich es bis zum sechsten Track ohne Unterbrechung. Vernünftig sein. Nicht zu viel auf einmal hören. Eine Pause einlegen, auch wenn das Rauschen nicht schlimmer geworden ist. Die Augen öffnen, ein paar Schritte im Zimmer auf und ab gehen, aus dem Fenster schauen, ohne wirklich etwas zu sehen, kurz lüften. Dann strecke ich mich erneut auf dem Bett aus. Wenn Sie wirklich keine Tabletten nehmen wollen, versuchen Sie es mit progressiver Muskelentspannung: Lothringer. Die Hände zu Fäusten ballen, halten, loslassen. Die Schultern. Zwanzig Minuten lang Muskeln anspannen, entspannen, atmen, bis das Rauschen noch ferner ist. Den Player einschalten. Aber beim neunten Track verlangt Klara, dass ich aufhöre.

Es ist fast Mitternacht, sagt sie, und ich nicke, fluche, als sie fort ist, leise vor mich hin. Death maunzt vorwurfsvoll. Sie mag es nicht, wenn Türen verschlossen sind. Ich stehe auf, öffne die Zimmertür wieder. Lautlos schlupfen zwei Katzen herein. Fast Mitternacht, beste Arbeitszeit, denke ich: wenn die Welt schläft. Tja, sagt Pia, so war das früher, aber jetzt ist jetzt, und so was kommt von so was. Ich wische sie ungeduldig zur Seite, ärgerlich. Trotzdem warten, ob Lars etwas Nettes sagt. Lars schweigt.

Hast du Petes Nummer?, frage ich, schaue mich dabei im dunklen, stillen Zimmer um. An Janniks Ende der Leitung, auf der Stelle angespanntes, erwartungsvolles Schweigen. Er braucht einen Moment, bis er antwortet. Als er so weit ist, tut er es übertrieben ruhig, als bedeuteten ihm weder mein Anruf noch meine Frage etwas. Hab ich, sagt er, und ich höre seiner Stimme trotzdem an, dass seine Augen strahlen. Denk dir nichts dabei, warne ich ihn. Ich muss nachsehen, antwortet er nur. Dann gibt er mir die Nummer. Soweit ich weiß, ist Pete grad auf den Kanaren, sagt er leise. Umso besser, denke ich.

Hallo? Jannik hat Angst, dass ich einfach auflege, dass er erklärungslos zurückbleibt. Ich schweige. Er lauscht. Kann ich dich morgen anrufen?, fragt er schließlich. Denk dir nichts dabei, Jannik. Dass ich Petes Nummer brauche, bedeutet nichts. Ich melde mich bei dir, sage ich noch. Er soll still sein. Er soll mich das machen lassen. In meinem Tempo. Er soll mich nicht hetzen und nicht drängen, und Frau Naumann winkt mir von der Leiter her zu, und hoch überm Haus ziehen Hunderte Leuchtspuren ihre Bahnen, und der Feuerwehrmann, den ich geküsst habe, hält eine knisternde Wunderkerze in der Hand, und die beiden, Frau Naumann und er, tanzen die Leiter hinunter, ohne sich an ihr festzuhalten und ohne sich zu berühren, und sie tun es genau im Rhythmus der Silvesterlichter über ihnen. Aber Silvester ist erst übernächstes Wochenende.

Okay, sagt Jannik. Ich höre, dass es ihn alle Beherrschung kostet, nichts weiter zu sagen, nur das, nur: Okay, und ich denke, dass Janniks Okay mehr wert ist als eine Umarmung und wähle Petes Nummer und warte, bis er sortiert hat, wer ich bin, nämlich: Pete ist betrunken.

Brav lache ich über seine obszönen Bemerkungen, als er endlich versteht, wer ich bin und was ich von ihm will. Wie man so bescheuert sein kann, Weihnachten in der Stadt zu verbringen, will er schließlich wissen. Hier sind es fünfundzwanzig Grad im Schatten, sagt er, was machst du da oben im Norden? So erholt man sich doch nicht! Weihnachten und Palmen, Pete, das ging für mich noch nie zusammen, erkläre ich. Dabei war's doch genau so, gibt er zurück, alles voll mit Palmen da unten in Palästina, und lacht und erklärt mir, bei wem ich den Schlüssel bekomme.

Dann lege ich mich hin, drehe mich zur Wand und stehe im Studio, nämlich: in meinem kleinen Pre-Production-Studio in der Wilskistraße 56 und murmele eine Verwünschung, weil der Schuster im Erdgeschoss immer noch nicht die Dämmung unter seine große Maschine gebaut hat und ich das Hämmern der tiefen Kolben auf dem letzten Tape wiedergefunden habe.

Ich benutze sie doch fast nie, verteidigt er sich. Lassen Sie diese Dämmung daruntersetzen, raunze ich ihn an, sonst bekommen wir beide wirklich noch Ärger. Er schmunzelt, zieht an seiner Pfeife. Meinen Sie, Mädchen?, sagt er, und ich überlege kurz, ob ich ihn treten soll. Stattdessen nehme ich ihn mit hoch. Kommen Sie mal mit, Herr Arndt, winke ich ihm. Er gibt seiner Tochter ein Zeichen, kommt mit hoch in mein Studio und steht und schaut.

So sieht das aus?, sagt er nach einer Weile. Ich drehe mich um, nämlich: zu ihm hin, und winke wieder. Hier, sage ich, hören Sie mal, und spiele ihm das Tape vor. Er schaut auf den Rechner. Er schaut auf die Dielen, auf die hohen hellen Holzplatten vor den Fenstern auf das pinkfarbene Sofa. Schließlich schaut er auf die Boxen, die von der Decke hängen, dreht sich dabei im Kreis. Rundum Lautsprecher, murmelt er, sieht wieder zum Rechner. Da!, rufe ich. Da war's. Was?, fragt er, und ich halte den Zeigefinger vor den Mund und mache ihm ein Zeichen. Er soll nicht meine Dämmplatten und meine Anlage bewundern. Er soll sich setzen. Schließen Sie die Augen, sage ich. Herr Arndt schaut, als sei er empört, lächelt aber dazu, setzt sich auf den Drehstuhl vorm Rechner, schließt tatsächlich die Augen. Seine kräftigen weißen Locken, die üppigen Augenbrauen, weiß durchzogenes Grau, und die Haut in seinem Gesicht ist faltenlos, wie bei einem Teenager. Ich mag ihn.

Hören Sie es?, frage ich. Er schüttelt den Kopf, lässt die Augen geschlossen, lauscht. Nicht anstrengen, sage ich, nehme seine Hand, drücke sie kurz, wenn seine Maschine ins Schlagzeug fährt, ins Gitarrensolo und in die letzten Takte der Bassmelodie, lasse locker, wenn sie aussetzt, drücke wieder, und plötzlich hört er es. Das ist meine Sohlenmaschine?, fragt er fasziniert, öffnet die Augen, schaut erst aufs Mischpult, dann auf die Glasscheibe zum Aufnahmeraum, zum Schluss zu mir hoch, und drei Tage später ist beim Schustermeister Arndt der Boden unter der Sohlenmaschine mit dicken Gummiplatten abgedämmt.

Gegen sieben am Morgen gebe ich endgültig auf. In manchen Nächten helfen auch fünfzehn Tropfen Baldrian nicht. Systematisch fahre ich alle Straßen in der näheren Umgebung ab, halte vor jedem Haus, klopfe gegen Kellerfenster, verschaffe mir Zugang zu Treppenhäusern, sehe zu, dass ich in die Keller komme, was oft überhaupt nicht gelingt, manchmal aber auch erstaunlich leicht.

Coraline finde ich nirgends. Also vergrößere ich den Radius und fahre schließlich zum Mahlsdorfer Parkfriedhof, nämlich: er ist viele Kilometer entfernt, und ich bin lange unterwegs dorthin, und auf diese Weise bin ich bis zum frühen Nachmittag beschäftigt, und so geht der Tag am schnellsten vorüber.

Was machst du an Weihnachten?, fragt Sebastian kurz vor der Dämmerung. Um uns her riecht es nach Erde. Was mache ich an Weihnachten. Keine Ahnung, Fahrradfahren vielleicht. Nur um die Feier mit Klara und Ben zu vermeiden? Die fahren in die Berge, sage ich und will das Thema wechseln, aber er kommt mir zuvor, und später werde ich wissen, dass mit diesem Tag die Zeit anbricht, in der ich ihn fast täglich sehe.

Ein Zeckenbiss, erzählt er übergangslos. Die harmloseste Geschichte der Welt, sagt er, Sommerferien, Familienurlaub, zwei kleine Jungen spielen im Wald, einer bekommt abends Fieber, niemand denkt sich was dabei, aber dann beginnt die Temperatur zu steigen und steigt und steigt immer weiter. Der Arztbesuch, viel zu spät. Seitdem ist alles anders, sagt er. Als ihr zehn wart?, frage ich. Neun, sagt er. Seid ihr geflogen damals?, frage ich. Er nickt wortlos, und ich sehe ihn erstaunt an, weil ich mit einem Mal verstehe.

Deshalb, sage ich, deshalb bist du so ein guter Tänzer, Sebastian. Tänzer? Er lächelt mich an. Wegen Fabian, sage ich und nicke, und mein Herz pocht heftig vor Aufregung. Deshalb hast du mit Frau Naumann getanzt, statt sie zu hetzen. Wer ist Frau Naumann? Sebastian ist stehen geblieben, sichtlich verwirrt jetzt. Du hast sie aus dem Dachgeschoss geholt. Ich habe dich gesehen, euch. Du hast sie nicht gedrängt und nicht gehetzt, sondern nur deine Arme um sie gehalten wie einen runden, weiten Käfig, und hast sie nicht berührt dabei, sondern du hast einfach immer erst dann einen Fuß auf die nächsttiefere Sprosse gestellt, wenn sie es getan hat, wenn Frau Naumann so weit war. Ich hab es gesehen, weißt du. Und ich habe mich gefragt, woher du das kannst, woher du so viel über die Liebe weißt, und wie es kommt, dass du ein Schneckenmensch geworden bist. Das hab ich mich gefragt, Sebastian. Jetzt weiß ich es, sage ich, aber während ich es sage, wandert Sebastians Blick über mein Gesicht, von den Augen über die Lippen zur Stirn und wieder zu den Augen, und ich merke es zu spät, viel zu spät.

Deshalb der Kuss, murmelt er, wegen der Liebe und wegen Frau Naumann. Mein Satz aus der Brandnacht ist ihm wieder eingefallen. Ich merke erst, was passiert ist, als ich fertig bin mit dem Sprechen und als Sebastian das sagt und als er die Hand hebt und mir übers Haar fährt, sehr langsam, und so leicht, dass ich es fast nicht spüre. Ich merke es, als Hjartan neben Sebastian im Schnee liegt und der Schnee unter seinem Kopf sich rot färbt und er mich mit diesem erstaunten, ungläubigen Blick ansieht. Da erst merke ich, was mit Sebastian los ist, und während ich mich noch wundere, weil Pia die ganze Zeit über geschwiegen und nicht einmal einen Mucks gemacht hat, wende ich den Kopf zur Seite, unvermittelt, ziehe ihn fort von Sebastians Hand, sehe mich auf dem Friedhof um, zeige hektisch nach rechts.

Da, sage ich, nein, warte, da, und zeige nach vorn. Ich hab es gefunden, erkläre ich, lächle falsch, schiebe mich an Sebastian vorbei. Es ist da vorn, siehst du?, sage ich und gehe, nämlich: fast ein wenig zu schnell gehe ich in die Richtung, in die ich zeige. Aber Sebastians Hand ist längst verschwunden, nur Hjartan liegt immer noch vor mir im Schnee und hat diesen Blick im Gesicht, und vielleicht ist sein Blick von allem das Allerschlimmste, und ich höre genau, dass Sebastian nicht gleich losgeht, sondern dass er einen Moment braucht, bis er sich entschließt, mir zu folgen. Ich höre es am Knacken der Bucheckern unter seinen Füßen, und weil nur Wunderkerzen in meinen Ohren knistern, sonst nichts zum Glück, deshalb höre ich genug und bin erleichtert, weil er mir folgt, und gehe vor, und schon an der nächsten Weggabelung läuft er wieder neben mir.

Fabian hat nach dir gefragt, sagt er. Wirklich?, frage ich verwundert. Es kommt nicht oft vor, dass er jemanden mag. Vor den meisten Menschen fürchtet er sich eher. Sebastian sieht mich nicht an, während er spricht. Er schaut auf den Weg vor uns, aufs dunkle Braun der Erde, auf Eiben und Tannen. Ich nicke, schweige, weiß nicht, was ich sagen soll, weil ich immer wieder an Sebastians Blick denken muss, an seinen weiten, offenen, verträumten Blick eben gerade, und weil ich an Hjartans Blick denken muss, an seinen erstaunten, ungläubigen Blick im schmerzverzerrten Gesicht.

Hier, sage ich schließlich, bleibe stehen, hier ist es. Das Grab, das du gesucht hast?, fragt Sebastian, und ich nicke, und er fragt nicht, wer dieser Grégoire Colbert ist und was ich mit ihm zu tun habe, und ich halte schlagartig den Atem an, weil schräg neben dem Grab der Abdruck von Hjartans Körper im Schnee zu sehen ist, sehr deutlich. Und ein leuchtend roter Fleck, wo eben noch sein Kopf lag.

Ja, sagt Pia, so ähnlich war das. Rauschen. Lautes Rauschen. Und Lars' entsetztes Schweigen. Was Sebastian sagt, verstehe ich nicht. Er hat den Kopf schräg gelegt, sagt etwas oder fragt etwas, lächelt unsicher. Ich starre ihn an, seinen Mund, der sich bewegt, sein Lächeln, das verschwindet, vermutlich, weil mein Anblick ihn erschreckt, hole tief Luft, schaue wieder zu dem roten Fleck. Er ist verschwunden. Mit ihm der Abdruck.

Macht nichts, zischt Pia, Hauptsache, du hast dich erinnert, sagt sie zufrieden, als hätte ich jemals auch nur das Geringste von dem vergessen, was auf Island geschehen ist. Sich so zu erinnern, ist etwas anderes, murmelt sie, klingt schadenfroh, klingt satt und einverstanden mit sich selbst. Dass du es wieder siehst, sagt sie laut und deutlich und stellt ihre Sätze mitten im Rauschen ab. Dass du es nicht nur weißt, verstehst du, sondern es wieder fühlst und siehst und es nicht einfach abhakst! Ihre Stimme überschlägt sich. Wie kann es sein, dass Sebastian sie nicht hört? Ich starre auf den Schnee. Glatt, unberührt, weiß. Es ist vorbei, sagt Lars. Das Rauschen schwillt ab. Es ist lange her, sagt er beruhigend, und ich nicke. Genau, Pia, sofort zur Stelle, das ist es, was sie will, dahin will sie das alles abschieben: ins Vorbeiundlangher. So weit kommt's noch, ruft sie. Aber Lars summt. Unbeirrt summt er eine kleine Melodie gegen Pias Wüten und gegen das Rauschen, und ich höre Sebastian wieder, sehe, dass er mir eine Hand auf die Schulter gelegt hat.

Sein Blick, besorgt, verwirrt. Was ist bloß mit dir los?, fragt er leise und zieht mich an sich, und ich würde es gern zulassen, weil mir kalt ist und weil ich mir nicht sicher bin, ob ich noch einen einzigen Schritt gehen kann, und weil ich plötzlich merke, wie sehr ich mich nach seiner Umarmung sehne, aber es ist wirklich vollkommen unmöglich, und deshalb streife ich seine Hände ab, winde mich aus seinen Armen, gebe mir Mühe, es sanft zu tun, schüttle den Kopf, räuspere mich. Grégoire, sage ich, und Sebastian schaut zum Grabstein, er war Coralines Vater.

Den Rückweg antreten. Ihn langsam und konzentriert antreten. Dankbar sein, dass Sebastian bei mir ist, ihn aber von mir ablenken. Ihm von Coraline erzählen. Von ihren französischen Liedern. Von ihrer Mutter, die depressiv ist, seit Grégoire sich umgebracht hat. Von Coralines kleinen Fingern auf der Staubfängertastatur. Vom Nikolaus, dem Xylophon und ihrem Lachen. Sebastian nichts von Coralines nächtlichem Klopfen erzählen. Warum nicht?, fragt Lars, und ich weiß es nicht.

Danke, sage ich an der Haustür, ziehe den Kopf ein wenig ein dabei, lausche, ob Pia protestiert, sehe mich verstohlen um, ob Hjartan auftaucht. Aber momentelang ist alles still jetzt und ruhig.

Tut mir leid, Sebastian, sage ich, und noch einmal: Danke, und weiß, dass der Frieden gleich vorbei ist, fürchte mich, bis Pia schließlich in ihre Rolle zurückschlüpft, ihr unerwartetes Schweigen von eben bricht. Laut und deutlich spricht sie aus, was ich während des Rückwegs vom Friedhof hierher ständig und mit aller Kraft an den Rand meines Denkens geschoben habe. Der wird dich bald nicht mehr sehen wollen, sagt sie sachlich, selbst der geduldigste Feuerwehrmann hat seine Grenzen. Wirst schon sehen, sagt sie, klingt durch und durch überzeugt davon: der hält es bald nicht mehr aus mit dir. Sebastian winkt zum Abschied, lächelt nicht dabei, und ich schließe die Tür und halte mich auf dem Weg durchs Treppenhaus an seinem Winken fest. Er ist ein Schneckenmensch, erinnert mich Lars. Ich nicke. Ich läute bei den Colberts. Ich öffne die Tür zu Klaras Wohnung. Er ist ein Schneckenmensch, murmele ich. Aber Pia: Mal sehen, wie lange noch.

i'm caught in a pattern
and i can't escape

trying to pull myself away
glen hansard

Hinter der schweren Eisentür geht es neun Stufen in den Keller hinunter. Mein Gesicht entspannt sich in ein weiches Lächeln. Unwillkürlich fährt meine Hand zur Brusttasche, findet, statt der Schachtel Zigaretten aus einem anderen Leben, nur das Handy, das hier unten zu nichts nütze ist. Du rauchst doch schon seit Jahren nicht mehr, sagt Pia und hat recht und weiß trotzdem nicht, wovon sie redet.

Petes Studio ist klein und riecht nach abgestandenem Zigarettenqualm. Am Ende der Stufen: der Empfangsraum, Besprechungsraum, Aufenthaltsraum, alles in einem. Zwischen Konzertplakaten an den Wänden vergilbte Bilder von halbnackten und ganz nackten Frauen: alle blond. Und von weiblichen Vampiren: alle dunkel. Verstreut darunter Aufkleber mit Politparolen aus einer anderen Zeit. Über dem Durchgang zur Küchenecke ein großes Foto, fast ein Poster: ein Porträt von Rick Rubin. In der Mitte ein runder Tisch, schwarz, wie fast alles andere. Entlang der Wände auf dem Boden leere Bierdosen, Flaschen, Kronkorken. Aus irgendeinem Grund scheint Pete die Aschenbecher ausgeleert zu haben, bevor er sich für den Winter in den Süden verabschiedet hat. Eine Uhr an der Wand, nämlich: eine tarngrün bepinselte Vinylplatte, statt Zahlen die Köpfe von Dagobert

Duck, von Daisy, Donald, seinen Neffen, Goofy, Pluto, Minny und Micky Maus, Opa Knack und einem nicht weiter spezifizierbaren Panzerknacker, sämtlich aus alten Comic-Heften geschnitten und mit Tesafilm auf die Unterlage geklebt. Während ich den Rucksack abstelle, klingelt das Telefon. Auf die Uhr sehen: halb eins in der Nacht. Der Anrufbeantworter verkündet, dass derzeit keine Nachrichten hinterlassen werden könnten, das Studio aber ab dem zwölften Januar wieder besetzt sei.

Klaras Jacke von den Schultern ziehen. Sollen wir nicht mal shoppen gehen?, schlägt sie vor, sieht die Jacke an dabei. Brauchst du sie?, frage ich. Sie schüttelt den Kopf. Stört es dich, wenn ich sie benutze? Sie schüttelt wieder den Kopf, geht aus der Küche, sieht aus, als würde sie gleich weinen, verschwindet für zwei Stunden im Bad. Ich werfe die Jacke auf Petes Couch. Links der Aufnahmeraum, rechts die Tür zur Regie. Dahinter: eine andere Welt.

Hier ist alles penibel sauber. Kein Aschestäubchen, kein Glas, keine Dose, die Scheibe hinterm Mischpult streifenfrei. Ein Dimmer erlaubt jede Einstellung von grellster Beleuchtung bis Fast-ganz-Dunkel. Jetzt reicht es, das führt zu gar nichts!, ruft Pia plötzlich, nachdem sie seit sicher drei Stunden keinen Ton von sich gegeben hat. Ich zucke zusammen und warte und lausche, aber sie bleiben fern, nämlich: das Fauchen und Knistern und Rauschen und Klopfen, sie halten sich alle im Hintergrund. Ich bemerke es erstaunt, sehe mich um, schalte, eins nach dem anderen, die Geräte ein. Als Letztes den Rechner vorm Mischpult.

Es reicht, habe ich gesagt! Pia wieder, aber Lars: Sie ist genau, wo sie sein sollte. Sie sollte, sagt Pia, am Grab von Grégoire stehen oder vor Coralines Wohnungstür oder an der Grube. Sie sollte aufhören, Dinge zu tun, die ihr Spaß machen. Sie sollte, verdammt noch mal, nicht denken, sie könnte einfach weitermachen, als sei nichts geschehen. Ihre Stimme, so gellend und grell, wie ich meine, sie noch nie gehört zu haben: Das hat sie schließlich die letzten vier Jahre lang ausgiebig genug getan! Ich lausche. Alle Wunderkerzen weit entfernt. Solange ich höre, bleibe ich hier, sage ich laut und deutlich, und niemand widerspricht mir, hole den Rough Mix aus dem Rucksack, setze mich vors Mischpult, schiebe die CD in den Rechner, übertrage die Daten.

Das hier ist ein Ausnahmefall, ein Test. Ich brauche Petes Studio nur, um zu hören. Um herauszufinden, wie viel ich noch höre. Wie viel du im Moment hörst, sagt Lars, und ich denke, dass das Haarspalterei ist. Das ist eine Grundsatzfrage, widerspricht er, eine Frage der Einstellung. Dann schweigt er, und ich höre.

Pia zischt nur ab und zu einen ihrer Kommentare. Ich schiebe Regler aufwärts, andere abwärts, speichere Loops, spiele besser gelungene Passagen über weniger gute, und weiß erst, dass ich danach ohne Baldrian und ohne Unterbrechung elf Stunden auf der Couch im Empfangsraum geschlafen habe, als das Telefon schrillt und ich hochfahre und auf der Entenhausen-Uhr sehe, dass es halb vier am Nachmittag ist. Der Anrufbeantworter springt an. Ich warte, bis er sein Sprüchlein aufgesagt hat, dann wähle ich Janniks Nummer: Kannst du kommen?, meine Stimme, noch verschlafen, aber ungewohnt hell an den Rändern. Lars summt, lächelt. Pia scheint fort zu sein.

Jannik fragt weder, wer ich bin, noch wo ich bin. Zwanzig Minuten, sagt er nur und legt auf, und erst als ich mich wieder in die Regie setze, merke ich, dass ich Stille höre. Sonst nichts. Wie an der Grube.

Die Sonnenblumen sind noch da. Mir brennen die Augen, aber ich spüre es nur flüchtig. An der Grube stehen, an dem, was bis vor ein paar Tagen noch eine Grube war. Jetzt ist der Boden mit

Beton ausgegossen. Am Rand und in der Mitte stechen Stahlgeflecht und Holzverschalungen daraus hervor. Der Kran schläft auf dem Gehweg, alles unter einer feinen Schneedecke, beleuchtet nur vom spärlichen Licht der Straßenlampen.

Vor zwei Stunden, um drei in der Früh, hat Jannik schlapp gemacht. Ich höre nichts mehr, sagt er, und ich sehe ihn an, mit weit aufgerissenen Augen, und lache, und er grinst und geht in den Aufenthaltsraum und zündet sich eine Zigarette an und versenkt die Alulasche einer Bierdose in Hopfen und Malz und prostet mir zu und schüttelt den Kopf: Weißt du, dass ich's fast nicht mehr geglaubt habe?, sagt er. Weißt du, dass sie Wetten abgeschlossen haben? Weißt du, dass diese ganze Sache die Runde gemacht hat, Sound, und nicht nur hier in Deutschland? Aber ich höre ihm nicht zu. Ich hänge am letzten Loop. Warte mal, sage ich, gehe noch einmal zurück in die Regie. Ich brauche sieben Minuten, dann ist das Riff glatt.

Jannik!, rufe ich laut, als ich zurückkomme. Er liegt auf der Couch und schnarcht, und ich reiße ihm die Kippe vom Pullover. Den kannst du wegschmeißen, sage ich. Er starrt verschlafen auf das Loch in der Baumwolle. Ich rufe ihm ein Taxi, und als er fort ist, gehe ich durch Petes Studio. Ich lege die flache Hand auf die Wände in jedem der Räume. Ich lausche. Es ist still hier, nämlich: Pia ist still. Lars ist still. Und dann merke ich es: ich bin still.

Geht das so einfach? Was ist mit Hjartans Rache? Er steht am Fenster, Leuchtturmfenster, sieht den Möwen zu. Nicht Möwen, sagt er leise, Sula Bassana. Die Jungen fliegen im Winter nach Süden, bis nach Westafrika. Seine Stimme, weich, verträumt. Die Alten bleiben in der Nähe der Brutkolonie, das ganze Jahr lang. Er dreht sich um, lächelt mich an. Ich glaube, sagt er, ihr nennt sie Basstölpel. Ein warmes Lächeln auf meinem Gesicht: Jannik, denke ich, ist der beste Bassist, den ich kenne. Das will was heißen, sagt Lars. Pia spottet nur im Hintergrund: Lächerlich! Aber heute Nacht lasse ich mich nicht einschüchtern von ihr. Ich gehe durch jeden der drei Räume in Petes Studio, lege die flache Hand an die Wände, lausche in die Stille und denke, dass ich selbst auch dagegen gewettet hätte. Ich hätte nichts mehr gesetzt auf mein Hören.

Am Ende dieser Nacht radle ich schließlich nach Südwesten, hellwach von der Kälte. Keine Flocken vom Himmel, rund um mich her trotzdem alles noch weiß, und der Kran schläft auf dem Gehweg, und ich stehe an der Grube und überall Sonnenblumen, grau, blühend wie im üppigsten Sommer, und bevor das Fauchen sehr heftig und sehr plötzlich wieder einsetzt, gehe ich während der Rückfahrt zu Klaras Wohnung noch einmal durch jeden der drei Räume in Petes Studio, lege die flache Hand auf die Wände, lausche in die Stille und kann kaum glauben, dass ich hören konnte heute Nacht, und am nächsten Tag kann ich kaum glauben, dass ich nie auf den Gedanken gekommen bin, die Tür zu öffnen:

Es ist Fabian, der mir den dritten Raum im Havelhaus ins Bewusstsein bringt. In dem Moment, in dem er es tut, verspannt sich Lars, nämlich: als legte er die Arme fest um seinen eigenen Körper und zöge sich tief in sich selbst zurück, als würde er eng. Was ist?, denke ich erstaunt, aber er reagiert nicht. Pia, still, aufmerksam. Fabian öffnet die Tür zwischen der Küchenecke und dem Paravent, der vor Wanne und Badeofen steht. Weil die Läden geschlossen sind, knipst er das Licht an. Bilder!, ruft er.

Seine große Leidenschaft, erklärt Sebastian und lächelt, aber da ist Fabian schon zurück, trägt einen Stapel Bücher und Alben zum Tisch, an dem wir sitzen. Hier wird's kalt, sagt Sebastian, und das Rauschen, das in Klaras Wohnung wieder zurückgekehrt ist und am Morgen schmerzhaft laut und allgegenwärtig war, fällt in sich zusammen, ist kaum noch zu hören.

Fabian geht zurück, schaltet das Licht aus, zieht die Tür heran: eine alte, dunkelbraune Holztür, wie die andere zum Schlafzimmer. Mein Blick bleibt daran hängen. Da gibt es noch ein Zimmer, sage ich, und das Erstaunen in meiner Stimme rührt nicht daher, dass ich es nicht wusste, sondern daher, dass dieser dritte Raum wie unsichtbar war bis eben gerade. Unsichtbar für mich.

Unser altes Kinderzimmer, sagt Sebastian, und Lars fühlt sich jetzt an, als sei er ein uraltes, trockenes, fest zusammengeknülltes Stück Leder, nahezu leblos. Ich schüttle den Kopf, aber er wird immer nur stiller, geradeso, als wüsste er, dass etwas Furchtbares bevorsteht. Etwas, das er nicht verhindern können wird. Sebastian sieht mich verwundert an, und ich spüre nur noch Düsteres, das von Lars ausgeht, sehe erstaunt auf die Tür, weil ich nicht verstehe, was sie mit ihm zu tun haben könnte.

Bilder!, ruft Fabian wieder, tippt mir dabei vorsichtig auf die Schulter. Endlich sehe ich in sein Fotoalbum, ziehe erstaunt die Brauen in die Stirn. Sebastian lacht leise: Er hat schon Wettbewerbe gewonnen, sagt er, klingt liebevoll, klingt auch stolz und glücklich. Fabian nickt, ohne das Gesicht zu verziehen.

Bagger, Kräne, gigantische Metallspulen in stillgelegten Tagebaulandschaften, sämtlich von Rost überzogen. Grafiken, die das Licht in sandigen Baggerrillen entstehen lässt. Geometrische Formen, die Fabian in Details nicht mehr benutzter Gerätschaften auf Baustellen gefunden hat, im abblätternden Lack alter Baracken oder am Himmel: Hochspannungsdrähte schneiden ihn in Rauten, Trapeze und Rhomben. Darunter flache Schmutzwasserlachen auf schier endlosen Brachen, in denen sich von Rost zerfressene Metallmasten spiegeln. Die meisten Bilder sind großformatig, durchweg alle von Hand abgezogen: schwarz-weiß, farbig, grobkörnig, gestochen scharf, mit Filter, ohne. Fabian versteht sein Handwerk. Unter jedem Bild ein Titel: *Noteingang.*

Mondquadrat. Schiff im Sand. Sicher eine Stunde lang zeigt mir Fabian seine Bilder. Im Haus nur das Knacken von Scheiten aus dem Kamin, das entfernte Ticken eines Weckers aus dem Schlafzimmer, ab und zu das Summen des Kühlschranks.

Du bist ein Künstler, sage ich schließlich.

Ja, sagt Fabian ernst, und plötzlich spüre ich Lars wieder. Er ist näher als vorhin, weniger eng, weniger düster. Lars?, versuche ich es vorsichtig. Er schweigt, bleibt aber. Ich höre ihn atmen. Fürchtest du dich vor dem Kinderzimmer?, denke ich. Keine Antwort, nur das schwache Geräusch seines Atems und ein grau verfärbtes, dumpfes Leuchten. Von Pia keine Spur, nichts.

Fabian tippt mir auf die Schulter. Ja, sage ich, greife zum nächsten Album. Er schüttelt den Kopf. Keine Bilder mehr? Später!, ruft er, zeigt aus dem Fenster, zeigt auf mich, nickt. Draußen, ein glasheller, eiskalter Dezembermorgen. Ratlos sehe ich Sebastian an.

Ich glaube, sagt er, klingt verwundert, Fabian will dich fotografieren. Ich muss lachen. Quatsch, sage ich, mich fotografieren? Wozu soll das gut sein? Lars jetzt sehr nah, kaum noch dunkel. Was ist heute bloß los? Jetzt ist hell!, ruft Fabian. Aber du fotografierst doch nur Landschaften, sage ich. Ja! Fabian nickt wieder, sehr ernst, zeigt mit dem Finger auf mich. Landschaften!, ruft er. Es wird helfen, sagt Lars, und ich weiß nicht, ob er meint, dass es ihm helfen wird oder mir oder Fabian, wenn ich mich jetzt fotografieren lasse, aber ich bin so erleichtert darüber, ihn wieder zu hören, dass ich aufstehe.

Beim Hinausgehen fischt Fabian seine Kamera aus dem Rucksack. Es geht ihm tatsächlich nur ums Licht, nämlich: kein malerischer Tegeler See im Hintergrund, keine Kiefer oder Buche. Schatten und Licht und mein Gesicht: das will er haben. Ich soll mich vor die graue Steinwand stellen: Lichtfleck, der nicht blendet. Ich soll nicht lächeln. Ich soll nur schauen. Nicht ernst, sagt er, nur schauen, und: Hier rein!, er zeigt aufs Objektiv. Fabian, ich bin die Frau an den Reglern, erinnere ich ihn, nicht die auf dem Cover, aber er antwortet nicht, werkelt an der Kamera herum, sieht durch den Sucher, dreht am Zoom. Sebastian, in eine dicke Wolljacke gemummelt, sitzt in der Sonne auf dem Treppchen und— Sag es ruhig, sagt Lars. Sebastian leuchtet, denke ich, und Lars summt vor sich hin, als wäre er nie düster gewesen.

Hierher!, ruft Fabian, zeigt noch einmal aufs Objektiv. Nicht lachen!, ruft er, aber es fällt mir schwer zu tun, was er von mir will. Endlich beginnt er zu fotografieren. Nach dem sechsten oder siebten Bild entspanne ich mich. Es wird helfen, sagt Lars wieder. Ich sehe geradeaus in die Kamera, lausche ins ferne Fauchen, denke nichts, und Pia taucht plötzlich auf, irgendwo fern und am Rand, aber eindeutig: Pia.

Was ist?, ruft Fabian, lässt die Kamera sinken. Wieso?, frage ich. Du bist anders. Bin ich nicht, ich schüttle den Kopf. Fabian sieht durch die Linse, dann wieder zu mir. Du bist anders, sagt er stoisch. Er spürt Pia, sagt Lars. Gut so, sagt sie. Hier rein! Fabians gleich bleibendes Kommando. Er knipst wieder, aber jetzt fühle ich mich unwohl.

Das reicht, oder?, frage ich. Fabian, als hätte ich nichts gesagt, drückt weiter und weiter auf den Auslöser. Reicht das nicht? Er schaut mich an. Reicht, sagt er, mit einem Mal erstaunlich leise, kommt auf mich zu, streckt die Hand aus, aber ich weiß nicht, was er will. Er nimmt meine Rechte, schüttelt sie, verbeugt sich. Vielen Dank, murmelt er, verzieht keine Miene dabei, schaut mir einen Moment lang ernst in die Augen, geht dann ins Haus zurück, und nur wenig später zeigt er mir das Kinderzimmer.

Lars keucht, als Fabian die Tür öffnet, aber ich will jetzt wissen, was es mit diesem Raum auf sich hat: Links ein doppelstöckiges Bett, eine Überdecke auf dem oberen, das untere frisch bezogen, davor ein dunkelroter Läufer, abgetreten, ausgeblichen, drei alte Heizrippen, eine Dart-Scheibe an der Wand zwischen zwei Fenstern. Rechts ein paar Umzugskartons, zwei beschädigte Wäscheständer, zusammengeklappt, ein Vertiko mit aufgebrochenem Schloss, vier Koffer, einer prallvoll und fest verschlossen, die anderen leer, alle verstaubt. Ein löchriger Fußball, eine Barbiepuppe, eine Mundharmonika und zwei Malkästen, fein säuberlich nebeneinander in einem Regal ganz hinten, grau von Staub. Ein paar Bücher, ein Atlas, und drei Kassetten: Schwarz, blau, rot leuchten die Cover, mehr erkenne ich nicht von hier, aber lächeln muss ich trotzdem, und später werde ich wissen, dass meine Vermutung stimmt, dass es Kassetten sind, die ich als Kind auch hatte, nämlich: das finde ich heraus, wenn ich wieder hier bin, wenn ich allein hier bin und mir alles genauer ansehe: *Das Gespensterschloss, Der Super-Wal, Das Riff der Haie und die drei???* Lars atmet flach, ist aber deutlich spürbar. Pia, als stünde sie ganz in der Nähe und wartete ab, was geschieht. So habe ich die beiden noch nicht erlebt.

Bilder!, ruft Fabian, und ich zucke zusammen, während er auf ein Regal gegenüber der Tür zeigt, in dem noch mehr Alben liegen. Ich stehe, schaue. Dann halte ich die Luft an. Es geschieht schlagartig, nämlich: ich weiß plötzlich ganz genau, was es mit dem Kinderzimmer auf sich hat. Es ist vollkommen logisch. Es ist so logisch, dass ich mich wundere, wieso ich nicht früher schon darauf gekommen bin. Das ist es, was Lars verschreckt. Er hat Angst vorm Naheliegenden. Er hat Angst vor dem, was ich tun werde.

Lars? Grau, stumpf, so wirkt er auf mich. Keine Antwort von ihm, kein Ton von Pia. Stattdessen geht mein Puls schneller.

Was macht ihr über Weihnachten?, frage ich Sebastian, der eine Suppe aufsetzt, versuche, möglichst beiläufig zu klingen. Er rührt in dem großen Topf herum. Fabian fährt mit den Eltern ins Wendland, wir haben da ein Haus. Meiner Stimme einen möglichst beiläufigen Klang geben: Du fährst nicht? Sebastian hebt den Kopf, sieht mich an, als müsste er nachdenken, antwortet nicht gleich. Nein, sagt er schließlich, und ich merke, dass er falsche Sachen denkt, dass ihn meine Frage auf eine ganz und gar falsche Fährte gebracht hat, und denke, dass ich das hätte wissen müssen, dass ich hätte achtsamer sein sollen, dass ich zu aufgeregt war, als mir klar wurde, worauf das Kinderzimmer wartet. Ich arbeite, sagt er schließlich. An Weihnachten? Immer, er nickt, ich ertrage das heilige Getue nicht. Vom dreiundzwanzigsten bis zum zweiten arbeite ich seit Jahren schon durch. Immer in der Nachtschicht, wenn die anderen lieber daheim sind.

Das Brotmesser nehmen, ein Baguette aufschneiden, mir Worte zurechtlegen, aufpassen. Hinter uns blättert Fabian in seinen Alben. Lars, ruhig, schweigsam, wieder vollkommen düster. Pia, still. Sebastian hört auf, in der Suppe zu rühren, sieht zu mir herüber. Wäre das Fauchen nicht mit meinem Puls hochgeschnellt, ich glaube, die Stille im Havelhaus wäre greifbar. Oder willst du vorbeikommen an Weihnachten?, fragt er, und es ist fast ein Flüstern. Noch könnte ich versuchen zu tauschen.

Den Kopf schütteln, es heftig tun, Sebastian von dieser falschen Fährte abbringen, von dieser verlockenden, aber unmöglichen, vollkommen verbotenen Spur. Nein, sage ich fest, und Lars, trocken: Warum nicht? Nein, sage ich noch einmal. Weil sie vor der Grube stehen muss an Weihnachten, beantwortet Pia Lars' Frage. Zum Jahresende soll sie sich noch einmal gründlich zu Gemüte führen, was sie angerichtet hat, sagt sie, und Hjartan flüstert mir ins Ohr, dass Jöður, sein Vater, Geburtstag hat, dass er in ein paar Wochen achtzig wird, und legt seine Hand auf meine Hüfte, zieht die Decke höher, bis fast zu meinem Kinn hoch, schmiegt sich noch fester an meinen Rücken. Er lebt in Grindavík, sagt Hjartan, streicht Haare von meinem Nacken, fährt mit den Lippen über die freigelegte Haut. Das ist nicht weit, sagt er, legt seine Hand auf meinen Bauch, der schon lange nicht mehr flach ist. Ólina meint, das wäre eine schöne Gelegenheit für dich, den Rest unserer Familie kennenzulernen. Ich meine es auch, sagt er. Und ich? Du wirst dich fügen, murmelt Hjartan, beißt mir ins Ohr, lässt mir keine Zeit für eine schlagfertige Antwort, und ich sage ein drittes Mal: Nein, und: Das war nur ganz allgemeines Interesse. Sebastian sieht mich an, länger noch als vorhin, dann nickt er, rührt wieder, sagt nichts weiter.

Mané! Fabian winkt mich zu sich. Seit er mich fotografiert hat, spricht er nicht mehr so laut, spricht auch in längeren Sätzen. Er zeigt auf ein Album, das ganz unten in seinem Stapel gelegen hat. Meine ersten Bilder, sagt er, und ich nicke und muss mich an seine neue Sprache gewöhnen, wie ich mich vorher an seine alte gewöhnen musste.

Nachmittags schläft er im unteren Kinderzimmerbett. Die Medikamente machen ihn müde, sagt Sebastian, zieht die Tür hinter sich zu, damit Fabian nicht hört, dass ich gehe.

Auf dem Weg zurück, auf den dreiundzwanzig Kilometern zurück zu Klaras Wohnung, lege ich mir einen Plan zurecht, meinen Plan für Sebastians Kinderzimmer, für Fabians, für das Kinderzimmer, das nur auf mich gewartet hat. Später werde ich wissen, dass ich mich verrechnet habe, dass ich zwar dachte, ich könnte die Dinge planen, ich hätte sie im Griff und könnte einfach tun, was ich will, dass das aber ein verkehrter Gedanke war, eine Fehlannahme, nämlich: später werde ich wissen, dass Pia doch die Oberhand behält, dass immer noch sie es ist, die die Dinge tut, führt, richtet. Ich werde es in zwei Tagen wissen, wenn Frau Becker mir sagt, dass kein Irrtum vorliegt. Jetzt aber sitze ich auf dem Fahrrad, und Lars ist dumpf, knittrig und schweigt, und mein Herz schlägt schnell, während ich mir meinen unnützen Arbeitsplan für die nächsten zwei Tage zurechtlege. Von ferne das Rauschen: ich höre es kommen und gehen.

Dann sind die zwei Tage um, und ich höre ihn zurückkommen, höre den Schlüssel im Schloss, das Rumpeln seiner abgestreiften Stiefel auf den Holzdielen, die Tür, wie sie hinter ihm in den Rahmen fällt. Es muss gegen sieben sein. Den Kopf heben. Den Kopf, der nicht mehr viel braucht, um endgültig verrückt zu werden. Das weiß ich mit aller Gewissheit. Aus dem Fenster schauen. Der Himmel, noch vollkommen dunkel. Bald wird sich das ändern. Erstaunen, weil diese Nacht doch noch ein Ende findet. Seit vier Tagen werden die Nächte wieder kürzer, kaum merklich bis jetzt. Mich gegen die Wand drücken, die Beine näher an den Leib ziehen, den Kopf ans Holzpaneel lehnen. Regelmäßig atmen. Keine Geräusche machen. Durchs Fauchen horchen, durch die Wunderkerzen. Sie sind angenehm fern. Fast kann ich über sie hinweghören.

Er wäscht sich die Hände. Die Gasflamme auf dem Herd zischt leise. Vermutlich kocht er einen Tee, das hat er gestern und vorgestern Morgen auch getan. Mir ist kalt bis in die Knochen. Die Augen schließen. Das Rauschen schwillt an, kommt näher. Wach bleiben. Nicht aus dem Sitzen, Hocken, Kauern noch umkippen. Frau Becker ist sich ganz sicher. Den Gedanken fortschieben, versuchen, nicht in diese Schleife zu geraten. Seit sie mich gestern im Hausflur angesprochen hat, versuche ich es vergeblich: Frau Becker ist sich wirklich ganz sicher. Sie hat mit ihr telefoniert.

Nein, sagt sie, schüttelt den Kopf, lächelt, das ist kein Irrtum, im Gegenteil, es ist doch eine wunderbare Idee von Elke, und ich möchte sie gern schütteln und ihr sagen, dass das alles andere ist als eine wunderbare Idee, dass es furchtbar ist, dass es überhaupt kein bisschen auszuhalten ist, aber ich kauere nur in der Ecke und schaue und kann den Mund nicht öffnen und versinke im Fauchen und Dröhnen in meinem Kopf und höre nicht, dass er die Tür öffnet.

Lars warnt mich. Er ist hier, sagt er leise. Ich blinzele ins Licht, das eingeschaltet wird, schaue hoch zur Tür, zucke zusammen. Er riecht nach Rauch. Er riecht nach Löschschaum und Chemikalien. Seine rechte Hand ist verbunden, auf der Stirn ein Pflaster. Er steht in der offenen Tür, sieht ins Kinderzimmer, schaut so erschrocken und verwirrt und überrascht, wie ich ihn noch nie gesehen habe, und ich schließe die Augen, lege den Kopf auf die Knie. Endlich, sagt Lars, irgendwann musste es einfach passieren, klingt, als sei er unendlich erleichtert darüber, dass dieser Moment gekommen ist. Lars nickt, schimmert warm. Ich frage mich, wann ich Pia zum letzten Mal gehört habe. Er sollte im Bett liegen und schlafen, wie es richtig ist nach einer Nachtschicht als Feuerwehrmann, wie er es gestern und vorgestern getan hat. Aber Sebastian steht reglos in der Tür. Er wartet. Lars summt. Dann höre ich seine Schritte auf den Dielen. Er hockt sich vor die Ecke, in der ich kauere.

Mané, sagt er, spricht leise, flüstert fast, und ich frage mich, in welcher Reihenfolge sich das, was jetzt geschieht, am besten ertragen lassen wird. Mané, sagt er wieder. Ich hebe den Kopf, schaue ihn an. Er sucht etwas in meinen Augen. Was immer es ist, ich glaube nicht, dass er es findet. Dann lässt er den Blick über das untere der Etagenbetten schweifen, nämlich: über die neue Bettwäsche, über den Teddybär mit der Schleife im Ohr, über die kleine Puppe mit den roten Haaren, über dreißig Playmobilfiguren, einen Haufen Legosteine, den großen, lila Dinosaurier mit den giftgrünen Flügeln und all die anderen Spielsachen.

Ohne aufzustehen dreht Sebastian sich auf den Fußballen um, betrachtet den Vorhang, den es hier noch vor zwei Tagen nicht gab, hinter dem jetzt Regale, Wäscheständer, Heizrippen, Koffer, Umzugskisten verborgen sind. Schließlich öffnet er das niedrige Schränkchen neben sich, das er nie zuvor gesehen hat. Hinter seiner Tür findet er Kinderwäsche. Nicht viel, aber ausreichend.

Jetzt ist es zu spät. Jetzt ist es für alles zu spät. Und ich denke, dass es beängstigend ist, verrückt zu werden, und noch beängstigender, sich selbst dabei zu beobachten, mitzubekommen, wie die Wirklichkeit sich verschiebt, verändert. Das ist das Schlimmste: dass ich zusehen kann. Ich sehe das Kinderzimmer mit Sebastians Augen. Ich sehe es mit meinen. Die Frau, die dieses Zimmer neu eingerichtet hat, ist nicht in derselben Welt, in der Sebastian ist. Das Gefühl des Getrenntseins: kalt, hart, erschreckend körperlich. Ich bin verrückt geworden, denke ich träge und weiß jetzt, wieso Pia so lange kein Wort mehr gesagt hat. Sie ist zufrieden. Alles ist, wie sie es wollte. Hjartans Rache hat sich vollzogen, Pia braucht nicht mehr zu schimpfen, zu dirigieren, achtzugeben. Alles ist, wie es sein soll. Ihre Mission ist erfüllt.

Du bist nicht verrückt, sagt Lars. Aber ich weiß, dass ich eine Grenze überschritten habe. Eine unsichtbare, die man nicht überqueren, die man einhalten und wahren sollte. Ich hab es nicht einmal gemerkt.

Das ist die Fremde, sage ich.

Die Fremde? Sebastians Stimme, als hätte er keinen Boden mehr unter den Füßen, als könnte er jeden Moment einbrechen oder abstürzen. Ich habe die Grenze nicht bemerkt, sage ich. Ich habe nicht bemerkt, wann ich sie überschritten habe. Bartek Rieger fand es nicht schlimm. Es ist schon einmal passiert, weißt du, erkläre ich ihm. An der Ruine habe ich sie auch nicht bemerkt, aber er fand es nicht schlimm. Ich kann Sebastians Blick lesen. Schmerzhaft deutlich kann ich ihn lesen, nämlich: er überlegt, ob er mich berühren soll oder nicht. Bartek Rieger, sage ich, fand es nicht schlimm, dass wir die Grenze nicht bemerkt haben, fahre ich fort.

Sebastian ist klug, nämlich: er berührt mich kein bisschen, sondern er steht auf, geht ins Zimmer hinüber, kommt mit Kissen und Decken zurück, schiebt ein Kissen zwischen die Wand und meinen Rücken, das andere zwischen meinen Kopf und das Holzpaneel, legt die Decken über mich, verschwindet hinter dem Vorhang, zieht Heizrippen in meine Nähe, stellt sie an. Dann hockt er sich wieder zu mir. Du hast dunkelblaue Lippen, flüstert er. Ich schaue aufs Bett neben mir. Irgendetwas fehlt, denke ich. Ich muss eins der Spielzeuge bei Klara liegen gelassen haben, aber ich entsinne mich nicht, welches.

Sie kommt nicht, sage ich. Ich mache mir keine Hoffnungen, dass es irgendetwas ändern wird, aber ich will Sebastian diese Welt zeigen, es wenigstens versuchen. Er schaut nur. Seine Hand, die verbundene, auf der oberen Decke, ganz am Rand, neben meinem Fuß. Sie sollte vor drei Tagen schon kommen, sage ich, aber ihre Mutter hat es sich anders überlegt. Sebastian zieht die Brauen ein winziges bisschen in die Stirn, lauscht. Sie stand unter Drogen, verstehst du? Medikamente. Eine Depression, sage ich, nicke vor mich hin. Sie war es, die eine hatte, sage ich. Die Polizisten, die vor dir da waren in der Nacht bei Klara, sie haben sich geirrt, nämlich: sie haben vorhergesagt, dass ich eine bekäme. Aber sie haben sich vollständig geirrt. Ich hatte überhaupt keine. Es war Elke Colbert, die eine posttraumatische Depression entwickelt hat. Ihr Mann hat sich umgebracht, deswegen.

Das Mädchen aus der Nachbarwohnung, murmelt Sebastian, und ich denke, dass ihm jetzt Grégoires Grab einfällt und dass ihm jetzt all meine Geschichten über Coraline einfallen, und ich denke, dass es jetzt zu spät ist, dass ich jetzt wirklich vorbei bin, dass Sebastian kein Schneckenmensch mehr ist, weil ich zu weit gegangen bin, viel zu weit.

Sie hat Frau Becker angerufen, sage ich, weil sie später zurückkommen. Sie hat ihr alles erzählt, sage ich, nämlich: dass sie die Medikamente abgesetzt hat und sich wieder um Coraline kümmert.

Du hast sie hierherbringen wollen, flüstert Sebastian.

Ich schüttle den Kopf. Nur kurz, sage ich. Das hier sollte nur der Anfang sein. Ich wollte sie in Sicherheit bringen, sage ich. Ich wollte sie ihrer Mutter wegnehmen. Ich nicke, sehe aus dem Fenster. Draußen jetzt Morgensonne, das Zwitschern von Spatzen, viel Himmel mit Nadelgrün davor. Ich bin verrückt geworden, Sebastian, sage ich. Wenn ihre Mutter nicht aus der Bretagne zu ihren Eltern nach Bremen gefahren wäre über Silvester, wenn ihre Mutter sie nach Berlin zurückgebracht hätte, wie sie es eigentlich vorgehabt hat, wenn Coraline wieder da gewesen wäre, auf der anderen Seite der Wand, dann hätte ich sie entführt.

Ich bin verrückt geworden, sage ich und nicke und wundere mich über die Wärme, die sich langsam in meinem Körper ausbreitet, und über Sebastians Schweigen und über Lars' Schweigen und darüber, dass ich, ohne das Überschreiten der Grenze bemerkt zu haben, verrückt geworden bin.

Aber dann geschieht etwas, womit ich nicht gerechnet habe, und etwas, womit Pia nicht gerechnet hat, denn sie ist sofort wieder zur Stelle. Sie kreischt so laut, dass ich mir die Ohren zuhalte, sie reiht Schimpfwörter aneinander und tobt und rast, und Lars versucht, sie zu beruhigen: vollkommen vergeblich. Wie Phönix aus der Asche taucht Pia schlagartig wieder auf, weil Sebastian eine Frage stellt, mit der ich nicht und mit der sie nicht gerechnet hat:

Wo ist dein eigenes Kind, Mané?, fragt er, und Hjartan sieht mich an mit den Haaren im roten Schnee und mit diesem erstaunten Blick, mit dem Allerschlimmsten, nämlich: mit seinem erstaunten, ungläubigen Blick im schmerzverzerrten Gesicht. Und von der Pforte her betrachte ich den kleinen Friedhof hoch über den Klippen und gehe nicht hinein, sondern wende mich um und laufe langsam in Richtung Klippen, in Richtung Meer, und Lars sagt: Du musst hier bleiben, und Pia sagt: Sie muss dort bleiben. Genau dort, am Friedhof, im Schnee, an der Grube. Fertig! Aus! Das ist alles, was sie muss.

Aber es ist Sebastian, der mich festhält, als ich zur Seite kippe, und später werde ich wissen, dass er mich in sein Bett gelegt hat, mit zwei Wärmflaschen, mit all meiner Kleidung am Leib, und die Fensterläden geschlossen hat, damit der Tag mich nicht weckt, dass er Feuer im Kamin angezündet und davor auf dem Teppich ein Lager aus Decken für sich selbst zurechtgemacht hat. Das alles werde ich wissen, wenn ich aufwache, weil Pia nörgelt und Hunderte von Wunderkerzen in meinen Ohren brennen, wenn ich aufstehe, so geräuschlos wie möglich, und Sebastian betrachte, wie er schläft, mit dunklen Ringen unter den Augen, mit Bartschatten und ganz und gar entspannten Zügen.

Ich weiß, dass er mich nicht hören wird, wenn ich gleich aus dem Haus gehe und wegfahre, aber dann, auf dem Weg zur Tür, bleibe ich ruckartig neben dem Tisch stehen. Fabian hat die Fotos entwickelt. Geklebt auf feste, helle Pappe, schwarz-weiß, groß wie Taschenbücher, grobkörnig, keine scharfen Kontraste: von den über zwanzig, die er gemacht hat, liegen hier drei. Mein Gesicht überrascht mich nicht. Kein einschüchterndes Wiedererkennen, kein bestürzendes Nichterkennen. Was mich festhält, sind die Titel, die er auf zweien der Passepartouts notiert hat, Fabians Namen für mein Gesicht: *Folgelandschaft* auf dem einen, *Zurück ist ein Ort, den es nicht gibt* auf dem anderen, und jetzt ist alles still.

Fabians Weihnachtsgeschenke für dich, sagt Sebastian, und ich erschrecke überhaupt nicht, und die Zeit bleibt nicht stehen, und Pia schweigt, und Lars schweigt, und ich höre kein Rauschen und habe keine Atemnot, und Hjartan liegt nirgends in einer roten Lache, und er sieht mich weder erstaunt an, noch ungläubig oder mit schmerzverzerrtem Gesicht, und den kleinen Friedhof habe ich noch nie gesehen, und Coraline ist Elke Colberts Tochter, nicht meine. Mein Studio ist abgebrannt. Meine Wohnung ist abgebrannt. Meine Familie ist tot, und ich erschrecke nicht.

Stattdessen schaue ich Sebastian an. Er sieht müde aus, unausgeschlafen. Er lächelt. Das Pflaster auf seiner Stirn sticht hell von der Haut ab. Er hat recht, weißt du, sage ich und zeige auf die Bilder und nicke und lausche, und niemand kommentiert, was ich sage, und kein Geräusch legt sich darüber. Ich wusste nicht, sage ich, wie vollkommen hilflos man sich fühlt. Aber Sebastian, obwohl er nah bei mir steht: Du sprichst so leise, Mané, ich verstehe dich nicht. Also räuspere ich mich und atme ein und aus, und dann sage ich es noch einmal: Ich wusste nicht, wie hilflos es mich macht, einen Menschen zu vermissen, wirklich zu vermissen. Wie es ist, wenn man nicht zurückkann, unter keinen Umständen, wenn man nur noch in der Folge lebt. In dem, was danach ist. Ich wusste es vorher einfach nicht.

Er schaut, er legt seine Hand auf meine Schulter, er sagt: Wo vor? Aber jetzt schüttle ich den Kopf. Jetzt sehe ich mich um. Jetzt ist das Fauchen wieder da, und Pia stöhnt wieder entnervt, und Lars ist kaum spürbar, und alles beginnt wieder von neuem, gerade so, als hätte Fabian niemals ein Stück Wirklichkeit auf seine Passepartouts geschrieben, und: Ich muss los, sage ich.

Sebastian nimmt seine Hand fort. Er schüttelt den Kopf, er zieht die Schultern hoch, er lässt sie wieder fallen. Es wäre mir lieber, er wäre ärgerlich oder würde schreien, mit der Faust auf den Tisch schlagen, mich schütteln, mir drohen, mich beschimpfen. Ich will nicht, dass er sich auf diese Weise von mir abwendet. Aber das ist genau, was er tut.

Sebastian, sage ich. Er reagiert nicht. Er legt drei Scheite auf die Glut, kriecht zurück unter die Decken vorm Kamin, zieht sich ein Kissen übers Gesicht gegen das Licht von draußen, und Pia hat wieder recht gehabt: selbst ein Schneckenmensch hat seine Grenzen.

Sie hat außerdem recht gehabt damit, dass Sebastian nichts mehr will von mir, dass er mich aufgegeben hat, dass ich sogar ihm zu langsam geworden bin, und dann begreife ich, dass ich mich vorhin geirrt habe. Pias Mission war noch nicht abgeschlossen, nämlich: obwohl ich nicht erschrocken bin, nicht eine Sekunde lang, hat Hjartan erst eben gerade seine Rache bekommen, den dritten, den letzten Teil seiner Rache. Der erste war das Feuer. Der zweite war Pias monatelanger Bericht. Das hier ist der dritte, der letzte Teil: Hjartan ist tot, aber nicht so tot, dass Sebastian bei mir bleiben könnte.

Sebastian, der mich hören wird, wenn ich jetzt gehe, wegfahre. Sebastian, der mich nicht aufhält, als ich die Tür hinter mir zuziehe, fortfahre.

Die Bauarbeiter sind fort, sind nicht mehr im Haus. Seltsames Wort, denke ich. Seltsames Wort für die Ruine, die Grube, und: die Bauarbeiter sind fort. Noch ist es dämmrig. Das Haus, das sie bauen, wird klotzig und aus Beton gegossen sein. Es wird keine Mansarden unter dem Dach haben, und die Zimmer, das ist schon jetzt deutlich zu sehen, werden kleiner und symmetrischer angeordnet sein als früher. Im Erdgeschoss kein einziger Raum, der aussieht wie eine zukünftige Schusterwerkstatt. Aber oben auf der rechten Seite eine Bewegung.

Ein Bauarbeiter, sagt Lars. Pia schüttelt den Kopf. Ein Tier vermutlich, denke ich, schaue genauer zu der Betonebene hoch.

Wieder bewegt sich dort etwas, wieder kann ich es nicht richtig ausmachen. Inzwischen ist es nahezu dunkel. Los, hin! Pia, wie eine abenteuerlustige dreizehnjährige Pfadfinderin. Sie plant etwas. Sie weiß etwas. Ich muss mich vorsehen: Wohin? Hoch, ruft sie, rausfinden, was da rumschleicht, obwohl die Bauarbeiter schon weg sind.

Der Eingang liegt immer noch auf der von der Straße abgewandten Seite. An einer Stelle sind die Bauzaungitter auseinandergeschoben. Wer immer da durchgepasst hat, kann nicht viel kräftiger gewesen sein als ich.

Los, los! Pia, ungeduldig. Im Treppenhaus ein Aufzugschacht, leer, schmal, zugig. Weit und breit keine Stahlschrägen mehr für Artisten. Die Stufen aus Beton, noch geländerlos, aber am Rand schon Bohrlöcher, in die später Streben eingelassen werden. Im ersten Stock links ein rechteckiger Durchlass für die zukünftige Wohnungstür.

Bevor ich den Gedanken zu Ende gedacht habe, sagt Lars: Ja, und ich nicke. Aber das hier ist ein anderes Haus, sagt er. Ich werfe einen Blick in das, was vor ein paar Wochen mein Flur war und in ein paar Wochen der Flur eines anderen sein wird, und denke, dass er recht hat: hier ist nichts aus Holz, hier gibt es keine denkmalgeschützten Wände, teilweise noch mit Lehm und Stroh verputzt, keine uralten Dielen und Türschwellen mit Dellen und Ritzen drin, keine über dem Putz verlegten Stromkabel oder Rohre, weil die Wände viel zu schmal wären, als dass irgendetwas unter Putz verlegt werden könnte. Das hier ist ein anderes Haus. Eines, in dem alles lotrecht und hellgrau und rechtwinklig sein wird. Eines, in dem die Fensterrahmen aus Isopren sein werden und die Wohnungstüren vielleicht sogar aus Metall. Dieses Haus ist ein fremder, unbekannter Ort, und im Stockwerk über mir schlurft jemand herum.

Eine Hand an der Wand, steige ich Stufe für Stufe nach oben, schaue hoch dabei, dann stehe ich im zweiten Stock vor dem, was demnächst die Wohnung auf der linken Seite sein wird. Das Gemurmel kommt von ganz hinten aus dem letzten Zimmer. Das Haus, denke ich eigenartig langsam, ist in diesem Zustand von außen besser einsehbar als von innen, weil die tragenden Wände schon stehen, der Rest aber noch fehlt. Fensterwände, sagt Lars, da kommen später sicher wandhohe Fenster zur Straße hin.

Hallo? Der poröse Beton verschluckt meine Stimme. Trotzdem verebbt das Murmeln, die Schritte bleiben aus, und plötzlich weiß ich, wer da herumläuft. Genau!, sagt Pia zufrieden, und Lars nickt besorgt. Aber sie ist doch im Gefängnis, denke ich. Gefängnisse, sagt Lars, sind weder Sackgassen noch Einbahnstraßen, und ich stehe im gähnend leeren Türrahmen eines Zimmers über dem Zimmer, das in einem anderen Haus in einer anderen Zeit am selben Ort mein Studio war.

Am Ende des Raums, ihre Silhouette vor der nicht vorhandenen Wand zur Straße. Obwohl es inzwischen fast ganz dunkel ist, erkenne ich sie sofort an ihrem kanariengelben Mantel und dem zerbeulten schwarzen Filzhut, von dem sie mir erzählt hat, er habe vor hundert Jahren oder so ähnlich ihrer Großmutter gehört. Guten Abend, Frau Pietzsch, sage ich leise.

Sie legt den Kopf schräg. Moment mal, sagt sie, kramt in einer ausgebeulten Hängetasche herum, die ich nie in ihrem Haushalt gesehen habe, bringt eine Taschenlampe zum Vorschein, leuchtet mir damit ins Gesicht. Ach, sagt sie, knipst das Licht wieder aus, du bist das, Frau Produzentin. Ich nicke. Komm mal her, sie winkt mich heran. Hier, sagt sie, deutet auf den Boden, hier ungefähr muss doch mein Allesbrenner gestanden haben, oder?

Ich trete in den Dunst ihrer Kleider, sehe auf die Stelle, auf die sie zeigt, schaue mich um, versuche durch die Schatten hindurch die alte Wohnung in der neuen zu finden, schüttle den Kopf. Eher hier, sage ich, zeige mehr in die Mitte des Raums. Meinst du?, sie klingt skeptisch. Das war alles angeschrägt, erinnere ich sie. Die Decken waren schräg, wissen Sie das nicht mehr? Ihre Wohnung war doch eine Mansardenwohnung, sage ich.

Mansardenloch, sagt sie. Mansardendreck, sagt sie und spuckt aus, und ich muss lächeln. Ich dachte, Sie sind im Gefängnis, Frau Pietzsch. Sie schnaubt leise. Gefängnis, sagt sie, das ist doch kein Ort. Keiner, an dem man bleiben möchte. Sie schiebt eine Haarsträhne zurück unter den Hut. Ganz egal, was man getan hat, sagt sie. Wie bitte? Man möchte einfach nicht dort sein, Frau Neunmalklug. Es ist nicht schön, eingesperrt zu sein. Ich sehe sie an. Lars sagt: Frag sie. Ich schüttle den Kopf. Da muss man nicht fragen, sagt Pia, sie hat getan, was sie zu tun hatte. Sie hat gar nichts getan, sage ich ärgerlich, und Frau Pietzsch sieht erstaunt vom Boden, wo sie immer noch den richtigen Platz des Allesbrenners sucht, zu mir hoch. Wer hat nichts getan?, will sie wissen. Sie, sage ich, Sie haben doch nichts verbrochen.

Das sehen andere anders, sagt sie, läuft, den Blick wieder fest auf den Boden gerichtet, im Kreis um die immer gleiche Stelle, zückt die Taschenlampe, leuchtet den Beton um ihre Füße aus. Ich glaube, hier muss es gewesen sein, murmelt sie. Ich weiß, sage ich, andere sehen das anders, aber natürlich haben Sie nichts verbrochen. Das ist eine Frage der Definition, antwortet sie, ohne aufzusehen, geht langsam im Kreis. Was? Eine Frage der Definition, wiederholt sie, klingt abwesend, als dächte sie über etwas nach, das mit unserem Gespräch überhaupt nichts zu tun hat. Die Jacke fester um meinen Körper ziehen. Was ist eine Frage der Definition, Frau Pietzsch? Ob es ein Verbrechen ist, das Haus anzuzünden, oder ob es kein Verbrechen ist.

Pia lehnt sich zufrieden zurück, pfeift leise, genießt das Schauspiel, das ich ihr biete, innerlich wie äußerlich, nämlich: ich halte die Luft an, starre Frau Pietzsch in die Augen, die kaum zu sehen sind, halte mich an Lars fest, der leuchtet, matt, aber tröstlich. Was soll das heißen?, wispere ich. Dass es eine Frage der Definition ist, ob ich ein Verbrechen begangen habe oder nicht, sagt Frau Pietzsch, geht zwei Schritte weiter nach links, dreht sich um sich selbst. Nein, sagt sie, hier. Hier ist es gewesen, ganz sicher!

Aber ich: schlucke trocken, gehe auf sie zu, öffne den Mund, kann nichts sagen, kann nur husten, mehrmals hintereinander. Du bist ja erkältet, sagt sie, klingt teilnahmslos. Haben Sie das Haus angezündet, Frau Pietzsch? Die Frage in den Raum zwischen uns schleudern, leise, heftig. Sie sieht überrascht auf. Natürlich, sagt sie, wer denn sonst?

Leere. In meinem Kopf, nichts als Leere. Meine Beine, steif und kalt und gefühllos. Mein Gesicht, eingefroren zu einer Grimasse, und ich bin dankbar, dass ich mich nicht sehen muss. Kein Gedanke, keine Frage. Endlose Leere und schwere Atemnot, sonst: gar nichts. Pia kichert beglückt. Dann keuche ich plötzlich, überrasche mich selbst damit, hole Luft, mehrmals hintereinander, tief: Ich wäre fast krepiert, Frau Pietzsch!

Heftig schlägt sie mit der Hand durch die Luft vor ihrem Gesicht, wedelt mit der anderen die Taschenlampe herum, sieht mich ärgerlich an. Bist du aber nicht, sagt sie. Was hätte sein können, zählt nicht im Leben, sagt sie, merk dir das. Es zählt nie. Was ist, zählt. Es ist immer das Einzige, was zählt. Keiner von euch ist verreckt. Bist du etwa ein Geist?, fragt sie. Du bist doch ganz und gar aus Fleisch und Blut und munter am Leben. Munter, ruft Pia, genau: ausgesprochen munter, und lacht mit einer scharfkantigen, eiskalten Stimme. Death ist fast verreckt!, rufe ich. Wer ist Death? Jetzt tun Sie nicht so!, brülle ich sie an, aber dann fällt mir ein, dass Frau Pietzsch es wirklich nicht wissen kann. Joplin, sage ich und hasse mich dafür, dass ich mir selbst den Wind aus den Segeln nehme mit der Erklärung. Joplin, meine Katze, die kennen Sie doch noch. Sie wäre fast verbrannt, und mein Studio: es ist weg, aus, vorbei.

Dein Studio, sagt Frau Pietzsch, sieht mich an, sehr ruhig, als überlegte sie, wie sie mir am besten diese wirklich einfache Sache erklären könnte, dein Studio ist mir scheißegal. Dann leuchtet sie wieder auf dem Boden herum. Hast genug Geld, um dir ein neues zu kaufen, murmelt sie.

Sie sind verrückt, Frau Pietzsch, sage ich, und meine Stimme ist vollkommen ruhig jetzt, nur mein Hals brennt vom Schreien, und meine Beine fühlen sich an, als seien sie aus Eiszapfen gemeißelt, aber Pia: So, so, verrückt, und ich zucke zusammen. Wer einen Balken im Auge hat, schiebt sie gehässig hinterher. Ja, sagt Frau Pietzsch ernst und nickt und sieht hinaus auf die Straße, wo inzwischen die Laternen angegangen sind. Dass ich verrückt bin, ist kein Geheimnis. Das weißt du doch schon lange, sagt sie, das wissen alle, und das Licht von draußen leuchtet ihr Gesicht unter dem Hut so aus, dass es wie eine kratrige Mondlandschaft wirkt. Sie lächelt, nickt. Verrückt, verrückt, in der Tat, murmelt sie, sehr praktisch, verrückt zu sein, und ich denke, dass irgendetwas nicht stimmt, dass es unlogisch ist und eigenartig und dass ich so mit mir beschäftigt war gerade, dass ich nicht herausfinden kann, was es ist, aber dann sitzt Frau Pietzsch auf ihrer harten Holzpritsche, und hinter ihr leuchtet der Mond am Himmel, und der Kojote hockt immer noch neben dem Kaktus und hechelt, und jetzt weiß ich es:

Sie lügen, sage ich. Sie waren es nicht. Die hatten Sie doch schon in U-Haft, da wären Sie nie rausgekommen, wenn Sie denen das erzählt hätten. Ja, ihr Wort bleibt im Raum stehen. Ja, sagt sie nach einer Weile noch einmal, da war ich, und ich wäre nicht rausgekommen, wenn ich es ihnen erzählt hätte. Ungemütlich, sagt sie, kein Ort, an dem man bleiben möchte. Und, stell dir vor, die können mir nichts nachweisen! Ist das nicht ganz wunderbar? Da haben sie all diesen Schnickschnack, Spurensicherung, Pinsel und Puder und was weiß ich noch alles, aber nachweisen können sie mir nichts. Die wissen, dass ich es war. Sie wissen auch genau, wie ich es getan habe. Sie können es nur nicht beweisen, deswegen haben sie mich laufen lassen. Mein Anwalt weiß es auch, aber er sagt nichts. Darf er nicht, ist ja mein Anwalt. Der schüttelt immer nur den Kopf und verflucht mich ein ums andere Mal. Sie lacht leise. Ich bekomme jetzt jedenfalls eine neue Wohnung vom Amt zugewiesen. Eine größere mit Zentralheizung, Frau Produzentin. So viel steht fest. Gestern gab's die Zusage. Plötzlich wirft sie den Brocken Mörtel, den sie aufgehoben hat, zur Seite, kommt ein paar Schritte näher, sieht mir in die Augen.

Und du?, will sie wissen, wo wohnst du jetzt eigentlich? Sie grinst breit und sitzt in ihrem kanariengelben Mantel auf der hölzernen Pritsche, und hinter ihr, oben auf dem Hügel, ist der stachlige Kaktus zu sehen und der Kojote daneben, und ganz dahinter am Nachthimmel leuchtet ein großer, gelber Vollmond über der Prärie, und Frau Pietzsch lacht und steht auf und verschwindet durch die Gitterstäbe in die Nacht.

to put the pieces back together
rediscover communication

schism
tool

Übers Fauchen weg in die Colbert'sche Wohnung horchen. Die Hände flach an der Wand, das Ohr an der kühlen Tapete: Stille auf der anderen Seite. Das Wort sehen. Es immer wieder in der Stille auf Coralines Seite der Wirklichkeit sehen: *Folgelandschaft*, und auf meiner Seite der Wirklichkeit. Muschelweiß schimmert es in Fabians Schrift vor meinen Augen. Wenn Zurück ein Ort ist, den es nicht gibt, was ist dann Reykjavík, wenn ich wieder dorthin fliege?

Pia spitzt die Ohren, ist aber still. Lars pulst warmes Licht um uns her. Wenn es Zurück nicht gibt, wo bin ich dann, seit Hjartan wieder aufgetaucht ist? Keine Antwort. Kein Vorschlag, kein Kommentar: die beiden sind stiller, als ich sie je erlebt habe. Ich bin verwunderter, als ich mich je erlebt habe. Wo bin ich, seit Hjartan wieder da ist?

Das Fauchen ist fort jetzt. Lauschen. Die erstaunlich ruhige Präsenz von Pia und Lars. Durch die Fensterscheiben gedämpfte Verkehrsgeräusche. Sonst nichts: kein Knacken in den Dielen, kein Gluckern in der Heizung. Ich sehe mich um. Herausfinden, wo ich bin.

Es war der kleine Polarhund, den ich vergessen hatte. Er liegt neben dem Kopfkissen auf Klaras Gästebett. Die Hände von der

Wand nehmen, das Ohr. Ich werde ihn einpacken. Klara bewahrt das Geschenkpapier in der flachen Schublade oben an der Jugendstilkommode auf. Wie heißt du? Keine Antwort.

Vermutlich war es doch ein Fehler, die Grenze nicht zu bemerken. Vermutlich hat Bartek Rieger sich geirrt. Wir hätten uns damals die Zeit nehmen sollen, noch ein zweites Mal zurückzugehen, nämlich: vom zur Hälfte abgebrannten Falschen Jasmin zurückzugehen bis zu der Stelle, an der ich die Grenze überschritten hatte, ohne es zu bemerken. Wenn Zurück ein Ort ist, den es nicht gibt, wo käme ich dann heraus, wenn ich wieder auf die andere Seite der Grenze ginge? Das musst du ausprobieren, Lars' Stimme, zuversichtlich. Ausprobieren? Ja, sagt er, und noch einmal: Du müsstest es ausprobieren, und ich denke, dass die Polarhundverpackung sofort verrät, wie selten ich Geschenke einwickle. Dann setze ich mich. Dass es der Tisch in der Küche ist, an den ich mich setze, ist Zufall. Aus dem Fenster schauen, ohne etwas zu sehen. Den Ellbogen auf die Tischplatte stützen dabei, den Kopf in die Hand. Lauschen. Es ausprobieren? Aber Lars ist still jetzt, und als ich aufstehe, tue ich es verwundert. Ich hätte nicht gedacht, dass ich mich so entscheiden würde.

Das Päckchen mit dem namenlosen Hund schiebe ich in eine Plastiktüte, hänge sie an die Wohnungstür der Colberts. Dominiks Fahrradschlüssel werfe ich in Frau Beckers Briefkasten. Zur Wilskistraße nehme ich den Bus. Ein heller Dezembermittag kurz vorm Jahresende.

Bis zur Ruine sind es etwa vierhundert Meter. Trotz der Feiertage sind inzwischen die Fensterwände eingesetzt, genau wie Lars vermutet hat. Das Glas im zweiten Stock spiegelt. Wahrscheinlich ist sie nicht dort. Ganz sicher nicht, sagt Lars, sie ist in ihrer neuen Wohnung. Oder wieder im Knast, denke ich, aber er schüttelt den Kopf. Die Reformhausleute fragen, ob sie zufällig Yılmaz' Nummer haben. Zwischen den Sonnenblumen hindurch sehe ich die beiden an der Verkaufstheke. Sie gibt Geld aus, er schreibt etwas. Die Reformhausleute nichts fragen, nämlich: Yılmaz und ich waren immer nur Nachbarn. Es gibt Dinge, die ihre Gültigkeit nicht verlieren. Dann laufe ich zur U-Bahn.

Den Whisky für Pete gleich im Empfangsraum auf den Tisch stellen. Die Augen schließen. Das leise Ticken der Comic-Uhr. In den Wänden rauscht Wasser. Auf dem Gehweg vor der Metalltür oben ruft jemand etwas, sonst nur: Stille. Warten.

Pia schweigt. Ich spüre sie deutlich, aber seit der Begegnung mit Frau Pietzsch hat sie kein Wort mehr gesagt. Das Licht in der Regie dimmen. Mein Spiegelbild in der dunklen Scheibe zum Aufnahmeraum. Folgelandschaft. Lauschen. Es ist still hier drin. Dann schalte ich die Geräte ein, öffne die *Postcard from Turkey*-Daten, schließe die Augen. Wo bin ich, wenn ich höre?

Hjartan, wie er lacht und mit der flachen Hand aufs Dach seines alten Toyota schlägt: Generalüberholung, und ich lächle zurück und nicke. In Ordnung, dann nehmen wir nachher die Schwalbe, um nach Grindavík zu fahren, sage ich. Er bringt den Wagen in die Werkstatt. Ich betrachte die Kugel, zu der mein Bauch in den letzten sieben Monaten geworden ist, wundere mich über mich selbst, lächle mein Spiegelbild an und denke, dass das Leben ab jetzt immer in die gleiche Richtung weiterfließen wird, dass es sich jetzt entschieden hat, dass ich mich jetzt entschieden habe, denke vollkommen irrtümlich, dass das Leben nur eine Frage der Entscheidungen ist, die man trifft.

Ich hätte auf diesem Gespräch über Zufälle bestehen sollen: damals in der Brandnacht, als Bartek Rieger sich nicht festlegen wollte, ob er nun an sie glaubte oder nicht, als er es auf ein Später vertagte, von dem wir beide wussten, dass es nicht kommen würde. Auf Pause klicken. Horchen.

Von ferne ein Hupen. Pias transparentes Schweigen, als wäre sie aus Nebel. Lars, kräftig, hell, warm, nah: schweigt auch. Herausfinden, wo ich bin, wenn ich in der Stille bin. Dunkles Glas, blinkende Anzeigen, das kaum wahrnehmbare Summen des Mischpults: Ich bin hier, sonst nirgends. Die Musik wieder einschalten, und ich höre den Streit.

Aber ich schüttle den Kopf: Der Streit führt zu nichts. Nicht jetzt. Er hat bereits zu allem geführt, er wird nichts Neues mehr bringen. Der Bogen, den Jannik beim Übergang zur nächsten Passage schlägt, weit, weit vorn auf dem Steg, wohin Basser sonst selten ihre Finger bewegen. Es ist kein schlimmer Streit. Ich will nur nicht, dass Hjartan fährt, wenn er etwas geraucht hat, auch wenn er Übung darin hat, und auch, wenn er es seit Jahren tut: inzwischen geht es nicht mehr nur um uns beide. Schließlich lacht er, küsst mich, gibt mir die Schlüssel. Ein kurzes Hin und Her, ein paar Worte, Blicke. Mehr Streit ist da gar nicht, und die Schwalbe ist knallrot und steht vorm Tor unter einer Plane, weil sie so selten benutzt wird. Aber sie springt sofort an. Es nieselt, als ich losfahre, Hjartans Arme, warm um meinen Bauch. Die Anlage ausschalten. Samtige Stille. Den Brief mit dem Rough-Mix für Jannik fertigmachen. Eine Kopie für Pete dalassen, ohne besonderen Grund. Den Schlüssel abgeben, wo ich ihn kurz vor Weihnachten bekommen habe. Ein Taxi heranwinken, und ich hätte wirklich nicht gedacht, dass ich mich so entscheiden würde.

Wie klein der Flughafen ist, hatte ich vergessen. Die Fahrt von Keflavík nach Reykjavík im Dunkeln. Ein paar Lichter, die Weite auf beiden Seiten der Straße: auch nachts spürbar, vollkommen unverständliche Funksprüche. In der Zentrale lacht jemand aus vollem Halse. Der Fahrer grinst. They're completely stoned, erklärt er mir. In Reykjavík herumlaufen. Es ist sechs am Abend. Lars braucht zwei Stunden, bis er mich so weit hat, nämlich: bis er mich um sechs am Abend davon überzeugt, tatsächlich auf die Klingel am Pfarrhaus zu drücken.

Ólina schlägt die Hand vor den Mund, als sie mich sieht, und später werde ich wissen, dass sie mich nicht geohrfeigt hat, dass sie mir die Tür nicht vor der Nase zugeschlagen und mir nicht ins Gesicht gespuckt hat. Später werde ich wissen, dass sie anfängt zu weinen, noch während sie die Hand wieder fallen lässt, und mich dann fest umarmt. Seitdem schweigt Lars.

Die Kinder: jedes einzelne vier Jahre älter. Yrsa erinnert sich nicht mehr an mich, sie war damals gerade erst vierzehn Monate alt. Die beiden Großen kommen angerannt, lachen, umarmen mich. Mein Kehlkopf, wie er eng wird, schmerzhaft eng. Ich kann nicht weinen, aber ich kann Finnur und Elín an mich drücken, muss husten dabei, und Teitur kommt in den Flur: sein ruhiges Lächeln. Warum fährt Pia nicht mit etwas Scharfkantigem dazwischen? Auf den Boden sehen. Die Kinder loslassen. Yrsa betrachten, die schon fünf sein muss, die sich am Hosenbein ihres Vaters festhält, den Kopf an seine Hüfte lehnt, hellblond und mit Haaren so dünn wie Flaum. Es wäre leichter, wenn sie mich hassen würden.

In weichen Kissen sitzen. Immer wieder auf den Boden schauen, aus den Fenstern. Tee auf dem Couchtisch. Eine Kerze. Sprechen, ein Ding der Unmöglichkeit. Teitur legt den Kopf schräg, erzählt von der Predigt, die er gerade schreibt. Kanarienvögel zwitschern in einem Käfig außer Sichtweite. Ich lausche. Das Haus ist friedlich. Von Teiturs Erzählung bekomme ich nicht viel mit, wiege mich in seiner Stimme, in der Pause, die sich auftut, als er fertig ist. Ólina räuspert sich, lehnt sich in den Sessel zurück. Ob ich die Kinder mit ins Bett bringen möchte, fragt sie schließlich. Lars? Wie Nebel. Finnur liest eine Gute-Nacht-Geschichte für seine jüngeren Schwestern vor. Ich tauche in den Klang der Sprache, die ich nicht verstehe, lehne im Türrahmen, betrachte Yrsa, die mich betrachtet, die irgendwann lächelt, das Gesicht unterm Kopfkissen versteckt. Dann beten sie, nämlich: Faðir vor, þú sem ert á himnum, und ich denke, dass es erschreckend ist, in wie vielen Sprachen es dieses Gebet gibt. Wir gehen in die Küche. Wein jetzt, Rotwein, und immer noch keine Fragen von Ólina. Fast als wüsste sie alles. Mit einer endgültigen Bewegung schließt sie die Spülmaschine, schaltet sie ein, dreht sich zu mir um. I'll take you there tomorrow, sagt sie und nickt und geht zum Gästezimmer, mein Bett zu richten.

Der kleine Friedhof liegt nicht oberhalb einer Klippe. Auch nicht in der Nähe des Leuchtturms. Er liegt mitten in Reykjavík, nah beim Pfarrhaus, gleich hinter der Kirche, und es gibt keine Pforte aus schwarz bemaltem Eisen, sondern es gibt ein Tor aus altem, massivem Holz. Ich finde das Grab auch ohne Ólina. Ich finde es gegen drei Uhr noch in dieser Nacht mit Hilfe einer großen Taschenlampe aus Teiturs Kellerwerkstatt. Ob es Pflanzen gibt unterm Schnee, ist nicht auszumachen. Er liegt sicher zwanzig Zentimeter hoch. Ein Stein, wie ein kleiner Findling von der Küste. Hjartan steht da, und dann halte ich die Luft an. Kein Nachname, kein Datum, kein Spruch. Aber unter seinem Namen, ein zweiter. Hjartan steht da, und: Tíra. Sonst gar nichts.

Wie konnten sie das wissen?

Später bin ich mir nicht mehr sicher, wie lange ich im Schnee gelegen habe, nur, dass es noch dunkel ist, als ich mich hochstemme, dass mir die Augen brennen, dass ich mein Gesicht nicht spüre und meine Finger nicht, dass die Taschenlampe auf den Weg hinter mir gerollt und ausgegangen ist, dass ich mich dreimal verlaufe, bis ich das Tor finde, über das ich hereingeklettert bin.

Ólina steht in der Küche. Es muss gegen halb sieben sein. Mit dem Rücken lehnt sie an der Arbeitsfläche, hält einen Becher in der Hand, hat nur ein kleines Licht angeschaltet, sieht zu mir herüber, keine Überraschung im Gesicht.

Take that jacket off, sagt sie leise, you're dripping. Die Jacke ausziehen, und Ólina runzelt die Stirn. You're really dripping, sagt sie, als sie die durchnässte Hose und den Pulli sieht. Sie verschwindet, holt mir Wäsche, drückt mir einen Becher Kaffee in die Hand, schüttet ordentlich Rum hinein.

Draußen wird es noch lange dunkel sein. Dass die Kinder erst in einer Stunde aufstehen müssen, erklärt sie mir, und dass sie selbst diese kurze Zeit der Ruhe vor dem Tag am meisten liebe, dass sie sich, seit sie Mutter ist, diese eine Morgenstunde immer gönne. Sie lächelt, sieht mich an, setzt sich im Schneidersitz zu mir aufs Gästebett, trinkt, und ich warte vergeblich auf Lars. Keine Unterstützung. Ich spüre ihn, aber er regt sich nicht, schweigt. Pia? Scheint ganz und gar fort zu sein. Seltsamerweise so etwas wie Sehnsucht bei dem Gedanken, auch wie Trauer.

Einatmen. Ausatmen. Die Frage stellen, auch ohne Unterstützung. Es geht leichter, als ich gedacht hätte. Nur die Antwort, für die brauche ich lange: dafür, sie zu mir vordringen zu lassen, sie zu verstehen.

Unmöglich, flüstere ich, schüttle den Kopf dazu, sehe auf den Boden, sehe Ólina in die Augen, sehe auf ihre Hand, mit der sie meine hält, fest hält. Ich war nur eine Nacht im Krankenhaus, genau genommen sogar nur eine halbe, in der ich unentwegt wach lag: Was Ólina sagt, ist vollkommen unmöglich.

You kept saying it all the time, bekräftigt sie noch einmal, und ich denke, dass ich mich überhaupt nicht an drei Nächte entsinnen kann, nur an die Fahrt im Krankenwagen, an die Angst um Hjartan, um das Kind in meinem Bauch, um mich selbst, an Übelkeit und Schmerzen und an eine Nacht, in der ich mich gegen zwei Uhr aus dem Krankenhaus gestohlen und ein Taxi zum Flughafen genommen habe.

Aber Ólina ist sich ganz sicher, dass ich drei Tage lang im Krankenhaus gewesen bin und ständig ihre Namen gesagt habe: Tíra. Hjartan. Tíra. Hjartan. Pausenlos. That's how we knew her name, sagt sie.

Einen Geländewagen mieten, zum Leuchtturm fahren. Er ist fest verschlossen. Basstölpel in den Klippen, Schnee, Wind, Nordmeer: salzig, gischtig. Lauschen. Brandung, Vogelschreie, das Pfeifen bewegter Luftmassen. Außengeräusche, nichts als Außengeräusche. Auf dem Rückweg lenke ich den Wagen in Richtung Bjarnarstigur, aber dann biege ich kurz vorher ab. Zurück ist ein Ort, den es nicht gibt: hier wohnen jetzt Fremde.

Ich bleibe drei Tage bei den Egilssons, laufe durch die Stadt, fahre zum Hafen, ans Meer, verbringe die Hälfte der Zeit in Plattenläden, spreche kaum, beschäftige mich damit zu hören. Die Kinder bringen mich zum Lachen, immer wieder. Yrsa hat beschlossen, dass ich in Ordnung bin. Stundenlang erzählt sie mir Geschichten, die ich nicht verstehe. Stundenlang höre ich ihr zu. Dann nehme ich die letzte Maschine und lande kurz vor Mitternacht in Tegel.

Sind Sie sicher, dass Sie hier raus wollen? Der Taxifahrer wundert sich, fährt achselzuckend zurück in die Stadt. Den Weg durch den Forst langsam gehen: nicht wegen der Dunkelheit, sondern wegen des Herzklopfens. Ich brauche länger, als ich je gebraucht habe, sicher eine Stunde. Ständig erwarte ich Kommentare von Lars oder Pia, ständig fühle ich mich wie zurückgelassen, wenn keine kommen, wie aufgegeben. Die flache Hand ans Holz der Tür legen, das rechte Ohr. Ins Havelhaus lauschen. Das Holz ist zu kräftig, ich höre nur den Wald: das Wipfelrauschen der Kiefern, das Rascheln der dünnen, winternackten Birkenäste. Den Eulenruf bilde ich mir ein. Er ist nicht wirklich, das weiß ich genau. Lars würde lächeln bei dem Gedanken, Pia vermutlich schnauben. Beim letzten Mal war er allein zu Haus, und es war nicht abgeschlossen. Herausfinden, ob ich eine zweite Chance habe.

Langsam drücke ich die Klinke hinunter. Meine Augen brauchen einen Moment, bis sie sich an die Dunkelheit des Innenraums gewöhnt haben. Die Schlafzimmertür steht offen. Sebastian, nur halb zugedeckt, liegt auf dem Bauch, hat sich ein Kissen über den Kopf gezogen. Ich gehe zum Kamin, der noch voller Glut ist, schichte Scheite darüber, warte, bis es wärmer wird. Dann ziehe ich die Jacke aus und die Strümpfe, lege sie auf den Schaukelstuhl.

Folgelandschaft? Die Ärmel des Pullis hochschieben: die Haut an meinen Unterarmen ist vollkommen unversehrt. Den Pulli ausziehen. Die Oberarme, unversehrt. Mit der Hand über meinen Hals fahren, das Unterhemd über den Kopf ziehen, meine Haut betrachten. Keine Schnitte, keine Nähte, nichts, nirgends. Die Brüste narbenfrei. Die Hose, die Unterwäsche. Ein einziger, kaum sichtbarer, sehr gut verheilter kleiner Zacken am Knie. Eine Narbe, die ich mir im Alter von sieben beim Fahrradfahren zugezogen habe. Wie konnte Fabian die Folgelandschaft sehen? Näher an den Kamin rücken, der Wärme wegen, auch wegen des Lichts. Immer wieder meine Haut betrachten. Die Zehen, die Sohlen, die Innenflächen der Hände, die runzlige Haut über den Ellbogen, die Haut unterm Nabel zwischen der rechten und der linken Hüfte, glatt, fest und weich zugleich. Mit dem Finger den Halbmond hinter den Ohrmuscheln abfahren. Außer der einen am Knie: keine einzige Narbe. Keine Zeichen. Nicht das geringste Signum.

Er ist wach, als ich mich zu ihm unter die Decke lege. Seine Augen sind geöffnet, glitzern leicht im Dunkel. Er streckt den Arm für mich aus, wartet, bis ich meinen Kopf daraufgelegt habe, zieht mich an sich, und ich atme. Das kleine Schlafzimmer im Havelhaus, voller Nacht und Stille, und die Schwalbe dreht unglaubliche Pirouetten auf dem Blitzeis, das der Nieselregen mit sich gebracht hat, nur Minuten nachdem wir losfahren, und ich denke verwundert, dass ich sie erstaunlich gut im Griff habe. Obwohl ich die ganze Zeit über weiß, dass wir stürzen werden, denke ich, beide Hände fest um die Lenkergriffe, dass ich meine Sache wirklich erstaunlich gut mache: bis sie auf mir liegt, bis überall Schmerz ist, bis ich die Schwalbe irgendwie wegschiebe von meinen Beinen, meinem kugelrunden Bauch, und zu Hjartan krieche. Hjartans ungläubiger, schmerzverzerrter Blick. Die rote Lache, in der sein Kopf liegt.

Warst du bei deinem Kind?, fragt Sebastian so leise, dass ich ihn kaum höre. Sie hieß Tíra, sage ich, Tíra: schwaches Licht. Mit den Fingern fährt er mir durchs Haar. Sie werden weggeworfen, flüstere ich an Sebastians Brust hin, tot geborene Kinder bekommen kein Begräbnis. Sein Atem setzt aus, dann streicht er wieder über mein Gesicht, warm, regelmäßig, und ich laufe, notdürftig bekleidet, aus dem Krankenhaus und nehme mir ein Taxi und am Morgen den ersten Flug. Er geht nach London: ein Hotelzimmer, eine Kloschüssel, die sich ständig neu mit Erbrochenem füllt, Schmerztabletten, Fieber, Durst. Ob Lars dabei war? Ob er sich an mehr entsinnt als ich? Ob er weiß, wie lange ich dort war? Pia? Ob Sebastian noch wach ist?

Es ist illegal, wispere ich, aber sie haben es einfach getan. Teitur ist Pfarrer, erkläre ich ihm kaum hörbar, er und Ólina haben Tíra einfach mit Hjartan zusammen beerdigt. Im selben Grab, im selben Sarg, und Ólina sieht mich an mit ihren großen, hellen Augen. They looked beautiful, sagt sie, und ihre Stimme ist überhaupt nicht belegt und überhaupt nicht zittrig. As if they were asleep, sie nickt vor sich hin. Tíra war winzig klein, sage ich, und meine Stimme ist überhaupt nicht belegt und überhaupt nicht zittrig, und Sebastian ist noch wach, nämlich: er legt seinen anderen Arm um meine Hüfte. Sie hat genau in Hjartans Armkuhle gepasst, wie angegossen, wie maßgeschneidert, sage ich, und Sebastian drückt mich fest an sich, und ich bin ganz ruhig, und er weint.

Ich lasse ihm Zeit. Ich warte. Ich lausche. Mein Ohr, auf Sebastians Brust. Sein Herz schlagen hören, kräftig, stetig, seinen Atem, der sich beruhigt. Dann richte ich mich auf, ein wenig nur, suche seine Augen im Dunkel. Sie sind wieder geöffnet, glitzern vor mir, still. Was hätte sein können im Leben, zählt nicht, denke ich, was ist, zählt, und Sebastian schaut und schweigt, und seine Finger, schwielig auf meinem Arm, bewegen sich nicht. Meine Finger auf seine Lippen legen. Diesmal, denke ich, nur noch deshalb, nämlich: diesmal nur wegen der Liebe.

Ich küsse ihn erst langsam und vorsichtig und kurz und warte, ob er zurückküsst. Er küsst zurück, nämlich: genau wie ich, langsam und vorsichtig und kurz. Dann küsse ich ihn lange und kaum noch vorsichtig, nämlich: ich denke überhaupt nicht mehr nach beim Küssen und schließe meine Augen und schiebe einen Arm unter seinen Nacken, und er legt seine Hände rechts und links um meinen Kopf.

Stundenlang lausche ich Sebastians Atem. Als es zu dämmern beginnt, stehe ich auf, ziehe mir etwas über, lehne die Schlafzimmertür an, mache Feuer im Kamin, horche, aber auch Lars ist jetzt ganz und gar verschwunden, ich spüre ihn nicht mehr. Im Rucksack immer noch das Heft, das mir Frau Becker vor Wochen gegeben hat. Mich an den Tisch setzen, es aufschlagen. Hinter den Bleistiftnotizen zu *Postcard* die leeren Seiten durchblättern, sie betrachten. Neben dem Stövchen ein Kugelschreiber. Ich hole ihn mir, drehe ihn hin und her zwischen Daumen und Zeigefinger, schaue aus dem Fenster, zur Kinderzimmertür, zum Buddha.

Später, schreibe ich, werde ich wissen, dass vor dem Feuer eine Verpuffung war, kenne jetzt aber dieses Wort noch nicht, höre nur das Geräusch, das es bezeichnet, das gerade so klingt wie das Wort, nämlich: *Puff!*, eindeutig wie: *Puff!* Davon bin ich aufgewacht. Und, sagt der Feuerwehrmann, der junge mit den Kratzern im Gesicht, es ist ein Wunder. Das sagt er. Dass mein Überleben ein Wunder sei und das der Katzen, denn die haben auch überlebt, und dass das Wunder direkt mit der Verpuffung zu tun habe, das sagt er auch: Hätten Sie die nicht gehört, also, wären Sie von der nicht aufgewacht… Und ich höre die drei Pünktchen so deutlich wie in der Nacht das *Puff!*, nämlich: weil er das Wort nicht sagen möchte. Der junge Feuerwehrmann mit den Kratzern im Gesicht möchte nicht *tot* sagen.

credits

mané pre-production studios
wish to thank

...phil »the taxman« knobloch for the globe's best first, second and third readings and for bringing the cats back into the fire. also for all the personal connections you opened up for mané's journey. *christo* for perfect dramatic readings and encouragement. *luzinha* for the postcard that got me started. *tilman* for reading, reading, reading, for three question marks and many smokey coffees. *olaf* for a helpful look at my writing from the skit side of life. *klaus »ear-condition« scharf* for everything you taught me about hearing, for the most excentric and inspiring studio i've ever been to, and for hours and hours at the pictures. *dan* of floridanstudios stuttgart for twenty inestimable minutes in your office, many beautiful smiles and, of course, for rick rubin. *heiner* and *christiane* for perfect medical advice. *eva bauer, johannes wohlleben* and *diego jasca* of bauer studios ludwigsburg for time and patience, and for a great atmosphere of work, concentration and art in a beautiful studio. *götz christof glaser, hennig seidler* and *moritz weißkopf* for their site, www.folgelandschaft.de, specially for the titles on fabian's pictures, but also for his pictures in general. *fräulein salentin* for sorting books by colour. *mr. marks* for more than only one convenient cardigan to accompany my work. *krappi and karin* for hours and hours of nighttime kitchentalk, innumerable beers, as well as loads of fun and philosophy. *martin* for remembering me of my personal top ten. *elke wehinger* for reminding me of mysteries. *lutz-w. wolff* for having found and believed in mané, but specially for having immediately understood her with a loving literary mind. *angela tsakiris* for her most thorough and competent reading and her deep understanding of mané's language, without which this book would never have been finished, and, last but definitely not least, *youNice* and *ursel* for everything and more...